L'enfant du guerrier

DENISE LYNN

L'enfant du guerrier

Les Historiques

éditions Harlequin

Titre original : PREGNANT BY THE WARRIOR

Traduction française de MARIE-FRANCE BALAZS-KNOPP

HARLEQUIN®
est une marque déposée par le Groupe Harlequin

LES HISTORIQUES®
est une marque déposée par Harlequin S.A.

Photo de couverture
Sceau : © ROYALTY FREE/FOTOLIA

83-85, boulevard Vincent-Auriol 75646 PARIS CEDEX 13.
Service Lectrices — Tél. : 01 45 82 47 47
www.harlequin.fr
ISBN 978-2-2802-1760-6 — ISSN 1159-5981

Chapitre 1

Château de Montreau, printemps 1142

Les trois navires glissèrent vers la plage sablonneuse de la baie de Montreau, aussi silencieux que les drakkars de jadis sur la mer du Nord.

Lord Jared de Warehaven sauta de l'embarcation centrale en soulevant une gerbe de gouttelettes sous ses bottes. Puis il s'avança dans l'eau peu profonde du rivage.

— En avant ! cria-t-il, l'épée levée.

Et il entraîna ses hommes vers le couvert des hautes herbes.

Tandis qu'ils avançaient en direction de la falaise, il jeta un regard par-dessus son épaule vers cette grève qui lui avait été autrefois si familière. Un épais nuage voilait la lune et l'empêchait de distinguer les trois vaisseaux. Il ne pouvait qu'imaginer les grandes têtes de dragons qui ornaient les proues, toutes trois identiques à l'exception de la couleur de leurs yeux, incrustés de pierres précieuses.

Une mission urgente l'attendait. Il se concentra de nouveau, les muscles tendus par l'anticipation. Serrant les lèvres, il s'élança vers la crête de la falaise.

Situé entre les terres du comte d'York, partisan du roi Etienne, et celles du cousin de l'impératrice Mathilde, le roi David d'Ecosse, Montreau était un lieu hautement stratégique.

Surtout maintenant que son seigneur était mort, laissant une dame seule à la tête du château.

La même dame qui avait promis autrefois à Jared de devenir sa femme…

Il chassa résolument cette pensée de son esprit. Il n'avait pas de temps à consacrer aux souvenirs. Ce qu'il était en train de faire exigeait toute son attention.

Après sept longues années d'une lutte pour le trône qui semblait ne jamais devoir finir, l'impératrice Mathilde, demi-sœur du défunt père de Jared, avait brusquement changé de tactique, ce qui ne lui ressemblait guère.

Dans un premier temps, elle avait intimé à ses hommes de s'emparer de Montreau par la force et d'en faire sa base stratégique dans le Nord.

Puis, pour une raison inconnue de Jared, elle était revenue sur sa décision. Il s'apprêtait déjà à lancer l'assaut contre Montreau, quand l'ordre lui était parvenu de respecter la neutralité de la forteresse dans cette guerre et de veiller à la sécurité de la dame et de ses gens.

La seule différence entre les deux stratégies, c'était que personne n'y laisserait la vie, si du moins les habitants du lieu ne s'avisaient pas de résister. Et la dame de Montreau ne serait pas dépouillée de ses biens. Au lieu de cela, elle garderait sa position, pourvu, bien entendu, qu'elle s'en reporte à lui pour toutes les décisions à prendre.

Une situation qui convenait parfaitement à Jared et qu'il assumerait jusqu'à ce que Mathilde en décide autrement.

Le revirement de l'impératrice n'était d'ailleurs pas si absurde qu'il pouvait le paraître à première vue. Cette décision empêcherait les hommes du roi David de pénétrer plus avant en Angleterre et Mathilde n'aurait ainsi pas à le repousser lorsqu'elle aurait enfin réussi à monter sur ce trône qui lui revenait de droit.

Jared savait que sa tante n'aimait pas se battre contre les membres de sa propre famille. Toutefois, elle n'hésiterait pas à le faire si elle y était acculée.

Conscient de cela, le père de Jared avait précipitamment

quitté l'Angleterre quelques années plus tôt, dès qu'il avait appris que Mathilde avait décidé de combattre Etienne. Randall de Warehaven avait alors choisi l'option la plus sûre pour lui et sa famille — partir pour le pays de Galles où il gérerait les terres de sa femme, abandonnant le domaine familial de Warehaven à son fils aîné, Jared, ainsi que la tâche de choisir à quel suzerain il voulait faire allégeance.

Entre Etienne et Mathilde, Jared n'avait pas longtemps hésité. Le roi Etienne avait manifesté la volonté de prendre le contrôle de ses navires, tandis que Mathilde lui avait juré qu'elle ne commettrait jamais pareille sottise.

Et elle avait tenu parole jusqu'ici.

Il serait intéressant de savoir ce qu'allait faire Etienne quand il apprendrait qu'une petite partie de la flotte de Warehaven avait accosté dans la baie de Montreau et que Jared contrôlait la forteresse de sa volage fiancée d'autrefois !

Parvenu au sommet de la falaise qui séparait la plage des terres seigneuriales, Jared jeta un coup d'œil sur le domaine, but de son expédition. Son messager n'avait pas exagéré, s'il en jugeait par ce qu'il découvrait à la lueur vacillante des torches allumées sur les remparts. Bien qu'il ne discerne que la silhouette de l'édifice, il était facile de constater que l'actuel château n'avait plus rien à voir avec l'ancienne tour de bois dont la cour était autrefois entourée de pieux.

Aujourd'hui, le lieu ressemblait plus à un château qu'à un simple donjon.

Plus grande que la plupart des châteaux de pierre, la bâtisse ne se laisserait pas facilement prendre.

Comment allaient-ils être reçus, lui et ses hommes ?

Il plissa les yeux et un sourire sarcastique incurva ses lèvres. La dame allait être choquée et outragée par son arrivée, nul doute. Il se frappa la cuisse du plat de l'épée, prêt à la confrontation.

Bientôt, on allait savoir si Montreau garderait sa neutralité.

Et lui, Jared, goûterait enfin la douce saveur de la vengeance…

— Allez ! ordonna-t-il.

Un premier détachement d'une dizaine d'hommes s'élança vers le château.

Le visage cramoisi, un garde franchit en courant la double porte de la grande salle et se précipita vers l'estrade. Parvenu devant la chaire seigneuriale, il posa un genou à terre.

— Milady…

La tête inclinée, il observa une courte pause, le temps de reprendre sa respiration.

— Les… les bateaux viennent d'accoster sur la grève, acheva-t-il enfin.

Lady Lea de Montreau resserra sa cape bleu saphir autour de ses épaules avant de baisser de nouveau les yeux vers les missives froissées qu'elle tenait à la main.

Elle savait que ce moment viendrait. Trois jours plus tôt, un messager de l'impératrice Mathilde lui avait apporté une lettre annonçant l'arrivée d'un homme chargé de la protéger et de veiller sur l'avenir de Montreau.

Mais Lea n'était pas naïve au point de ne pas avoir lu entre les lignes. L'impératrice ne lui envoyait pas cet inconnu seulement pour défendre ses terres. De toute évidence, c'était aussi un mari qu'elle entendait lui donner.

La semaine précédente, le roi Etienne lui avait également écrit. Son message était plus direct.

Si Lea voulait garder le contrôle de Montreau, il ne lui restait plus que quelques mois pour mettre au monde un héritier mâle, sinon elle devrait épouser l'un des hommes d'Etienne.

Et elle n'était veuve que depuis deux semaines ! Son mari avait bien choisi le moment pour se noyer, songea-t-elle avec accablement. Il aurait pu au moins attendre qu'elle soit enceinte !

Cette pensée lui arracha un frisson. Depuis le début de leur mariage, se trouver dans la même pièce que Charles avait toujours été une épreuve pour elle. Alors dans sa chambre… et pire encore, dans son lit !

La seule fois où ils avaient tenté de coucher ensemble, les choses s'étaient très mal terminées. Heureusement, Charles n'avait jamais exprimé le désir de renouveler l'expérience, pendant les quatre années qu'avait duré leur mariage.

Si Etienne et Mathilde s'imaginaient qu'elle allait placidement accepter un nouvel époux, eh bien, ils se trompaient ! Elle avait déjà été mariée une fois, et, en ce qui la concernait, c'était déjà une fois de trop !

Quelques années plus tôt, elle avait donné son cœur à un homme qui l'avait allègrement piétiné, au nom du devoir et de l'honneur. Charles, lui, n'avait jamais espéré ni demandé son amour, Dieu merci. Après leur mariage, elle avait dû apprendre à vivre avec son cœur brisé et ses rêves à jamais enfuis.

— Milady ?

Lea chassa ces pensées de son esprit et tourna de nouveau son attention vers le garde.

— Combien de bateaux ?

— Trois drakkars, milady.

La pièce se mit à tournoyer autour d'elle et elle eut l'impression que le sol basculait sous ses pieds.

— Des drakkars ?

— Oui, milady.

Lea ravala l'exclamation qui lui était montée aux lèvres et ferma les yeux. Il fallait qu'elle reste calme pour réfléchir.

Quand la missive d'Etienne était arrivée, cinq jours plus tôt, elle avait aussitôt convoqué la sage-femme de Montreau. Personnellement, elle ne connaissait aucun homme dans la région qui pourrait lui donner l'héritier providentiel dont elle avait besoin. En outre, elle ne voulait pas de quelqu'un qui resterait ensuite dans les parages et aurait la tentation de réclamer haut et fort la paternité de l'enfant. Les gens devaient pouvoir croire que le bébé était de Charles et avait été conçu juste avant sa mort.

Mais comment trouver un géniteur en si peu de temps ? Pressée par l'urgence de la situation, elle avait demandé à la vieille femme de lui confectionner un charme pour attirer un homme promptement.

Elle n'avait pas besoin d'un mari, au nom du ciel ! En fait, elle se portait bien mieux sans époux. Les jours les plus heureux de son mariage avaient été ceux où Charles était au loin. Le mariage et elle n'allaient tout simplement pas ensemble. Depuis son plus jeune âge, elle avait compris à travers l'exemple de ses parents qu'un mari et une femme n'étaient le plus souvent rien d'autre que des ennemis obligés de partager le même toit.

Il n'en restait pas moins qu'il lui fallait un homme pour mener son dessein à bien.

La sage-femme avait fabriqué beaucoup de charmes, dont certains étaient si malodorants que même les porcs s'en seraient détournés. Lea avait choisi de se servir d'une amulette pour les rêves. Grâce à cet objet, elle était censée voir en songe l'homme qui servirait le mieux ses projets.

Et c'était bel et bien ce qui s'était produit. Mais si de multiples visions de l'homme lui étaient apparues dans son sommeil, elle ne le distinguait jamais nettement. Il n'était rien de plus qu'une indistincte silhouette de guerrier débarquant d'un drakkar à tête de dragon avant d'entraîner ses hommes vers le château.

Mais elle n'avait pas besoin de voir son visage pour savoir qui il était. Et elle avait même évité de prononcer son nom à voix haute, craignant que le songe ne devienne réalité. Bien au contraire, elle avait prié de toutes ses forces pour qu'il ne se réalise pas.

Non, elle ne voulait pas que cet homme-là revienne à Montreau. Qu'il reste à jamais là où il était, dans les brumes vaporeuses du passé !

Mais sa prière avait été vaine.

Qu'allait-elle faire à présent ?

Il lui fallait absolument un enfant, mais pas de *lui*. Seigneur, non, pas ainsi ! Son estomac se noua à cette pensée. Elle aurait donné n'importe quoi pour pouvoir s'enfuir, se cacher, disparaître de Montreau.

N'importe quoi pour ne pas avoir à affronter le passé…

Mais c'était impossible. Que l'impératrice Mathilde ait envoyé *l'homme* à dessein ou non ne changeait rien. Son destin à elle était scellé. Si elle voulait rester en possession de Montreau, elle devait mettre au monde un héritier mâle.

Son ancienne nourrice Agatha, qui lui servait à présent de chambrière, s'avança vers elle pour lui chuchoter à l'oreille :

— Voyons, lady Lea, à quoi pensez-vous ?

Lea haussa les épaules.

— Vous savez bien ce que je vais devoir faire.

Agatha posa sur son bras une main déjà tavelée par l'âge.

— Cela peut attendre encore un peu, tout de même…

Lea fut secouée d'un frisson. Elle aurait tellement préféré que les choses tournent autrement !

Mais Montreau n'avait pas d'héritier et elle préférait mourir que de se soumettre à l'un des hommes d'Etienne.

Jamais elle n'aurait dû mettre Agatha dans la confidence. Mais ce qui était fait était fait.

Ignorant la vieille femme, elle se tourna de nouveau vers le garde, qui attendait sa réponse.

— Dites aux hommes de quitter les remparts et de se rassembler dans la cour.

Il se releva sans un mot et se frappa la poitrine de son poing fermé avant de courir vers la porte pour exécuter les ordres de sa dame.

— Vous allez vous donner à l'envoyé de l'impératrice Mathilde, simplement pour engendrer un enfant ?

Le ton scandalisé d'Agatha en disait plus long que sa question.

Lea la foudroya du regard.

— Pas seulement un enfant. Un héritier pour Montreau !

Sa voix cinglante n'avait pas tremblé en prononçant ces mots. Pourtant, au plus profond de son être, tout n'était qu'effroi. Elle était comme une enfant terrorisée par l'orage…

Agatha balaya la grande salle d'un regard furtif pour s'assurer que personne ne les écoutait.

— Cette forteresse vaut-elle donc plus que votre vertu ? Est-elle plus importante que votre honneur ?

Lea agrippa convulsivement les bras de sa chaire et se pencha en avant.

— Oui, répliqua-t-elle sans hésiter.

Elle devait affronter cette réalité, même si elle n'avait pas encore débrouillé l'invraisemblable chaos de ses pensées et de ses sentiments.

— Que voulez-vous que je fasse d'autre ? Vous connaissez la situation aussi bien que moi. Si Etienne ou Mathilde s'emparent de ce château, nos hommes seront obligés de prendre parti dans cette guerre et de participer aux combats. Combien d'entre eux y laisseront la vie ? Je ne peux pas les sacrifier ainsi.

Au nom du ciel, pourquoi Agatha s'obstinait-elle à ne pas comprendre ?

Montreau représentait toute sa vie. Comme son frère, elle avait été élevée dans l'idée que le château devait conserver à tout prix sa neutralité en cette période de sanglants conflits. C'était la seule chose sur laquelle ses parents avaient été d'accord.

Ils lui avaient donné une éducation coûteuse, comme à son frère Phillip, veillant à ce qu'elle apprenne à lire et écrire non seulement l'anglais, mais aussi le français et le latin, et acquière même des rudiments de mathématiques. Elle n'allait pas gâcher tant de sacrifices !

Sa famille avait obtenu cette forteresse par la grâce du roi Guillaume 1er. Les titres de propriété, dûment scellés, se trouvaient dans un coffre au pied de son lit. Elle ne permettrait pas à Mathilde ou à Etienne d'entraîner Montreau dans leur absurde guerre. Non, ses hommes ne mourraient pas pour rien. Elle s'en faisait le serment.

— Mais, milady…

— Plus un mot ! intima-t-elle.

Elle baissa la voix pour ajouter :

— Etienne n'offre rien d'autre que la guerre. Mathilde propose la neutralité — du moins pour un temps, nuança-t-elle avec un soupir.

Elle était bien consciente que l'impératrice changeait d'avis aussi souvent que les barons changeaient d'allégeance !

— Nous réserverons bon accueil à son envoyé, décida-t-elle.

Elle jeta un regard dur à sa camériste.

— Il faut que je donne un héritier à Montreau, Agatha. D'une façon ou d'une autre.

— Lady Lea, vous ne pouvez pas placer toute votre foi dans des songes !

Parce qu'elle ne voulait pas prononcer son nom, elle n'avait pas révélé l'identité de l'homme à Agatha. L'ancienne nourrice savait seulement qu'elle avait rêvé d'un étranger. Un inconnu sans visage.

— Je ne place pas toute ma foi dans des songes, protesta-t-elle.

Elle tira de sous sa cape un petit sachet rempli d'achillée et le tint un instant dans ses mains, pensive. Le fameux charme…

— Mais parfois, il ne reste plus que les rêves. Et la destinée…

Elle releva la tête pour regarder Agatha bien en face.

— Vous avez toujours fait confiance à la sage-femme Bertha, n'est-ce pas ? Je sais qu'il vous est arrivé aussi de lui demander de petits services dans ce genre. Et vous me reprochez aujourd'hui de suivre votre exemple ?

Agatha baissa les yeux, gênée.

— Non, bien sûr. Je vous demande seulement de faire attention à vous. Et de penser un peu plus à votre vertu.

Lea soupira.

— Je ne demanderais pas mieux, si seulement j'avais le choix…

Et si on m'en laissait le temps…, compléta-t-elle en son for intérieur.

Mais pour l'instant, ce n'était pas à sa vertu qu'elle songeait. L'homme qui avait autrefois si brutalement rejeté son amour était de retour. Non pas pour elle, mais parce qu'il avait reçu l'ordre de protéger Montreau.

Et Jared de Warehaven suivait toujours les ordres de sa souveraine.

Elle aurait dû se sentir outragée, et elle savait qu'elle le serait — plus tard. Mais, en réalité, elle redoutait plus que tout de se faire submerger par les souvenirs. Et le regret de ce qui aurait pu être…

Elle se reprit dans un sursaut. Non, elle ne pouvait pas se permettre cela. Si elle ne voulait pas revivre toutes les souffrances de l'abandon — et Dieu savait qu'elle ne le voulait pas ! — il lui fallait se comporter comme si le passé n'avait jamais existé.

Si elle *le* traitait en étranger, peut-être parviendrait-elle à réaliser son plan, d'une manière ou d'une autre.

Son autre souci — la première de ses préoccupations en vérité —, c'étaient les hommes de Montreau. S'ils pensaient que la vie de leur dame était en danger, ils la défendraient, son château et elle, jusqu'à la mort.

Cette pensée la fit frissonner. Il fallait qu'elle garde l'esprit clair, c'était essentiel. Elle ne voulait pas faire couler le sang pour rien ni souiller son âme de ce péché s'il était en son pouvoir de l'empêcher.

Levant le visage, elle renifla le courant d'air frais qui soufflait dans la salle.

— Vous ne sentez pas, Agatha ? L'atmosphère a déjà changé.

Elle se croisa les mains et jeta un coup d'œil vers les portes.

— Peut-être qu'à vos yeux, je suis sur le point de souiller ma vertu. Mais la fin justifie les moyens. Montreau restera en sécurité entre mes mains et c'est tout ce qui compte.

Agatha posa une main sur son épaule.

— Milady…

Lea lui tapota le bras pour la réconforter.

— Je n'ai pas peur, affirma-t-elle. Ce qui doit être fait le sera. N'ai-je pas rêvé de ce guerrier ? Son arrivée dans un drakkar confirme la justesse de ma décision.

La nourrice laissa retomber sa main avec un soupir.

— Que souhaitez-vous que je fasse, milady ?

— Quittez cette salle et allez vous mettre en sécurité jusqu'à ce que j'aie besoin de vous. Je ne serai pas tranquille si je sais que vous courez le moindre danger.

Lea attendit que la servante ait disparu, puis se mit à réfléchir fébrilement. Devait-elle *l*'accueillir ici dans la grande salle, sur le rempart, ou dans la cour ? Son expérience des hommes se limitait à sa douloureuse mésaventure d'antan — avoir eu le cœur brisé par un homme et avoir dû en épouser un autre.

Un autre qui n'avait cessé de lui prouver le mépris qu'il éprouvait pour elle…

Elle ne devait pas penser à l'éventualité d'un échec. Elle allait réussir. Mais comment pourrait-elle mener son plan à bien sans s'abaisser aux yeux de Jared, vu son manque total d'expérience ?

Il fallait qu'elle oublie à quel point ils se connaissaient bien, tous les deux, et qu'elle le traite comme n'importe quel autre homme. Après tout, bien des années s'étaient écoulées depuis l'époque où elle passait son temps à plonger avec adoration dans le beau regard d'émeraude du guerrier.

Des années depuis qu'elle s'était si sottement ridiculisée…

L'essentiel, conclut-elle, c'était de le prendre au dépourvu. Cela l'aiderait peut-être à rester maîtresse de la situation.

Sa décision prise, elle quitta la salle sans un regard derrière elle.

— Lord Jared ?

Son épée encore à la main, l'homme d'armes faillit buter sur son chef et s'arrêta net.

Jared écarta l'arme du revers de sa main gantée.

— Eh bien, quelles nouvelles ?

L'homme remit sa rapière au fourreau.

— Les portes sont grandes ouvertes, milord. Et on ne voit personne sur les remparts. Seulement une silhouette entre les tours.

Jared avait du mal à en croire ses oreilles.

— C'est impossible. Où sont les sentinelles ?

— Nous nous sommes approchés autant que nous l'avons pu sans nous faire remarquer. D'après ce que nous avons vu, il semblerait qu'ils se soient tous rassemblés le long des murailles. Désarmés.

Jared plissa le front. Mathilde avait envoyé un message pour prévenir la dame de son arrivée imminente. Mais la réponse de Lea n'avait pas eu le temps d'arriver et il n'avait aucun moyen de savoir quel accueil l'attendait à Montreau.

La dame du lieu ne le portait pas dans son cœur, il le savait — bien qu'elle lui ait juré jadis un indéfectible amour. En tout cas, il ne pouvait pas se permettre de se fier à elle. La confiance qu'il avait pu avoir en elle, il y avait longtemps qu'elle s'était chargée de la détruire !

Tout ceci pouvait bien n'être qu'un traquenard. S'il n'y prenait garde, il risquait de conduire ses hommes tout droit dans un piège.

— Un seul homme, dites-vous ?

— Oui, milord. La cour est illuminée par des torches, mais nous n'avons vu qu'une silhouette à la porte extérieure.

Jared fronça les sourcils. Jusque-là, Montreau était demeuré indéfectiblement neutre. Mais il était difficile de prévoir comment réagirait Lea si elle se sentait menacée. Il ne voulait pas faire courir de risques à ceux qu'il avait amenés avec lui. S'il avait levé sa propre petite armée, ce n'était pas pour jouer avec la vie de ses soldats.

Il fit signe à son second de le rejoindre.

Rolfe quitta le groupe de ses compagnons pour s'approcher de lui.

— Que décidez-vous, milord ?

— Les hommes sont-ils prêts ?

— Oui. Tout le monde est paré et impatient d'engager le combat.

Jared déglutit. Il se rendait bien compte que sa décision n'allait guère être appréciée.

— Il semblerait que nous n'ayons peut-être pas besoin de nous battre après tout. Les portes de Montreau sont ouvertes et les gardes semblent désarmés.

Il ne fut pas surpris de lire le désappointement sur le visage de Rolfe.

— Ai-je bien entendu le rapport de l'éclaireur ? Une seule personne nous attend ?

— C'est ce qu'il affirme.

— Comment allez-vous procéder, milord ?

Jared réfléchit quelques secondes.

— Si j'ordonne aux hommes d'avancer, les soldats de Montreau peuvent reprendre leurs armes et nous tirer dessus quand nous serons à découvert.

— Et nous subirons de grosses pertes…

— Mais nous n'avons aucun moyen de le savoir. Comme l'impératrice a annoncé notre arrivée, la dame de Montreau peut aussi bien nous faire bon accueil.

Il avait des raisons d'en douter, mais mieux valait n'en rien dire à Rolfe. Si la dame avait décidé de faire couler le sang, elle ne serait que trop heureuse de commencer par le sien.

Sa décision fut vite prise.

— Je vais y aller d'abord. Tout seul.

Rolfe sursauta comme s'il l'avait giflé.

— Non ! Vous ne pouvez pas faire cela. Laissez-moi venir avec vous.

— J'apprécie votre loyauté, mon vieux, croyez-le bien. Mais si les choses tournent mal, on aura besoin de vous pour prendre le commandement à ma place.

Rolfe réprima un grognement.

— Si les choses tournent mal, nous ne laisserons pas une pierre debout à Montreau ! Il ne restera plus de la forteresse que cendres et souvenir !

Jared savait que ce n'était pas une menace en l'air. Oubliant les ordres de sa tante, les hommes de Warehaven n'hésiteraient pas à raser le château et à occire tous ses habitants si la vie de leur chef était en danger.

Carrant les épaules, il sortit de l'ombre des arbres et s'avança vers la forteresse. Le sentiment du danger qui montait en lui le poussait à poser la main sur la garde de son épée. Mais il résista à la tentation et se dirigea à grands pas vers les portes.

Il était encore à mi-chemin quand le vent se mit à souffler plus fort, éveillant en lui une étrange prémonition.

Il leva les yeux vers le firmament étoilé où brillait la pleine lune. Sa lueur blafarde éclairait le pré et blanchissait les tours de chaque côté de la porte d'entrée.

En approchant du château, il constata que l'éclaireur s'était en partie trompé. Une silhouette solitaire se tenait bien devant les portes grandes ouvertes. Mais à la lumière des torches, il comprit que ce n'était pas un homme.

C'était une femme.

Une femme dont la longue chevelure d'ébène flottait au gré du vent. Un vertige s'empara de lui l'espace d'une seconde. Ces tresses aussi noires que les ailes d'un corbeau ressembleraient-elles encore à de la soie sous ses doigts, s'il s'avisait de les toucher ? S'enrouleraient-elles autour de ses poignets comme des chaînes pour le retenir auprès de cette femme ?

Jared grinça des dents contre l'intempestif assaut des souvenirs.

Parvenu à quelques mètres de la forteresse, il s'arrêta et leva les yeux vers les murailles. Les braves de Montreau se tenaient là, leurs casques devant eux, leurs mains nues bien visibles à la lueur des flambeaux. Ils ne semblaient pas s'inquiéter le moins du monde de laisser une femme seule accueillir un visiteur. Un visiteur qui aurait pu, après tout, être un ennemi.

Jared tourna de nouveau les yeux vers Lea. Même sans la connaître, il aurait tout de suite deviné, à sa fière contenance, qu'elle était la dame de Montreau. Il ne savait comment la qualifier en cet instant, tant son attitude le déconcertait. Courageuse ou inconsciente ?

Magnifique en tout cas, le diable l'emporte !

Chaque pas qui le rapprochait d'elle lui révélait un peu plus sa beauté hors du commun. Le regard de reine, l'attitude droite et fière qui la faisait paraître bien plus grande qu'elle n'était en réalité — Jared savait d'expérience que lorsqu'elle posait la joue sur sa poitrine, le sommet de sa tête atteignait à peine son épaule.

Une longue cape couleur de saphir l'enveloppait jusqu'aux pieds et ses cheveux de jais, dont il se rappelait si bien la nuance, faisaient ressortir la pâleur de son petit visage en forme de cœur.

Elle semblait si fragile — vulnérable même. Le genre de femme qu'un homme comme lui brûlait aussitôt d'entourer de soins, de protéger. Mais il repoussa cet instinct, sachant fort bien que ce qu'il avait sous les yeux n'était que l'image qu'elle voulait donner d'elle-même. Autrefois, il s'était déjà laissé prendre à ce piège. Il était prévenu désormais.

Décidé à maintenir le passé à distance — et surtout à

ne pas se donner en spectacle — il concentra toute son attention sur le moment présent et s'arrêta à un mètre de la jeune femme.

— Mes salutations, milady. Je suis venu assurer la sécurité de ce château au nom de l'impératrice Mathilde.

Elle hocha la tête.

— On m'avait prévenue de votre arrivée.

Elle désigna ses hommes d'un geste.

— Nous sommes prêts à accueillir pacifiquement cette visite.

Jared haussa un sourcil.

— Visite ? Je crains que vous n'ayez mal compris, lady Lea. Il ne s'agit pas d'une simple visite. Mes hommes et moi sommes ici pour protéger la forteresse contre tous.

— Tous ?

Elle plissa le front.

— Pas contre ses habitants, tout de même ?

— J'ai dit *tous*, répéta Jared, qui n'était pas prêt à concéder quoi que ce soit sur ce point.

L'impératrice lui avait ordonné de prendre possession de Montreau, et il était bien décidé à le faire.

— Mais je ne...

Elle se mordit la lèvre, incertaine.

— Et si nous discutions des détails à l'intérieur ? proposa-t-il en désignant le donjon.

Lea secoua la tête.

— Les *détails* de quoi ?

— Du changement d'autorité céans, milady. Je crains que vous n'ayez pas bien saisi le sens de mes paroles. Je suis ici pour prendre le contrôle de Montreau.

Elle redressa le dos et releva résolument le menton.

— Ceci est *mon* château, Warehaven ! Je n'ai aucune intention d'en abandonner le contrôle à qui que ce soit, pas même à vous !

Jared serra instinctivement les doigts autour du pommeau de son épée.

— Alors, je le prendrai de moi-même. De gré ou de force.

Elle prit une profonde inspiration. Les menaces de Jared n'étaient pas vaines, elle le savait. Il userait vraiment de la force pour s'emparer du château s'il jugeait que c'était nécessaire.

Elle ne s'attendait pas à cela. La missive de l'impératrice ne précisait pas qu'il devait prendre le contrôle de Montreau. Seulement les protéger, la forteresse et elle.

Apparemment, les ordres donnés à Jared n'étaient pas exactement les mêmes ! Elle aurait dû s'en douter. L'impératrice Mathilde n'était pas une femme à qui on pouvait faire confiance.

Lea se maudit à part elle. Comme une nigaude, elle avait donné pour instructions à ses hommes de ne pas se battre et avait fait ouvrir les portes, donnant à Warehaven libre accès au château.

Elle jeta un coup d'œil par-dessus l'épaule de Jared pour voir s'il avait amené ses hommes avec lui. Aurait-elle le courage et la force de le pousser dehors et d'appeler les gens de Montreau aux armes ?

Il parut lire dans ses pensées.

— Ne vous bercez pas d'illusions, lady Lea. J'ai assez d'hommes avec moi pour raser ce château si je rencontre la moindre résistance.

Lea le dévisagea, incertaine. Elle devait gagner du temps pour réfléchir à ce qu'elle devait faire.

— Et quels sont les termes de la reddition ?

— Les termes ? Il n'y a pas de termes. Il ne vous sera fait aucun mal, ni à vous ni à vos hommes. Et le château restera intact. En apparence, rien ne changera.

Il se pencha vers elle.

— Sauf que tous les ordres viendront de moi…

Sa voix s'était faite plus basse, plus profonde — le ton qu'il employait d'habitude pour donner un avertissement.

Lea l'examina. Il avait les yeux assombris, les pupilles dilatées. Elle n'avait pas beaucoup l'expérience des hommes en général, mais celui-ci, elle le connaissait bien. Et cet air-là ravivait bien trop de souvenirs.

Il était peut-être venu pour s'emparer de Montreau. Mais il ne pouvait pas cacher qu'il la trouvait encore désirable !

Très bien. C'était un avantage dont elle pourrait se servir, avec un peu d'habileté.

Elle s'approcha de lui.

— Et suis-je censée rester votre… otage pendant tout le temps que durera votre mainmise sur mes terres ? s'informa-t-elle dans un murmure rauque.

Jared sentit un nœud lui serrer la gorge. La voix de Lea résonnait à ses oreilles tel un chant de sirène, l'invitant à goûter les lèvres roses d'où s'échappaient ces paroles.

Mais il avait déjà savouré ces lèvres autrefois. Fondantes et douces sous ses baisers, elles n'avaient pourtant proféré que des mensonges.

— L'impératrice ne veut pas d'otages, déclara-t-il sèchement.

Elle avança une main et la posa sur son torse.

— Alors quel est mon statut, Warehaven ?

Sa cape s'ouvrit dans ce geste. A la lueur mouvante des torches, la mince robe qu'elle portait dessous apparut soudain, presque transparente.

Jared essaya d'ignorer la tiédeur de sa main et déglutit convulsivement. Son regard se fit perçant. Tout à l'heure, il s'était demandé si elle ne leur avait pas tendu un piège, à ses hommes et à lui. Eh bien, c'était le cas. Et il était en grand danger d'y tomber.

— Tout ce que je sais, c'est que vous jouez avec le feu, milady. Mais assez parlé ! Ce château est désormais sous mon commandement. Il n'y a pas d'otages. Ni de termes de reddition.

Elle ne recula pas d'un pouce et se contenta de lever les yeux vers lui. Ses lèvres s'entrouvrirent et elle le fixa de ses prunelles de saphir, ombrées par une double frange d'épais cils noirs.

— Et... je n'ai aucun moyen de vous faire changer d'avis ?

Le cœur de Jared se mit à cogner contre ses côtes. Il prit une inspiration, sidéré par ce qu'il venait d'entendre. Une proposition, ni plus ni moins ! La dame de Montreau s'offrait sans la moindre vergogne...

N'importe quel homme avec un soupçon de sens de l'honneur lui aurait ordonné de rentrer immédiatement. De se rhabiller et de quitter cette cour...

Mais l'honneur, parfois...

N'importe quel homme avec un soupçon de bon sens aurait arraché son regard de cette silhouette voluptueuse et aurait refusé le piège qu'elle lui tendait si ouvertement.

Mais le bon sens, parfois...

Jared franchit le pas qui les séparait et, sans se soucier de sa cotte de mailles, attira la tentatrice contre son torse. Elle eut un léger tressaillement, puis se laissa voluptueusement aller dans ses bras.

Il inclina la tête vers elle et lui chuchota à l'oreille un farouche avertissement :

— Allez vous enfermer dans votre chambre, Lea, ou cette fois, je n'hésiterai pas à prendre ce que vous m'offrez si effrontément !

Elle se haussa sur la pointe des pieds pour lui effleurer les lèvres d'un baiser.

— Et alors ? N'êtes-vous pas ici pour prendre *tout* sous votre contrôle, milord ?

Chapitre 2

Le cœur battant à se rompre, Lea gravit quatre à quatre l'escalier en colimaçon qui menait à sa chambre. Puis elle claqua la porte derrière elle et s'appuya contre le panneau de bois pour reprendre haleine.

Jared l'avait repoussée, certes. Mais elle avait eu le temps de voir briller la flamme du désir dans son regard affamé. Elle avait presque senti cogner son cœur sous la cotte de mailles.

Il avait parfaitement compris ce qu'elle lui offrait…

Jared de Warehaven lui en voulait peut-être encore de l'avoir autrefois congédié d'une façon si lâche, en envoyant son père lui délivrer le message à sa place parce qu'elle se sentait trop malheureuse et vulnérable pour lui parler en face. Il était peut-être un guerrier endurci par sept années de bataille. Mais il n'en restait pas moins un homme.

Un homme qui la désirait encore.

Ce qu'elle venait de faire dans la cour la stupéfiait encore. Un éclair de culpabilité la traversa soudain. Qu'est-ce que ses parents auraient pensé de son inqualifiable effronterie ?

Mais elle écarta vite cette pensée. Ni son père ni sa mère ne lui en voudraient de faire tout ce qui était en son pouvoir pour garder Montreau. Sans doute n'approuveraient-ils pas sa méthode, mais ils n'en applaudiraient pas moins le résultat. La fin justifiait les moyens, n'est-ce pas…

Mais elle ? Comment arriverait-elle encore à se regarder dans le miroir si elle tombait vraiment enceinte ?

Elle ôta sa cape qu'elle lança sur le lit avant d'aller jeter un regard par l'étroite fenêtre. Les hommes de l'impératrice affluaient dans la cour illuminée par les flambeaux, mais elle n'eut aucun mal à *le* repérer dans la foule. Son cœur manqua un battement.

Jared de Warehaven était décidément un beau spécimen, le plus bel homme sans doute qu'elle ait jamais rencontré de sa vie. Plus séduisant encore qu'autrefois, si c'était possible — grand et assez musclé pour qu'une femme se sente en sécurité près de lui. Protégée.

Striés de mèches argentées, ses cheveux blonds brillaient d'une lueur presque métallique à la lueur des torches.

Il distribua des ordres autour de lui, et lorsqu'il en eut terminé, ses hommes étaient aussi nombreux sur les remparts que les gardes de Montreau.

Aussi incroyable que cela paraisse, il avait acquis encore plus d'assurance avec l'âge. Cela se voyait à la façon dont il avait pris immédiatement les choses en main, avec autant d'aplomb que s'il commandait Montreau depuis des années. Un seul des gardes parut se rebeller contre les ordres de Jared. L'imprudent se retrouva promptement renversé à terre. Et lorsqu'il voulut encore protester, la pointe d'une épée vint s'appuyer sur sa gorge, décourageant toute nouvelle tentative de rébellion de sa part.

Son acte de révolte ouverte avait été insensé. Dieu merci, Jared avait épargné sa vie. Un autre à sa place n'aurait peut-être pas été aussi magnanime, elle le savait.

Quand tout fut en ordre, il se dirigea vers le château. Lea s'attarda encore un instant à la fenêtre, puis se détourna pour endosser une tenue plus convenable avant d'aller le rejoindre en bas dans la grande salle.

La mince tunique si finement tissée avait accompli son office. La porter sous sa cape sans surcot avait été une provocation extrême, mais elle avait voulu voir les réactions de Jared. Test parfaitement réussi. Jared la désirait encore ! Ni la colère ni le ressentiment n'avaient pu venir à bout de l'attraction physique qu'ils exerçaient l'un sur l'autre.

Entre eux, la passion réciproque ne datait pas d'hier. Depuis le premier instant où elle avait posé les yeux sur Jared de Warehaven, à la cour du roi Henry, elle s'était sentie attirée par lui.

Il y avait presque neuf ans de cela. Elle avait quinze ans alors, elle sortait à peine de l'enfance, et elle était follement amoureuse pour la première fois de sa vie. Agé de trois ans de plus qu'elle, Jared de Warehaven était un homme à ses yeux.

Mais quand il avait débarqué à Montreau quelques mois plus tard pour lui faire sa cour, le père de Lea avait frôlé l'apoplexie. La seule pensée qu'un homme puisse songer à courtiser sa petite fille était un véritable outrage pour lui ! Jared lui avait tenu tête et avait réussi à l'amadouer, à la plus grande surprise de Lea.

Elle défit les lacets qui attachaient sa tunique sur les côtés et la fit glisser par-dessus sa tête. L'air frais de la chambre rafraîchit son corps. Penser à Jared avait fait grimper sa température !

Elle achevait de se déshabiller quand un léger bruit retentit dans le corridor.

— Qu'est-ce que…, murmura-t-elle.

La porte de sa chambre s'ouvrit tout à coup à la volée et alla claquer contre le mur. Sa tunique dans les mains, Lea fit volte-face et fixa sur l'intrus d'un regard stupéfait.

Jared !

Il se figea sur le seuil à sa vue. Dans son souvenir, cette pièce servait à abriter les visiteurs de passage et il ne s'attendait pas à y trouver quelqu'un. Que diable faisait-elle là ? Elle aurait dû occuper la chambre seigneuriale, au nom du ciel !

Des pas résonnèrent à l'autre bout du corridor et il referma la porte d'un coup de pied.

— J'ai frappé, s'excusa-t-il. Et comme personne n'a répondu…

Elle lâcha sa tunique, poussa un petit cri et se hâta de la

ramasser pour la plaquer contre son corps. Cela ne dura qu'une seconde, mais Jared en vit assez pour aiguiser son appétit.

Deux impulsions luttaient en lui — tourner les talons sur-le-champ ou s'avancer vers elle et écraser ces douces formes féminines contre son corps.

— Que… que me voulez-vous ? exhala-t-elle dans un souffle.

Elle s'éclaircit la gorge avant de reprendre d'une voix plus ferme :

— Et d'abord, que faites-vous ici ?

— J'ai frappé.

— Vous l'avez déjà dit !

Exact, songea-t-il en serrant les lèvres. Mais l'espace d'un instant, il avait vraiment eu l'esprit ailleurs.

Au diable !

— Comme il n'y a pas eu de réponse, j'ai cru que la chambre était vide.

— Et alors ? s'enquit-elle avec hauteur.

Elle jeta un coup d'œil sur les sacs de cuir et la couverture qu'il portait dans ses mains.

— Vous pensiez peut-être prendre cette chambre pour vous ?

— En effet.

— Les hommes dorment dans la grande salle, lui rappela-t-elle d'un ton glacial.

Jared posa ses affaires sur le sol.

— Mais pas le seigneur, que je sache…

— Le seigneur est mort !

Mort ? Jared se sentait plus vivant que jamais.

— Je ne vais pas dormir dans la salle quand il y a ici une profusion de chambres vides.

— Comme vous voudrez. Mais pas celle-ci en tout cas. Elle n'est pas disponible.

Ce ton sans réplique était tout nouveau pour Jared et eut

l'art de l'irriter prodigieusement. Elle ne parlait pas ainsi autrefois…

Il fit un pas vers elle.

— Il y a quelques minutes à peine, vous m'avez clairement fait comprendre que vous étiez plus que disponible. J'en ai donc conclu que votre chambre l'était aussi. Cela tombe sous le sens, non ?

Impassible, elle arqua un sourcil noir.

— Eh bien, mettons que j'aie changé d'avis.

— Changé d'avis ? Oh, oui, j'avais oublié que vous excelliez dans cette discipline.

— Ce qui est fait est fait, Jared. Je n'ai aucune envie de remettre le passé sur le tapis.

Lui non plus, songea-t-il avec amertume. Du moins pas pour le moment.

Mais bientôt, très bientôt, il lui demanderait de s'expliquer sur ce qu'elle avait fait, en ce fameux jour qui aurait dû être celui de leur mariage.

Elle se détourna brusquement, offrant à la vue de Jared son dos nu et son postérieur délicieusement arrondi. Il s'obligea à détourner les yeux du spectacle.

— Allez-vous-en ! ordonna-t-elle en lui jetant un regard menaçant par-dessus son épaule.

C'en était trop ! Jared franchit en trois enjambées la distance qui les séparait et l'attira contre lui. Son esprit se révolta aussitôt à la pensée que c'était cette traîtresse, cette femme trompeuse qu'il tenait de nouveau dans ses bras. Mais son corps, moins rancunier, réagit aussitôt à la vibrante chaleur qui émanait d'elle.

— Ce n'est plus vous qui donnez les ordres ici, Lea Villaire ! Compris ?

Il la sentit trembler entre ses mains. Pourtant, elle haussa les épaules comme si aucune menace ne planait sur elle.

— Comme vous voudrez, fit-elle avec indifférence. A présent, laissez-moi, voulez-vous ? Je dois m'habiller.

Jared grinça des dents, furieux. Que croyait-elle ? Il avait le droit de faire ce qu'il voulait avec elle et nul ne l'en empêcherait.

Il désigna le lit du menton.

— Vous jouez un jeu dangereux, Lea.

— Je n'ai pas peur. Je sais que vous ne ferez rien sans mon consentement.

L'espace d'un instant, il se demanda d'où lui venait cette assurance. Avait-elle perdu tout bon sens ?

— Vous êtes pourtant bien placée pour en douter.

— Ecoutez, Jared, je ne sais pas pourquoi c'est précisément vous que l'impératrice a choisi d'envoyer ici. Mais je sais qu'elle n'aurait jamais pris une brute pour accomplir cette mission. Pas si elle veut éviter un conflit avec le comte d'York.

Elle leva la tête pour le regarder dans les yeux.

— Avez-vous assez d'hommes avec vous pour battre York le cas échéant ? poursuivit-elle.

Jared dut admettre qu'il lui restait encore du bon sens, en fin de compte. Peut-être même un peu trop.

— Suffisamment pour protéger Montreau en cas d'attaque, de quelque bord qu'elle vienne.

Elle eut un petit rire.

— C'est ce que vous croyez !

— Vous oubliez que le roi David n'est pas loin d'ici. Il me prêtera main-forte si besoin est. C'est le cousin de Mathilde et je ne pense pas qu'il ignorera mes appels si je lui demande son aide.

— Peut-être. Ce qui est sûr en tout cas, c'est que le roi David n'attaquera jamais Montreau.

— Qu'est-ce qui vous fait croire cela ?

La réponse eut de quoi surprendre Jared :

— Il aime trop nos tartes aux pommes.

Il leva les yeux au plafond, puis relâcha son étreinte. Lea en profita pour s'éloigner prestement de lui.

— Votre tante ne vous l'a donc pas dit ? Montreau joue un rôle de pacificateur dans cette guerre.

Elle se pencha vers lui comme si elle allait lui confier un grand secret.

— Nous nous servons de la nourriture pour cela. Le roi David est gourmand. Il adore les douceurs, surtout les tartes aux pommes de notre cuisinière.

Jared eut la désagréable impression de s'être fait clouer le bec dans cette discussion. Mais il se serait fait hacher menu plutôt que de l'admettre devant elle.

D'une démarche assurée, il se dirigea vers la porte et s'arrêta sur le seuil pour ordonner :

— Rhabillez-vous à présent !

Il l'enveloppa d'un long regard brûlant avant d'ajouter :

— Et pour l'amour du ciel, choisissez une tenue un peu plus conforme à votre rang. Vous me rejoindrez ensuite en bas.

Elle attendit qu'il soit presque sorti avant de lancer, désinvolte :

— C'est cela. A bientôt, milord !

Jared claqua la porte derrière lui et se frotta le front, furieux. Quel idiot ! Pourquoi n'avait-il pas protesté avec plus de vigueur, quand sa tante lui avait intimé de partir pour Montreau ?

C'était une folie de revenir ici. Depuis le début, il se doutait bien que les choses n'allaient pas être faciles avec Lea.

Bien sûr, il s'attendait à subir l'assaut de ses souvenirs, qu'il aurait préféré pouvoir ignorer et laisser dans un passé à jamais révolu. Mais il ne s'attendait pas à ce que son corps se remémore instantanément les sensations d'antan — l'incroyable plaisir de la tenir dans ses bras.

Et le pire, c'était qu'elle le savait ! Oui, elle avait reconnu en lui les symptômes du désir, il suffisait de voir la façon dont elle se comportait avec lui. Ce qui lui semblait étrange, c'était qu'elle n'ait pas essayé de le repousser quand il l'avait prise dans ses bras, ni même crié de peur. La femme qui avait si formellement refusé d'épouser le fils d'un bâtard ne semblait pas craindre la colère qu'avait suscitée en lui ce rejet. Ni même sa lubricité.

Décidément, il y avait quelque chose d'étrange. Lea de Montreau avait une idée derrière la tête.

Et lui ? Comment avait-il pu si facilement entrer dans son jeu ?

Lea ouvrit les yeux à contrecœur, gênée par le soleil éblouissant qui inondait son lit. Avec un gémissement, elle se laissa rouler sur le ventre pour échapper à la lumière.

— Agatha, s'il vous plaît ! Fermez les courtines et laissez-moi dormir.

— Ne me dites pas que vous êtes fatiguée !

Elle sursauta au son de cette voix éminemment masculine. Agrippant les couvertures, elle les drapa autour de ses épaules et se remit promptement sur le dos.

— Vous vous êtes de nouveau trompé de chambre ?

— Non. C'est vous qui vous êtes trompée…

Elle jeta un regard autour d'elle.

— C'est bien ma chambre pourtant. Où est ma camériste ?

La voix d'Agatha s'éleva à l'autre bout de la pièce.

— Je suis là, milady.

— Et elle y restera jusqu'à ce que j'en décide autrement, grommela Jared.

— Ah bon ? Comme vous voudrez, lança-t-elle d'un ton négligent.

Elle le vit contracter les mâchoires et eut le plus grand mal à retenir un sourire. De toute évidence, il détestait cette phrase. Elle ne devait pas oublier de l'employer souvent.

— Je vous ai attendue dans la grande salle, hier soir !

— Oh, vraiment ?

Elle bâilla longuement.

— J'avais terriblement sommeil et je me suis couchée.

Il marmonna quelques mots qu'elle ne put saisir et empoigna le bord des couvertures.

— Levez-vous et habillez-vous. Puis vous descendrez dans la salle.

Lea s'accrocha aux couvertures.

— D'accord. Dès que vous serez sorti.

Mais il refusa de lâcher prise.

— Il n'en est pas question.

— Pardon ?

— Il me semble évident que vous ne savez toujours pas obéir à des ordres. Alors je vais vous apprendre.

Elle haussa un sourcil narquois. Ah, c'était ce qu'il croyait ? Eh bien, il allait voir ! Elle n'était plus la jeune fille naïve qu'il avait connue jadis. Le chagrin, puis le mariage, avaient eu raison de sa candeur.

— Vous terrorisez ma servante, observa-t-elle avec froideur.

Comme si elle n'attendait que ces mots, Agatha se mit à sangloter bruyamment et commença à arpenter la chambre en se tordant les mains. Avec un peu de chance, une bonne moitié de la maisonnée allait accourir dans deux minutes pour connaître les causes d'un tel raffut.

Jared lâcha les couvertures et s'éloigna du lit.

— Très bien, je vous attends en bas. Mais je vous préviens ! Si vous ne vous dépêchez pas, je reviens vous chercher.

— Ah bon ? Comme vous voudrez…

Il serra de nouveau furieusement les mâchoires et émit un grommellement indistinct. Mais il ne s'en dirigea pas moins vers la porte sans ajouter un mot.

Dès qu'il eut disparu, Lea se leva d'un bond et alla étreindre Agatha en riant.

— Merci !

La vieille nourrice lui tapota le dos avant de la repousser doucement.

— Que voulez-vous ? Je suis un chien bien dressé ! assura-t-elle avec humour.

Elle reprit son sérieux et enveloppa sa maîtresse d'un regard inquisiteur :

— Soyez franche à présent. Saviez-vous que c'était lord Jared de Warehaven qu'on allait envoyer ici ?

Lea secoua la tête.

— Je n'en avais pas la moindre idée. J'ai compris que c'était lui quand le garde est venu annoncer l'arrivée des drakkars.

— Et vous m'avez laissée croire que c'était un étranger qui allait prendre possession de Montreau !

— Pour être franche, j'ai pensé que vous préféreriez cela.

Agatha renifla de dédain, puis alla ramasser une robe et une chemise jetées sur une banquette.

— J'étais en train de sortir ceci quand milord a fait irruption dans la chambre, maugréa-t-elle.

Lea jeta un coup d'œil vers la porte, avec sa barre de fermeture disposée tout en haut.

— Il va falloir que nous demandions à l'un de nos hommes de descendre le verrou pour qu'il soit à notre portée.

— Si vous croyez que cela l'empêchera d'entrer ! Quand il a décidé quelque chose…

Apparemment, la vieille servante n'avait pas oublié le tempérament tempétueux de Jared.

— Peut-être. Mais au moins, s'il casse tout, le craquement du bois nous avertira de son arrivée ! Il ne pourra plus me surprendre ainsi.

— Hum… Vous le mettez un peu trop à l'épreuve, mon enfant.

— Je sais. Mais c'est tout ce qu'il mérite !

Agatha secoua la tête.

— Après tout ce temps, vous pensez encore à lui faire payer ce qu'il n'a pas pu empêcher ?

— Allons donc ! Il avait parfaitement le choix, assura Lea. Et ce n'est pas moi qu'il a choisie, acheva-t-elle avec amertume

— Vous l'aviez acculé, mon enfant. Croyiez-vous vraiment

qu'il allait désobéir aux ordres de l'impératrice ? Vous choisir contre la volonté de sa suzeraine, c'était perdre son honneur. Et même, son amour-propre…

— D'autres ont refusé de suivre Mathilde et Etienne dans cette guerre. Le propre père de Jared n'a pas voulu se laisser entraîner dans cette absurde bataille pour la Couronne.

Agatha ne parut pas convaincue.

— Et où est-il aujourd'hui ? ironisa-t-elle. Assis confortablement dans son propre manoir ?

Non. Les parents de Jared étaient condamnés à vivre dans la campagne sauvage du pays de Galles, où le confort n'était sans doute plus qu'un souvenir pour eux, sans parler des plus élémentaires commodités…

— Qu'importe ? J'aurais vécu n'importe où avec Jared…

Mais elle sut que c'était faux au moment même où elle prononça ces paroles.

— Nous aurions pu habiter à Montreau. Mon père n'avait pris parti pour aucun des deux camps et personne ne nous a chassés d'ici, que je sache.

Agatha lui effleura la joue d'une brève caresse.

— Allons, vous savez ce qui s'est passé mieux que personne.

Léa sentit sa gorge se serrer sous l'afflux des souvenirs. Son frère Phillip, parti chasser dans un village du Nord, avait été pris dans une attaque lancée par les hommes d'Etienne. Le raid avait été organisé pour servir d'avertissement au roi David et les soldats avaient massacré tout ce qui bougeait avant de brûler le village et d'incendier les champs.

Phillip n'avait pas compris ce qui se passait, et lorsqu'il avait voulu aider l'un des villageois, il avait été tué à son tour pour son intervention.

En guise de vengeance, l'impératrice Mathilde avait fait raser deux villages dans le Sud.

Lea n'oublierait jamais la nuit où on leur avait rapporté le corps de Phillip. L'un des hommes d'Etienne avait reconnu le sceau de Montreau sur l'anneau qu'il portait au doigt et avait ramené le mort à sa famille.

Sa mère était restée inconsolable pendant de nombreux mois. Et son père avait exprimé à haute voix son amertume et son dégoût, tant à l'égard d'Etienne que de Mathilde. Pendant des semaines, les envoyés du roi comme ceux de l'impératrice avaient essayé de le rallier à leur cause. Mais il avait obstinément refusé. Il avait fallu qu'Etienne en personne vienne à Montreau pour que son père consente à signer un traité.

Montreau ne prendrait parti pour aucun camp. Ses habitants resteraient indéfectiblement neutres, n'accordant leur support à aucun des deux adversaires. Etienne en avait aussitôt prévenu Mathilde, qui avait envoyé son cousin pour la représenter. C'était à cette occasion que le roi David avait découvert les tartes aux pommes de Montreau ! En fait, Lea le soupçonnait d'apprécier surtout la cuisinière. Mais la chose était restée à l'état de rumeur…

Que ce soit vrai ou non n'importait guère. Ce qui comptait, c'était qu'il y ait des documents officiels attestant le statut de neutralité de Montreau.

Elle savait pourquoi son père avait choisi de ne soutenir aucun parti. Mais elle n'avait jamais compris pourquoi Jared, lui, s'était cru obligé de faire un choix.

Depuis sept longues années, le pays était en pleine tourmente. Le frère combattait son frère. Le père affrontait son fils. Des innocents mouraient. Les récoltes étaient dévastées, les maisons détruites et les champs incendiés.

Comment Jared avait-il pu l'aimer si peu qu'il ait choisi ce carnage et cette destruction insensée au lieu de ce qu'ils auraient pu partager ensemble ?

Et comment avait-on pu attendre d'elle qu'elle accepte de vivre avec un homme manifestement aussi sanguinaire ?

— Oui, Agatha. Je n'ignore pas pourquoi Montreau a jusqu'ici échappé au carnage.

— Et vous voulez prendre le risque d'exaspérer l'envoyé de Mathilde ?

— Eh bien, oui, c'est ce que je suis en train de faire, admit tranquillement Lea.

La chambrière lui fit enfiler la chemise en la glissant par-dessus sa tête.

— Vous ne savez pas quel jeu vous jouez, mon enfant.

— Bah, il n'est pas différent des autres hommes !

— Et les hommes, cela vous connaît, ironisa Agatha en ajustant le surcot de Lea. En fait d'objet de comparaison, vous n'avez eu que Charles. Mais Charles était seulement désagréable. L'autre est dangereux !

— Imprévisible, peut-être, concéda Lea. Mais dangereux, je ne crois pas.

Elle pensait vraiment ce qu'elle avait dit à Jared la veille. Il ne ferait rien qu'elle ne lui ait permis, elle en était sûre…

— Hum… Et avez-vous encore l'intention d'exécuter votre plan ?

Lea réfléchit. Se laisser faire un enfant ? En fait, elle n'était pas certaine de le pouvoir. L'idée de séduire Jared comportait de multiples implications. Elle ne le connaissait que trop bien. S'il apprenait jamais qu'elle avait eu un bébé, il ne serait pas aussi coulant que d'autres et n'accepterait pas volontiers la version de la paternité de Charles.

Elle le croyait même fort capable de revenir à Montreau pour y mener sa petite enquête !

En outre, elle ne savait pas combien de temps il allait rester. S'il s'attardait assez longtemps pour s'apercevoir qu'elle était enceinte, elle n'arriverait jamais à se débarrasser de lui.

A une époque, elle l'avait tant aimé qu'avoir des enfants de lui était l'un de ses buts dans la vie. Dans ses rêves, elle se voyait avec trois ou quatre bambins, tous conçus et élevés dans l'amour et la tendresse.

Elle revint à elle en voyant qu'Agatha l'observait avec attention, dans l'attente de sa réponse.

— Je n'en suis plus très sûre, admit-elle. Il me faut un peu de temps pour réfléchir à ce que je vais faire. Mais en attendant, en quoi cela peut-il me nuire d'éveiller son intérêt et de m'assurer qu'il dure aussi longtemps que j'en ai besoin ?

Agatha secoua la tête.

— Faites attention, lady Lea ! Jared n'est plus un jeune homme inexpérimenté. Il jouera le jeu un certain temps. Puis il prendra les choses en main. Et le résultat risque de ne pas être à votre avantage.

Lea n'était pas d'accord, mais elle chercha à apaiser la chambrière.

— Ne craignez rien. Je saurai être prudente.

Jared sortit dans la cour avec Lea et cligna des paupières, ébloui par le soleil. Le ciel bleu n'offrait pas à la vue le moindre nuage et il soufflait une douce brise printanière. Le problème, avec un temps pareil, c'était qu'on ne pouvait s'empêcher de penser que tout était trop parfait pour être vrai.

Il devait y avoir un lézard quelque part !

Il jeta un furtif coup d'œil à la vision enchanteresse qui se tenait à son côté. Au moins, elle avait eu la décence de ne pas le faire attendre. Et à son grand soulagement, elle avait revêtu une tenue décente pour cette sortie en public.

Apercevoir son corps à travers la brume d'étoffe qu'elle portait la veille ne lui aurait pas déplu, certes. Mais Dieu savait pourquoi, il ne supportait pas la pensée que d'autres puissent jouir aussi du spectacle.

Pour être franc, cela lui déplaisait même beaucoup trop. Et c'était ridicule ! Lea n'était plus sa fiancée, bonté divine ! Qu'elle étale ses charmes aux yeux de tous aurait dû lui être parfaitement indifférent.

Elle l'avait pris une fois pour un imbécile, c'était assez. Il n'allait pas la laisser de nouveau s'immiscer dans son cœur. Il devait se souvenir qu'elle n'était rien de plus pour lui qu'une femme confiée à sa responsabilité, jusqu'à ce que d'autres ordres lui parviennent.

Il serra les poings inconsciemment. Tout ce qu'il lui restait à espérer, c'était que les ordres en question arrivent vite. Jusque-là, il avait juré de protéger Montreau et sa dame.

Une dame qu'il avait autrefois désirée plus qu'aucune autre… et qui lui avait ouvertement fait des propositions la veille en l'accueillant aux portes de son château. Protéger le lieu et ses habitants des ennemis extérieurs était chose facile. Mais qui protégerait la dame de lui ?

Surtout quand elle exhibait ce corps si harmonieux qui appelait irrésistiblement la caresse… Le temps avait été clément avec elle. Oh, elle avait toujours été ravissante, il en savait quelque chose ! Mais sa minceur d'antan s'était arrondie en courbes éminemment féminines.

Des courbes qu'il aurait aimé explorer.

En vérité, il avait le plus grand mal à ne pas oublier qu'elle était une lady et méritait sa considération et son respect au même titre que ses propres sœurs. Mais une partie de lui se révolta à cette image. Non, décidément, elle n'était pas sa sœur !

Il fut tiré de ses pensées par le rire de Lea, qui venait de héler l'un des hommes vaquant dans la cour.

— Hé là, Simon, tenez-vous correctement ! Sinon, j'irai dire deux mots à Alyce…

L'entendre plaisanter ainsi avec tout un chacun acheva de mettre Jared à cran.

— Qui est Alyce ? s'enquit-il d'une voix plus rude qu'il ne l'aurait souhaité.

Elle le regarda, manifestement surprise.

— C'est la femme de Simon. Il était en train de flirter avec l'une des filles de cuisine.

— Et en quoi cela vous concerne-t-il ?

Elle se redressa, hautaine.

— Tout ce qui se passe à Montreau me concerne.

— Plus maintenant.

— Vous ne resterez pas toujours ici, monsieur le seigneur temporaire. Votre mission prendra fin un jour ou l'autre

— Ne comptez pas trop là-dessus. Je risque d'être votre seigneur pendant longtemps, que cela vous plaise ou non.

Il fit encore quelques pas avant de s'apercevoir qu'elle n'était plus à côté de lui.

— Où diable…

Il fit volte-face et la vit retourner vers le donjon.

— Eh là, où allez-vous ?

Il la rattrapa en quelques enjambées et lui agrippa le bras. Mais elle se dégagea d'une secousse.

— Où je vais ? Aussi loin de vous que possible !

— Qu'est-ce qui ne va pas ? Vous n'arrêtez pas de m'assener des piques, et vous me fuyez pour aller bouder dès que je fais mine de riposter ?

— Je ne boude pas et je ne prends certainement pas la fuite !

— C'est pourtant votre spécialité. Comment appelez-vous cela, alors ?

— Je ne l'appelle pas !

Elle leva le visage vers le soleil.

— C'est une trop belle journée pour la gâcher par des disputes, voilà tout !

Elle avait marqué un point, qu'il le veuille ou non.

— Eh bien, observons une trêve ! Faites-moi visiter Montreau, voulez-vous ?

Elle haussa les épaules.

— Vous connaissez suffisamment Montreau pour ne pas avoir besoin de guide.

— Peut-être. Mais le domaine a beaucoup changé depuis ma dernière visite.

— Que voulez-vous voir ?

Jared pointa le menton vers l'autre bout de la cour.

— Les nouveaux bâtiments. Commençons par les écuries, si…

Il fut interrompu par le cri que poussèrent simultanément l'un de ses hommes et une sentinelle de Montreau, tous deux postés sur le rempart.

— Milord !

— Milady, des cavaliers approchent !

— Des cavaliers ? répéta Lea, qui se dirigea aussitôt vers le rempart.

Jared l'arrêta en se plaçant devant elle.

— Que faites-vous ?

Elle le dévisagea comme s'il avait perdu l'esprit.

— Je vais voir qui c'est, bien entendu !

— Pas question !

Il fit signe à l'un de ses hommes.

— Escortez la dame à l'intérieur du donjon, voulez-vous ?

Mais Lea s'écarta prestement.

— S'il pose la main sur moi, je lui fais couper le bras ! jeta-t-elle avec colère.

Le garde écarquilla les yeux sous la menace.

— Vous ferez comme je vous dis ! tonna Jared. Sinon, je vous fais enfermer dans une cellule. Et croyez-moi, je n'hésiterai pas !

Le regard qu'elle lui jeta en retour en disait plus long que n'auraient fait des paroles. En cet instant, il était visible qu'elle le haïssait farouchement. Mais il s'en moquait bien. Il était de son devoir de la protéger et il avait bien l'intention de ne pas y faillir.

— On ne peut pas vous faire confiance, Lea. La nuit dernière, vous avez laissé entrer toute une armée dans cette forteresse !

— J'avais été prévenue de votre arrivée.

— On ne vous a pas dit exactement qui allait venir. Vous saviez seulement qu'il s'agissait d'un envoyé de l'impératrice.

— C'est faux, je savais parfaitement que c'était vous !

— Non, vous l'avez seulement deviné, rectifia-t-il. Imaginez un peu ce qui aurait pu se passer si vous vous étiez trompée. N'importe quel étranger aurait pu pénétrer ici et raser Montreau après avoir tué tous ses habitants, y compris vous.

Elle pâlit, mais ne dit rien pour sa défense. Comment l'aurait-elle pu, d'ailleurs ? Pour Jared, ce qu'elle avait fait n'était pas défendable.

— Ne vous opposez pas à moi là-dessus, Lea. Vous ne gagnerez pas, je vous préviens.

A son grand soulagement, elle se tourna vers le donjon.

— Je veux qu'on me fasse un rapport sur mes visiteurs, lança-t-elle avec hauteur.

Jared fit signe au garde de la suivre, puis corrigea :

— *Mes* visiteurs, Lea.

Elle s'arrêta et lui fit face.

— Quoi qu'il en soit, j'attends un rapport.

Il acquiesça de la tête. Pourquoi fallait-il que sa bouche lui paraisse si désirable, quand elle relevait le menton avec cette arrogance ?

Une fois qu'elle fut en sécurité dans le donjon, il monta sur les remparts et attendit que les trois cavaliers soient assez près pour les héler.

— Ohé, là-bas ! Quel est le motif de votre visite ?

L'un des hommes, qui semblait un peu plus richement vêtu que ses compagnons, fit approcher son cheval de la muraille.

— Je suis Markam Villaire et je viens voir la veuve de mon frère. Et vous, qui êtes-vous ?

— Lord Jared de Warehaven et de Montreau. Pourquoi voulez-vous voir lady Lea ?

— Lord de Montreau ?

L'autre fronça les sourcils, visiblement perplexe.

— En tant que seul parent vivant de lord Charles, je suis venu assurer la sécurité du lieu. Serais-je arrivé trop tard ?

L'un des hommes de Montreau s'approcha de Jared.

— Puis-je vous dire un mot, milord ? Ce seigneur est bien le frère de lord Charles mais, malgré cela, il ne porte pas notre dame dans son cœur et se soucie fort peu de ses intérêts.

Jared l'avait déjà deviné aux paroles du visiteur. Markam Villaire n'était pas venu pour protéger Lea, mais pour s'approprier ses possessions.

— Trop tard pour quoi ? s'enquit-il.

— Je n'ai pas à vous répondre. Je ne vous connais pas.

Jared referma une main sur la garde de son épée.

— C'est moi qui contrôle ce château.

— Sur l'ordre de qui ?

Jared n'avait pas la moindre idée du camp auquel cet homme avait fait allégeance. Aussi tira-t-il son épée du fourreau.

— Sur mon ordre à moi !

Il darda tour à tour sur les trois hommes un regard acéré.

— Avez-vous l'intention de me provoquer en loyal combat ?

Il ne s'étonna pas de les voir tous les trois secouer la tête. Courageux, mais pas téméraires !

— Non, dit Markam. Il n'y a aucun besoin d'en arriver à ces extrémités. Puis-je au moins parler à la dame avant de m'en retourner ?

Jared réfléchit en hâte. Il n'avait aucune raison à alléguer pour refuser l'entrée au visiteur. Mais il avait bien l'intention de garder constamment l'œil sur lui tout le temps qu'il serait au château.

Il adressa un signe aux sentinelles placées aux portes de la tour.

— Levez la herse et laissez-les entrer !

Chapitre 3

Furieuse, Lea arpentait la grande salle. La colère bouillonnait en elle, mais elle en était réduite à se contenir tant bien que mal, épiée qu'elle était par les regards attentifs des hommes de Warehaven. Voilà où elle en était ! Confinée comme une prisonnière dans son propre donjon, réduite à laisser quelqu'un d'autre accueillir *ses* visiteurs !

Oui, elle avait fait ouvrir les portes la veille, c'était un fait. Mais elle savait qui allait venir, bonté divine ! Et pas seulement parce que l'impératrice l'avait prévenue. Elle avait vu en rêve les drakkars. Et qui d'autre que Jared pouvait débarquer avec ces navires dont la proue s'ornait d'une tête de dragon ?

Elle n'était pas stupide, tout de même ! Si elle avait senti qu'un danger planait sur Montreau, elle aurait ordonné à ses hommes de tenir les portes closes et de prendre les armes sur-le-champ.

Elle aurait voulu hurler, tant elle se sentait humiliée par la façon dont Jared l'avait traitée. Mais à quoi bon ? Ce serait une perte de temps et d'énergie. Même si elle avait toutes les raisons de lui en vouloir, il considérerait ses justes plaintes comme des récriminations de femme, rien de plus.

L'immense double porte s'ouvrit soudain derrière elle. Lea fit volte-face, prête à affronter Jared. Mais les mots moururent sur ses lèvres à la vue des hommes qui se tenaient sur le seuil.

Qu'est-ce que Markam Villaire et ses acolytes faisaient là, au nom du ciel ? Après l'avoir informé de la noyade de son frère, elle avait attendu plusieurs jours la visite de Markam. Il n'avait pas répondu à sa lettre et n'avait pas jugé bon d'assister à la messe qu'elle avait fait dire à la mémoire de Charles.

Non que ce silence l'ait surprise… Markam et elle éprouvaient fort peu de sympathie l'un pour l'autre. A leur première rencontre, il avait vu en elle une femme faible et timide qu'il pourrait manipuler à volonté. Et elle avait flairé tout de suite le tyran.

Ce que Markam n'avait pas en stature — il était le seul homme que Lea puisse regarder de haut au sens propre ! — il le compensait largement par son arrogance et son despotisme. Si Charles acceptait sans sourciller les façons autoritaires de son frère, elle avait pour sa part trouvé un certain plaisir à montrer à Markam qu'elle ne se laissait pas aussi facilement intimider.

Ce qui n'était pas fait pour la mettre en odeur de sainteté auprès des deux hommes !

Markam ne s'étant pas montré à la messe, elle avait pensé — et secrètement espéré — qu'elle n'entendrait plus jamais parler de lui.

Alors que venait-il faire à présent ?

Markam l'aperçut à cet instant.

— Lea, ma chère sœur !

Après avoir écarté ses compagnons d'un geste, il s'avança vers elle les bras tendus, un masque d'inquiétude sur le visage.

— Je suis venu aussi vite que j'ai pu.

Lea dut résister à une furieuse envie de s'enfuir. Non pas qu'elle ait peur de lui. Mais quand un Villaire faisait ainsi étalage d'un semblant d'émotion humaine, c'était qu'il mijotait quelque chose.

Quelque chose de mauvais pour elle…

Elle fit un pas de côté juste au moment où il allait la prendre dans ses bras et héla une servante.

— Rosa, apportez de quoi boire et manger pour notre invité.

Puis elle appela d'un signe l'un des hommes de Warehaven.

— Allez trouver votre seigneur et demandez-lui s'il veut aussi se restaurer.

Certaine d'avoir montré clairement son dédain, elle se tourna de nouveau vers Villaire et lui désigna l'estrade disposée à l'extrémité de la salle.

— Pourquoi êtes-vous venu ?

Il écarta les mains, feignant la surprise.

— Mais, ma chère sœur, pour obéir à votre injonction. Ne m'avez-vous pas envoyé chercher ?

Elle s'apprêtait à s'asseoir dans la chaire seigneuriale, mais Villaire lui brûla la politesse et s'y laissa tomber sans plus de façons.

Lea faillit lui signaler vertement que c'était elle, la dame de Montreau. Mais elle ne voulut pas faire d'esclandre devant les hommes de Warehaven. Au lieu de cela, elle s'appuya contre une boiserie à deux pas du fauteuil, obligeant son interlocuteur à pivoter pour se tourner vers elle.

— Envoyé chercher ? Non. Je vous ai simplement informé du décès de votre frère.

Charles prit un air suspicieux.

— La mer a-t-elle rejeté son corps ?

Lea retint la réponse acerbe qui lui brûlait les lèvres. Décidément, les deux frères avaient eu bien des choses en commun — en particulier la grossièreté et le manque de tact !

— Pas encore, répondit-elle.

— Alors comment pouvez-vous être certaine de sa mort ?

Il plissa les paupières.

— A moins que vous ne déteniez des informations que nous ne connaissons pas ?

Elle fronça les sourcils. Qu'était-il en train d'insinuer ? Les hommes du second bateau avaient vu l'embarcation de Charles se retourner à quelques mètres d'eux. On les avait cherchés, lui et ses quatre compagnons, jusqu'au lendemain matin.

Elle était restée toute la nuit sur la grève à attendre, grelottant dans la bise marine, pendant que les hommes se relayaient pour plonger dans l'eau glacée. Ils avaient utilisé des filets de pêche lestés, sondant les profondeurs pour y retrouver les corps. Et ils auraient continué indéfiniment si elle ne les avait arrêtés. Au milieu de la matinée, la mer était devenue houleuse, soulevant les bateaux ancrés qui menaçaient de s'entrechoquer. Elle n'avait pas voulu courir le risque de voir la mer lui prendre d'autres hommes.

— Si Charles était vivant, il serait revenu, argua-t-elle. Ou il aurait envoyé un mot pour dire où il était.

Son mari n'était pas du genre à se passer longtemps de son confort !

C'était même l'une des raisons pour lesquelles son père avait considéré Charles comme un parti acceptable. Il savait que Villaire ne serait jamais homme à s'engager dans la guerre et à mettre ainsi en danger la neutralité de Montreau. Impossible d'imaginer Charles dormant sur le sol dur ou même sur une simple paillasse ! Il était beaucoup trop ami de ses petites aises.

— Et s'il est blessé ? objecta Villaire. Mon frère est peut-être dans l'incapacité physique de revenir près de vous, et même de vous faire parvenir un message.

Décidément, cette insistance était suspecte, songea Lea. Markam avait une idée derrière la tête. Pourquoi voulait-il absolument que Charles soit vivant ? Pour sa part, elle n'y croyait pas une seconde.

— J'en doute. Nous avons fouillé la plage sur des kilomètres dans les deux sens. Les hommes sont allés dans tous les villages alentour pour s'assurer que tout le monde était au courant de l'accident. Ainsi, même s'il était incapable de nous envoyer un message, l'un des villageois s'en serait chargé.

Markam se détourna et croisa les mains sur la table devant lui, dans l'attitude de la prière.

— Je ne peux pas croire… je refuse de croire qu'il est mort. Pas avant qu'on ne me montre la preuve tangible.

Sa voix tremblait d'émotion et se brisa même sur les derniers mots. Lea se redressa, les sourcils froncés. Markam et Charles n'avaient jamais été proches l'un de l'autre. Alors pourquoi cet étalage ?

— Quel genre de preuve voulez-vous ? s'enquit tout à coup une voix masculine.

Lea sursauta. Jared ! Elle ne l'avait ni vu ni entendu entrer, et sa présence près de l'estrade la surprit. Depuis combien de temps était-il là, à les écouter en silence ?

Markam leva la tête et tourna un regard éploré vers son nouvel interlocuteur avant de baisser la tête au point que son front toucha presque la table. Ses épaules tremblaient, comme secouées de sanglots. Toute cette comédie était destinée à Jared, bien entendu !

Elle ouvrait déjà la bouche, mais Jared secoua la tête et posa un doigt sur ses lèvres. Puis il l'écarta avant qu'elle n'ait eu le temps de protester et alla s'asseoir sur un banc de l'autre côté de la table.

— Je vais envoyer mes hommes procéder à de nouvelles recherches, dit-il à Markam. Jusque-là, vous êtes le bienvenu à Montreau.

Villaire se redressa et s'éclaircit la gorge. Muette d'étonnement, Lea vit son visage passer de l'extrême désolation à la gratitude. Bien entendu, Jared ne connaissait pas cet homme. Il ne pouvait déceler l'expression de méchanceté et de calcul qui étrécissait son regard. Le frère de Charles allait le manipuler sans vergogne, et Dieu savait ce qui en résulterait ! Rien de bon, c'était à craindre…

— Merci, milord, murmura Markam. Vous êtes trop aimable.

Lea tapota du doigt l'épaule de Jared.

— Puis-je vous dire un mot ?

Mais il l'ignora, son attention toujours concentrée sur Markam.

— Je suis sûr que, cette fois, nos hommes réussiront à retrouver votre frère. Avec votre aide...

— Mon... mon aide ?

Lea faillit éclater de rire en voyant l'horreur se peindre sur le visage de Villaire. Peut-être avait-elle sous-estimé Jared en fin de compte. Il n'était pas impossible qu'il ait vu clair dans le jeu de Markam.

Mais, tout de même, il restait un point noir dans cette histoire. Si elle se résolvait à séduire Jared, comment y parviendrait-elle avec Markam constamment dans les jambes ?

Sûre à présent que le visiteur était entre de bonnes mains, elle laissa les deux hommes poursuivre leur conversation et quitta la salle. Elle avait besoin d'air, et aussi de temps pour réfléchir à ce qu'elle allait faire.

Jared la regarda sortir posément, d'une démarche gracieuse et hautaine. Il s'attendait à l'entendre tempêter, furieuse qu'il ait pris le commandement de Montreau et invité Villaire à rester.

Mais au lieu de se montrer outragée, elle semblait songeuse, comme si elle avait l'esprit ailleurs. En fait, il aurait préféré la voir en colère. Au moins, il aurait su à quoi s'attendre. Cette humeur pensive ne lui disait rien qui vaille. Il risquait de ne rien en sortir de bon... pour lui !

La voix de Markam le fit sursauter.

— Ma belle-sœur est très attirante, n'est-ce pas ?

Jared n'avait pas la moindre intention de dévoiler ses relations antérieures avec Lea.

— Oui, je suppose. Je n'ai pas encore eu le temps de m'en apercevoir.

Il observa Villaire avec attention. Il n'aimait pas du tout cet homme, mais il serait intéressant de voir où il voulait en venir.

— Dommage qu'elle soit encore mariée à un autre, glissa perfidement Villaire.

Jared hésita avant de répondre. Villaire n'était pas un homme à qui on pouvait se fier, c'était évident. Mais qui sait ? Il était peut-être réellement affecté par la mort de son frère, ce qui expliquait qu'il ait du mal à accepter sa disparition.

— Vous croyez vraiment que Charles puisse être encore en vie ?

— Peut-être que oui, peut-être que non. Tant qu'on n'a pas trouvé le corps, qui peut le dire avec certitude ?

Jared fronça les sourcils. Qu'est-ce qui n'allait pas chez ce Markam ? Ce n'étaient pas tant ses paroles que le ton employé. Suffisant, prétentieux... Le léger rictus qui tordait ses lèvres le rendait encore plus antipathique. Décidément, il ne pouvait lui faire confiance !

— Nous le saurons dans un jour ou deux, assura-t-il.

— Même si nos recherches restent vaines, j'ai déjà envoyé une requête au roi.

— Pour lui demander quoi ?

Villaire s'appuya au dossier de la chaire et caressa les accoudoirs.

— La tutelle de Montreau.

Ridicule ! Cette déclaration ne méritait pas d'autre réponse qu'un grand éclat de rire. Mais Jared voulait savoir ce que l'homme avait derrière la tête. Il héla une servante et lui demanda d'apporter à boire.

La fille vint déposer un pichet et des gobelets sur la table. Il la congédia d'un geste et versa lui-même la bière dans les timbales.

— Montreau a déjà un gardien, dit-il après avoir siroté quelques gorgées. Moi !

— Oui, mais vous n'avez aucun droit légal sur ce lieu.

Si les choses avaient tourné autrement sept ans plus tôt, il n'en serait pas de même et rien de tout cela ne serait en train d'arriver, songea Jared. Mais l'échange de serments n'avait jamais eu lieu entre Lea et lui. Et quand elle s'était fiancée l'année suivante avec Charles Villaire, il était encore trop furieux contre elle pour protester.

Pour ce qu'il se souvenait des termes de leur contrat de fiançailles, la seule personne qui ait des droits sur ce château était Lea. Même lui n'était ici que pour un temps, jusqu'à ce que l'impératrice ait besoin de lui ailleurs.

— Et quels sont vos droits sur Montreau ? s'enquit-il d'un ton neutre.

Villaire se renversa un peu plus dans sa chaire.

— Lady Lea est l'épouse de mon frère. Même s'il s'avère que Charles est bien mort, je suis le seul parent survivant de la dame.

Il prit une longue gorgée de bière avant de poursuivre :

— C'est mon devoir de veiller à ce que Montreau et elle soient convenablement protégés.

Si ce n'était pas là un opportuniste ! se dit Jared, confondu par tant d'outrecuidance. D'autres se seraient peut-être laissé prendre aux prétendus bons sentiments de Markam. Mais pas lui ! Il voyait luire la cupidité dans les yeux de l'homme. Comme l'Eglise ne lui permettrait jamais d'épouser la veuve de son frère, sans doute projetait-il de marier Lea à l'un de ses amis — quelqu'un de plus faible que lui, qu'il pourrait aisément contrôler. Ensuite, il s'empresserait de tirer tous les profits possibles du château et des terres.

Jared plissa le front. De toute évidence, Lea n'aimait pas son beau-frère et se méfiait de lui. Sinon, elle n'aurait pas envoyé un garde le chercher sous un faux prétexte.

Qu'arriverait-il quand elle essaierait de contrer les plans de Villaire ? Elle le combattrait bec et ongles, il n'en doutait pas. Comment Markam pourrait-il veiller sur elle dans ces conditions ?

Non. C'était lui, Jared, qu'on avait envoyé ici pour protéger Montreau et sa dame. Et il ne laisserait rien de mal leur arriver.

— Vous avez bien dit que vous veniez de Warehaven ? interrogea tout à coup Markam.

— C'est exact. Pourquoi me demandez-vous cela ?

— N'êtes-vous pas l'envoyé de l'impératrice Mathilde ?

— Si, confirma Jared, qui n'avait aucune raison de nier sa loyauté à la souveraine.

Villaire pinça les lèvres.

— Ne seriez-vous pas le fils de son frère le bâtard, par hasard ?

Jared eut un sourire de prédateur. Intentionnellement.

— En effet.

Il se pencha en avant, satisfait de voir l'autre reculer le buste.

— Je vous conseille d'être poli quand vous parlez de ma famille. Sinon, je pourrais en prendre ombrage.

— Hum… Lady Lea sait-elle qui vous êtes ?

— Bien entendu.

— Et elle vous a laissé entrer à Montreau ?

— Elle n'avait pas le choix.

Villaire écarquilla les yeux.

— Quoi ? Vous avez forcé l'entrée du château de mon frère ? Mais… mais vous êtes un ennemi en ce cas !

Jared haussa les sourcils. Ennemi ? Dans une forteresse neutre ?

— Non. Lady Lea savait que j'allais venir.

Il ne put s'empêcher d'ajouter :

— Mais j'aurais peut-être eu recours à la force si elle avait refusé de me laisser entrer.

Villaire pâlit et se leva.

— Il faut que j'en parle à lady Lea. Je ne peux pas laisser passer cela !

— Laisser passer quoi ?

Jared se leva à son tour et fixa son interlocuteur d'un regard flamboyant.

— C'est un territoire neutre. Il l'a toujours été et je suis ici pour m'assurer qu'il le restera.

— Mais le roi Etienne…

Villaire ferma brusquement la bouche comme s'il avait été sur le point d'en dire trop.

La main de Jared se porta vers la garde de son épée.

— Etienne trouvera à qui parler si jamais il décide de revendiquer Montreau.

Villaire recula en clignant des yeux, le regard fixé sur l'épée de Jared.

— Je… j'en parlerai au roi moi-même.

— Vraiment ?

— Milord ? interrompit tout à coup une voix féminine.

La chambrière de Lea, Agatha, s'approcha de la table. Ignorant délibérément Villaire, elle s'adressa à Jared.

— Il est presque l'heure du repas. En avez-vous encore pour longtemps ?

Villaire tourna les talons et se dirigea vers la porte. Sans doute pour exprimer sa colère à Lea… Certain qu'elle allait le remettre vertement à sa place, Jared le suivit à quelques mètres de distance. Même un Markam n'était pas assez fou pour s'en prendre physiquement à Lea. Mais Dieu savait jusqu'où elle était capable de le pousser !

Un bruit de pas dans l'escalier de la tour et le son d'une respiration haletante apprirent à Lea qu'elle n'allait plus être seule très longtemps. Elle n'eut pas besoin de se retourner pour savoir qui venait troubler sa solitude. La montée des marches n'aurait jamais coupé la respiration à Jared et Agatha n'avait pas le pas aussi lourd. Il ne restait donc que Villaire. Mais que lui voulait-il ?

— A… à quoi pensiez-vous de… laisser cet homme pénétrer dans Montreau ? interrogea-t-il sans le moindre préambule.

Elle se redressa, offensée.

— Je n'ai pas à vous répondre.

Il la rejoignit sur le chemin de ronde et se mit à rire, à la grande surprise de Lea.

— Voilà qui va bientôt changer, la prévint-il.

Elle n'ignorait pas le côté calculateur du personnage. Mais être cette fois l'objet de ses manigances l'inquiétait plus qu'elle ne voulait se l'avouer.

En fait, elle ne savait ce qui l'irritait davantage — le sens de sa phrase ou le ton dont il l'avait proférée. Charles était peut-être mesquin, mais au moins, il était prévisible. Tandis que la menace cachée derrière les mots de Markam lui demeurait indéchiffrable.

Sachant qu'il attendait la question qui ne manquerait pas de suivre, elle affermit sa voix.

— Et pourquoi cela, s'il vous plaît ?

Il se tourna pour lui faire face, l'épaule appuyée à la muraille.

— Autant que vous le sachiez, après tout. De toute façon, vous ne pouvez plus rien y changer. J'ai adressé une demande officielle au roi. Montreau sera bientôt sous ma tutelle.

Le premier mouvement de Lea fut de le traiter de fou. Mais une étreinte glacée lui noua l'estomac, figeant les mots sur ses lèvres.

Et si le roi Etienne décidait de passer outre l'édit royal qu'elle gardait dans sa chambre ?

Maintenant que ses parents et son mari étaient morts, Markam pouvait être considéré comme son seul parent actuellement en vie. Même s'il ne lui était apparenté que par son mariage, c'était tout de même un lien parfaitement légal aux yeux de n'importe quel pouvoir séculaire, sans parler de l'Eglise.

Cachant ses craintes sous un air désinvolte, elle haussa les épaules.

— Ah bon ? Vous devriez en parler d'abord à mon fiancé. Il a sûrement son mot à dire à ce sujet.

Markam ouvrit la bouche toute grande et les yeux lui sortirent littéralement de la tête.

— Fiancé ? répéta-t-il avec indignation. Mon frère n'est peut-être même pas mort et vous vous êtes déjà engagée avec un autre homme ?

— Votre frère *est* mort, le reprit-elle, certaine au moins de cela. Quant aux fiançailles, on ne m'a pas demandé mon avis !

— Qui a pris la décision en ce cas ?

— C'est l'impératrice Mathilde. Elle m'en a informée par lettre il y a quelques jours.

Les sourcils de Markam se rejoignirent.

— Et qui est l'homme ?

Lea redressa la tête et prit une profonde inspiration.

— Vous voulez le savoir ? Eh bien, c'est lord Jared de Warehaven !

Chapitre 4

Incrédule, Markam fit un pas vers elle.

— Allons donc ! Warehaven ne m'en a pas dit un mot quand je l'ai informé de mon projet.

Et pour cause ! Jared ignorait tout de ces fiançailles, pour la bonne raison qu'elle venait de les inventer. C'était la seule parade à laquelle elle ait songé dans l'urgence. Evidemment, elle allait devoir mettre l'intéressé au courant.

Cette fiction ne serait que temporaire, bien entendu. Le temps que Villaire s'en aille. Jared ne prendrait pas la chose sérieusement, elle en était sûre. En fait, il risquait même d'en être offensé !

Elle ouvrait la bouche pour répondre à Markam, quand une main musclée se referma sur son épaule, la faisant tressaillir de surprise.

— Je n'ai rien dit parce que nous préférions finaliser notre arrangement avant d'en parler à un tiers, fit la voix profonde de Jared.

Lea exhala un soupir de soulagement. De toute évidence, il en avait assez entendu pour comprendre ce qu'elle était en train de faire. Et pour une raison inconnue, il avait décidé de jouer le jeu. Au moins provisoirement ! Elle savait que le temps des explications viendrait vite.

Bien qu'elle lui soit profondément reconnaissante, elle n'avait pu s'empêcher de se crisper à son toucher. Elle voulut s'écarter discrètement, mais il contra la tentative en rapprochant d'elle son torse, dont elle sentait les muscles puissants dans son dos. La chaleur qui s'exhalait de lui la troublait autant que la pensée de ce corps viril contre le sien. Une étrange langueur s'immisça en elle, réveillant des sensations et des images qui auraient mieux fait de rester prisonnières du passé auquel elles appartenaient...

— L'échange des vœux n'est donc pas imminent ? s'informa Villaire, visiblement allégé d'un grand poids.

— Non, admit Lea.

— Ah, cela me rassure !

Il se dirigea vers l'escalier, s'arrêtant à la porte pour ajouter :

— Ce serait une honte de commettre le péché de bigamie en raison d'un remariage trop hâtif !

Lea tenta de se dégager, mais Jared la retint d'une main ferme. Il attendit que les pas de Villaire se soient estompés dans l'escalier, puis pencha la tête vers elle.

— Expliquez-vous maintenant !

Son souffle chaud contre son oreille la fit frémir. Elle déglutit plusieurs fois pour chasser le vertige qui menaçait de la submerger.

— Il... il projette de s'emparer de Montreau.

— Et vous espérez lui en faire passer l'envie par un mensonge ?

— Ce n'était pas vraiment un mensonge, allégua-t-elle.

— Vous êtes malade, Lea ?

— Mais non, pourquoi ?

Le seul malaise dont elle souffrait en cet instant était dû à la chaleur du corps de Jared pressé contre son dos et à la sensation de sa main fermement posée sur son épaule !

— Qu'est-ce qui vous permet d'affirmer que cette histoire de fiançailles a le moindre semblant de vérité ?

— La missive de l'impératrice.

Il lui lâcha l'épaule, le temps de la retourner vers lui pour la regarder en face.

— Quelle missive ?

L'espace d'un instant — une seconde, pas plus — elle

regretta leur pose précédente. Puis elle vit étinceler la colère dans le regard vert de Jared et recula d'un pas.

— La lettre où elle m'annonçait votre arrivée.

— Elle vous a envoyé un message expliquant que j'allais venir vous protéger, Montreau et vous. Il n'y avait rien d'autre !

Il se trompait, mais elle n'avait pas envie d'argumenter avec lui.

— Ah bon ? Comme vous voudrez...

Il crispa les mâchoires et un petit muscle tressaillit dans sa joue, recouverte d'un soupçon de barbe.

— Arrêtez de répéter cette phrase, bon sang !

Elle lança un bref regard par-dessus le bord de la tour crénelée. Mon Dieu, que le sol semblait loin ! Il n'était guère prudent de narguer ainsi Jared sur ce chemin de ronde où il lui aurait suffi d'un geste pour la...

— Vous avez encore cette lettre ?

— Bien sûr. Elle est dans ma chambre.

Il lui saisit la main et l'entraîna vers l'escalier avant qu'elle n'ait eu le temps de prononcer un mot de plus.

— Je veux la voir. Tout de suite.

Ainsi, il ne la croyait pas...

— Quelle raison aurais-je de vous mentir, bonté divine ?

Jared ricana, tout en descendant l'escalier avec elle.

— Autrefois non plus vous n'aviez pas la moindre raison. Pourquoi serait-ce différent aujourd'hui ?

Elle lui lança un regard sidéré.

— Je vous demande pardon ?

— Ne jouez pas les simplettes avec moi, Lea. Vous savez exactement de quoi je parle. Voulez-vous vraiment discuter de cela maintenant ?

— Non. Ni maintenant, ni jamais. Nous n'avons rien à discuter, Jared.

Il n'eut pas besoin de la regarder pour savoir qu'elle bouillait de colère. La note de rage froide dans sa voix était assez éloquente en elle-même. Tant mieux ! C'était tout ce qu'elle méritait. Il voulait la voir furieuse, hors d'elle. Il était temps qu'elle expérimente elle-même ce qu'il avait pu ressentir autrefois quand elle l'avait trahi.

Parvenu devant la porte de sa chambre, il lâcha sa main et se tourna vers elle :

— Il y a une chose que je voudrais savoir, Lea. Vous offrez-vous ainsi à tous les hommes qui franchissent les portes de ce manoir ?

Il ne fut pas étonné de la voir pincer les lèvres et s'empourprer, une lueur meurtrière dans le regard. Mais ce qui le surprit, ce fut de sentir son propre cœur se mettre à cogner follement dans sa poitrine. Seigneur, qu'elle était belle en cet instant ! D'une beauté à couper le souffle… et à l'empêcher de penser clairement.

D'un geste impulsif, il l'attira dans la chambre, claqua la porte derrière eux et tira le verrou.

— Ou est-ce seulement pour moi que vous avez ainsi étalé vos charmes ?

— Jared, non !

Elle tenta d'échapper à l'étreinte de son bras autour de sa taille.

— Laissez-moi, je vous en prie.

— Je croyais que nous étions fiancés…, ironisa-t-il en posant les lèvres sur la courbe satinée de son cou.

Un parfum familier de lavande l'enveloppa soudain, capiteux à lui faire perdre la tête. Et bien entendu, il voulut davantage…

— S'il vous plaît…

Elle tremblait contre lui.

— Ne faites pas cela !

Sa voix légèrement essoufflée la trahit. Elle n'était pas aussi insensible à ses attentions qu'elle voulait bien le prétendre !

— Pourquoi ? N'est-ce pas précisément cela que vous m'offriez hier soir ?

Il laissa tomber une pluie de baisers jusqu'à son oreille et sourit de la sentir frissonner sous ses lèvres.

— Car vous me l'avez offert, n'est-ce pas ?

Elle baissa les bras et posa la tête sur son épaule.

— Ce... c'était une erreur.

Jared lui caressa les cheveux et eut la réponse à sa question de la veille. Oui, les tresses soyeuses s'enroulaient encore autour de ses mains comme des lianes, pour le retenir captif !

— Une erreur ? Vous avez donc menti en prétendant avoir deviné que j'étais l'envoyé de Mathilde ?

— Non, je...

Il tira sur ses cheveux, la forçant à rejeter la tête en arrière. Puis il couvrit sa bouche de la sienne pour arrêter ses paroles. Qu'elle se taise, par pitié ! Il ne voulait pas entendre ses mensonges et ses demi-vérités.

La seule chose qu'il voulait d'elle, c'était sa colère, son indignation et... ceci ! La sensation de ses lèvres douces et consentantes sous les siennes et la saveur suave de son baiser.

Il voulait la punir pour l'enfer qu'elle lui avait fait traverser jadis. Il l'avait aimée. Elle était la seule alors, personne d'autre ne comptait. Elle était sienne, totalement.

Et quelques heures à peine avant l'échange de leurs serments, elle avait envoyé son père annuler la cérémonie !

En agissant ainsi, elle avait fait plus que le blesser dans son orgueil. Il était parti à la guerre, insoucieux de vivre ou de mourir. Les risques insensés qu'il avait pris les premiers mois en combattant l'armée d'Etienne ne lui avaient pas coûté la vie en fin de compte. Mais bien des hommes loyaux qui l'avaient suivi n'avaient pas eu cette chance.

Comment pouvait-il être oublieux et stupide au point de retomber de nouveau sous le charme de cette femme ? Et comment pouvait-elle être aussi inconsciente du mal qu'elle avait fait ? Il ne lui pardonnerait jamais, pas plus qu'il ne se pardonnerait à lui-même.

Elle tourna la tête pour rompre le baiser et se raidit contre lui.

— Jared, s'il vous plaît ! Pas comme ça…

Sa voix se brisa et il vit des larmes scintiller dans ses yeux. Il la relâcha aussitôt et recula d'un pas.

— Vous n'attendiez tout de même pas de la douceur et des mots gentils, n'est-ce pas ?

— Non, murmura-t-elle.

Elle n'espérait pas la moindre gentillesse de sa part, c'était un fait. Mais ce n'était pas la dureté de ses mots qui l'avait bouleversée ainsi. C'était la force de son étreinte, l'impétuosité de son baiser. La rage qui émanait de lui, presque palpable…

S'ils faisaient l'amour maintenant, ce serait leur première fois. Au temps de leur idylle, ils n'avaient jamais été plus loin que des caresses et des baisers.

Dieu savait qu'elle désirait se retrouver nue sous lui. Charles, lui, ne l'avait pas trouvée à son goût. Il lui avait fait mal, lui avait reproché de ne pas prendre de plaisir et l'avait laissée en pleurs dans le lit nuptial, où il n'était plus jamais revenu.

Elle savait qu'il n'en serait pas ainsi avec Jared. Mais elle ne voulait pas qu'il la prenne par rancune et par dépit. Elle voulait un enfant, certes. Mais elle ne voulait pas qu'il soit conçu dans la haine et la colère.

Il lui lança un regard dur qui la blessa au plus profond de son cœur.

— Alors que voulez-vous ?

Elle baissa les yeux vers le sol.

— Un peu moins de haine…, répondit-elle dans un murmure.

Il resta un instant silencieux, puis émit un juron entre ses dents.

— Où est la lettre de ma tante ?

Lea exhala un soupir. C'était tout à fait typique de Jared de passer aussi abruptement d'une chose à une autre ! Ils n'avaient jamais pu avoir une conversation sérieuse, parce qu'il changeait de sujet dès qu'il se sentait embarrassé.

Elle ouvrit le coffre disposé au pied de son lit et lui tendit la missive froissée.

— Voilà. Dites-moi comment vous comprenez cela.

Jared s'assit sur un tabouret près de la fenêtre pour lire le message. Lea l'observa un instant et esquissa un geste vers lui, tentée malgré elle de passer la main dans sa luxuriante chevelure cendrée, dont les mèches retombaient sur son front. Il releva les yeux, étonné.

— Qu'y a-t-il ?

— Rien, rien..., murmura-t-elle en faisant mine de regarder dans la cour.

— Où avez-vous vu qu'il était question de fiançailles ? s'enquit-il enfin en agitant le parchemin. Il n'y a rien de tel là-dedans. L'impératrice dit qu'elle a eu vent de votre deuil et vous envoie un homme pour vous protéger contre quiconque voudrait profiter de l'occasion pour s'emparer de Montreau. Elle vous offre son aide, voilà tout.

Lea fronça les sourcils, irritée par ce manque de sagacité. Comme si l'impératrice était du genre à aider quelqu'un de façon désintéressée !

Mathilde comme Etienne n'hésiteraient pas à lui prendre Montreau s'ils pouvaient passer outre l'édit royal sans que cela leur coûte des hommes ou de l'argent !

Non, Mathilde avait quelque chose en tête, c'était évident. Mais comment le dire à Jared ? Chaque fois qu'elle avait essayé de le mettre en garde contre sa tante, elle s'était fait vertement remettre à sa place. Pour lui, la guerre et l'honneur passaient avant tout le reste.

Tout le reste — y compris elle.

Aussi se contenta-t-elle de marmonner une vague approbation.

— Oui, je sais. Mais, relisez la fin de la lettre, voulez-vous ?

Il secoua la tête, mais n'en obéit pas moins. Elle le vit plisser le front au fur et à mesure de sa lecture. Cette fois, quelque chose avait attiré son attention. Un muscle tressaillit dans sa joue. Apparemment, il en était arrivé à la même conclusion qu'elle, quand elle avait ruminé pour la troisième fois les termes du message.

Jared se redressa sur son tabouret, où il demeura silencieux un instant.

— Eh bien ? le pressa-t-elle.

— Ma tante dit que son envoyé peut vous être utile de bien des façons, si vous en décidez ainsi *cette fois*.

Il prononça ces derniers mots entre ses dents serrées. Visiblement, il éprouvait la même chose qu'elle lorsqu'elle avait enfin saisi le sous-entendu. De la surprise, puis une indignation horrifiée.

— Je n'y avais pas pris garde avant d'avoir relu plusieurs fois le billet. Mais même alors, la remarque est restée pour moi sibylline… jusqu'à ce que je comprenne que l'homme qu'elle m'envoyait, c'était vous.

Jared se leva et lui rendit la lettre.

— Je ne vais pas vous épouser, Lea. C'est hors de question.

Elle recula, blessée par son abrupte franchise. S'il le prenait ainsi…

— Tant mieux, car je n'ai pas l'intention de me remarier avec qui que ce soit, rétorqua-t-elle avec une égale rudesse.

— Hum… Ce n'est pas l'avis de votre beau-frère, je le crains. J'ai l'impression qu'il a d'autres projets en tête.

Ils en revenaient à la question initiale.

— C'est bien pourquoi j'ai imaginé cette histoire de fiançailles.

— Mais pourquoi avec moi, bonté divine ?

Que lui répondre ? Elle n'en savait rien, en fait.

— Les fiançailles, c'est le seul stratagème qui me soit venu à l'esprit dans l'urgence.

Elle haussa les épaules.

— Pourquoi vous ? Eh bien, parce que je vous connais, et que vous êtes libre.

Elle passa sous silence l'argument le plus déterminant

— en faisant de Jared son fiancé imaginaire, elle ne prenait pas de risques. Elle savait bien que cela n'arriverait jamais !

— Je ne suis pas libre pour vous, commenta-t-il sèchement.

Elle cilla. Allait-il dénoncer son mensonge ?

— Jared, s'il vous plaît ! Je sais que vous avez toutes les raisons de me mépriser mais, je vous en prie, ne dites pas la vérité à Markam.

Le silence de Jared la fit frissonner. Elle sentit son cœur se serrer en le voyant marcher vers la porte sans un mot. S'il passait ce seuil, c'en serait fini, elle ne pourrait plus le persuader de l'aider.

Dans la panique, elle se cramponna au seul argument susceptible de le fléchir.

— Mathilde vous a envoyé ici pour me protéger. Et protéger le château.

Jared s'arrêta net et se retourna vers elle.

— Je trouve curieux que vous placiez soudain l'honneur et le devoir au-dessus de tout. Vous ne pouvez pas tout avoir, Lea.

Il levait la main vers le verrou, quand quelqu'un frappa de l'autre côté de la porte. Lea retint une exclamation de dépit. Il ne manquait plus qu'on la trouve seule dans sa chambre avec Jared !

— Lady Lea, êtes-vous là ?

Dieu merci, ce n'était qu'Agatha !

— Oui, répondit-elle, soulagée. Attendez un instant, voulez-vous ?

Jared déverrouilla la porte et sortit dans le couloir, effleurant au passage la chambrière, médusée.

— A quoi pensez-vous ? s'écria Agatha en se précipitant dans la pièce. La rumeur de vos fiançailles est en train de se propager dans tout le château.

— Déjà ?

Apparemment, Villaire avait lancé la nouvelle à l'instant même où il était sorti de la tour !

— Les langues vont vite, vous le savez. Et voilà qu'en plus, vous vous enfermez dans votre chambre avec lord Jared ! Cela va alimenter les commérages pendant des mois.

— Il a voulu voir la lettre de l'impératrice. Nous avons parlé, voilà tout. Ce n'est pas comme si nous avions fait quelque chose de mal !

Agatha se croisa les bras, réprobatrice.

— Quoi que vous ayez fait ou pas, cela n'y changera rien. Vous savez bien que les gens vont parler !

— Eh bien, laissez-les dire ! Ce ne sera pas la première fois — ni la dernière — que l'on clabaudera sur la dame d'un manoir.

— Et quand cela viendra aux oreilles du roi Etienne, hein ?

Oh, Seigneur !

Lea sentit un spasme lui tordre l'estomac. Elle n'avait pas pensé à cela. Si d'une façon ou d'une autre elle réussissait à concevoir un enfant et que le roi entende la moindre rumeur qui puisse lui laisser penser que le bébé était un bâtard, elle finirait avec un mari dont elle ne voulait pas !

La nourrice se laissa tomber sur un banc.

— Et ces fiançailles, est-ce vrai ?

Lea passa la tête dans le corridor pour s'assurer que personne ne traînait dans le couloir. Puis elle revint s'asseoir près d'Agatha.

— Non, avoua-t-elle. Mais Villaire est en train de mijoter quelque chose. C'est pour cela que j'ai prétendu être déjà fiancée.

— Et Lord Jared est entré dans le jeu ?

— J'en ignore la raison, mais c'est bien ce qu'il a fait. Du moins pour le moment…

— Pour le moment ?

— Je ne peux pas être certaine qu'il n'ira pas tout raconter à Villaire.

— Ne le laissez pas faire cela, bonté divine !

Lea exhala un soupir.

— Comment pourrais-je empêcher Jared de faire quoi que ce soit ?

— Il n'y a qu'un moyen. Faites en sorte que ces fiançailles deviennent réelles !

Si elle n'avait pas été assise, Lea en serait sans doute tombée à la renverse.

— Comment voulez-vous ? Il me méprise, voyons !

Et en dehors de l'attraction purement physique qu'il exerçait sur elle, elle n'était pas sûre de ne pas lui rendre la pareille. Le mariage n'était pas pour eux. Du moins l'un avec l'autre.

— Bah, vous pourriez faire un plus mauvais choix !

Certes, songea Lea, caustique. Charles en avait été la vivante preuve !

— Je ne veux pas me remarier.

— Comment pouvez-vous faire autrement ? Il va très vite devenir évident que vous ne portez pas l'enfant de Charles. Une fois qu'on le saura, on ne vous demandera plus votre avis. Alors pourquoi ne pas en profiter tant que vous avez le choix ?

Lea cilla. L'idée n'était pas sotte, il lui fallait en convenir. Mais Jared était bien la dernière personne qu'elle aurait choisie.

— Si Warehaven prend définitivement le contrôle du château, les hommes de Montreau vont se retrouver promptement engagés dans cette guerre insensée. Je ne laisserai pas faire cela, Agatha.

— Montreau est neutre. Lord Jared ne changerait tout de même pas son statut…

Lea soupira.

— Hélas, il a la guerre dans le sang ! Il pense que c'est son devoir. Rappelez-vous ! Il avait l'intention de m'épouser et de me quitter dès le lendemain pour partir à la bataille. Si cela ne le dérangeait pas de transformer si vite sa jeune épouse en veuve, croyez-vous qu'il aurait le moindre scrupule concernant Montreau ?

— Lady Lea, vous étiez encore bouleversée par la mort

de Phillip à cette époque. Avez-vous seulement demandé à lord Jared ce qu'il envisageait pour Montreau ?

Lea frissonna sous l'assaut des souvenirs. Oh, oui, elle lui avait demandé ! Sa réponse avait suscité en elle effroi et colère.

— Bien sûr que oui, répondit-elle. Il m'a répondu très sèchement qu'il suivrait les ordres qu'on lui donnerait, que cela me plaise ou non !

Elle poursuivit sans laisser à Agatha le temps de répondre :

— La mort de Phillip avait été trop absurde. Mon père n'aurait jamais envoyé les hommes de Montreau à la bataille, que ce soit pour Etienne ou pour Mathilde. Et je suivrai son exemple. Il s'est battu pour rester neutre et il a eu gain de cause. Assez de vies ont été perdues. Assez de récoltes ruinées. Les gens meurent de faim. Des femmes et des enfants innocents périssent tous les jours parce qu'il n'y a plus personne pour les défendre. Montreau et ses habitants sont sous ma responsabilité. Je ne pourrai jamais épouser un homme qui ne partage pas mes opinions à ce sujet. Je ne mettrai pas mes hommes et leurs familles en danger — pas même par amour.

Agatha lui tapota l'épaule.

— Mon enfant ! Je connais bien vos sentiments passionnés au sujet de Montreau. Mais qu'allez-vous faire à présent, dites-moi ?

Lea prit une longue inspiration, dans l'espoir de retrouver en partie son calme.

— Tout ce qu'il me reste à espérer, c'est que Jared ne va pas vendre la mèche à Villaire et que ses hommes vont retrouver promptement le corps de Charles.

Elle secoua la tête.

— Après, je ne sais pas. J'ai besoin de temps pour réfléchir à ce que je vais faire ensuite.

La vieille nourrice se leva.

— Du moins avez-vous renoncé à cette idée insensée de concevoir un enfant…

Lea préféra se taire. A quoi bon se remettre en colère, ou courir le risque d'irriter Agatha ? Mais en réalité, elle n'avait pas du tout renoncé à l'idée. Tout simplement parce que c'était la solution idéale !

Seulement elle n'était pas vraiment certaine que Jared soit l'homme qu'il lui fallait pour cela. Ses sentiments envers lui étaient trop tumultueux, trop instables. Et il y avait trop de choses entre eux.

La mort de Phillip.

Montreau.

Et leur passé.

Elle serait en proie à trop d'émotions contradictoires si elle vivait de nouveau une histoire avec Jared.

Des émotions et des sentiments qui ne seraient jamais partagés…

Chapitre 5

Jared se tenait sur la grève balayée par le vent, ignorant le crachin glacé qui le transperçait à chaque nouvelle rafale.

Depuis trois jours, ses hommes et lui fouillaient les rochers et les touffes de roseaux bordant la baie de Montreau, à la recherche du corps de Charles Villaire.

Et chaque jour, il lui fallait faire des pieds et des mains pour inciter Markam à participer aux recherches, tantôt en lui faisant honte, tantôt en usant de la contrainte.

Jared jura entre ses dents. Il n'allait certainement pas obliger ses hommes ou ceux de Montreau à exécuter une corvée dont Villaire jugeait bon de se dispenser !

Surtout quand la corvée en question avait déjà été menée à bien une fois. D'après Lea et ses hommes, la côte avait été passée au peigne fin dans les deux directions et la baie avait été sondée tant et plus. Il n'avait pas la moindre raison de douter de leur parole.

Ellison, le capitaine de la garde de Montreau, lui avait confié que la dame en personne avait supervisé sur place les recherches, bravant le froid, la morsure du vent et les embruns plus longtemps même que la plupart de ses hommes.

Jared jeta un coup d'œil derrière lui sur la plage et vit Lea debout au ras de l'eau, là où elle s'était déjà tenue la veille et l'avant-veille. Elle serrait frileusement autour d'elle sa cape de laine doublée d'hermine, son menton enfoui dans le col de fourrure.

Que regardait-elle avec tant d'intensité ? Ne leur faisait-elle pas confiance, à ses hommes et à lui, pour l'exécution de cette tâche ? Ou était-ce son inquiétude pour son mari qui la retenait là, sur cette grève ? En ce cas, que ferait-elle s'ils venaient à retrouver le corps ?

L'un de ses hommes s'arrêta un instant de battre les roseaux pour l'observer :

— Elle devait beaucoup l'aimer.

Les deux hommes de Montreau qui travaillaient non loin de là s'esclaffèrent à cette remarque. Le plus âgé reprit son souffle et secoua la tête.

— Tu déraisonnes, mon gars. Personne n'avait la moindre raison d'aimer cet homme. Surtout pas sa femme !

Son compagnon hocha la tête avant d'ajouter :

— Elle vient sûrement s'assurer qu'il ne risque pas de revenir de chez les morts !

Ils se remirent au travail et Jared s'avança vers Lea. En apprenant autrefois qu'elle s'était fiancée avec Villaire, il s'était demandé si elle avait fait un mariage d'amour. Au fond de son cœur, il avait espéré que ce n'était pas le cas. Il ne voulait pas qu'elle soit heureuse. Comme lui, il voulait qu'elle connaisse la souffrance et le tourment.

Etait-ce ce qui s'était produit ? Brusquement, la seule pensée que son vœu ait pu être exaucé aux dépens de Lea lui donna la nausée.

Elle lui avait brisé le cœur, c'était un fait. Elle avait anéanti tous ses espoirs de faire un mariage digne de ce nom.

Mais les peines de cœur finissaient par guérir. Même si elles laissaient des cicatrices qui parfois se rouvraient — comme il l'avait appris ces derniers temps. Tout de même, la douleur était devenue supportable.

Mais lui avait-il pour autant pardonné sa trahison ? Non, s'avoua-t-il. Il ne savait d'ailleurs pas s'il lui pardonnerait jamais. Cette histoire lui avait au moins servi de leçon. On ne devait jamais faire confiance aux pulsions dictées par l'amour.

Quand il déciderait de se marier — s'il s'y résolvait un

jour — il ferait un mariage de convenance. Pas question de nouer de nouveau un lien sentimental avec qui que ce soit !

Elle se tourna vers lui en l'entendant approcher. Il ralentit le pas, surpris de la voir si pâle, des cernes bleuâtres sous les yeux. Il s'avança jusqu'à elle et resta debout à son côté, le regard fixé sur la mer.

— Vous devriez retourner au manoir.

— Non. Je ne...

Elle s'interrompit, grelottante. Quand les frissons se furent atténués, elle reprit d'une voix posée :

— Si mes hommes peuvent supporter le froid, je le peux aussi.

— Vous n'êtes pas un homme, Lea. Et vous avez l'air malade.

— Merci du compliment. C'est très délicat de votre part !

Il ignora le sarcasme.

— Comment voulez-vous déjouer les plans de Villaire, si vous êtes confinée au lit parce que vous aurez pris froid par entêtement ?

— J'ai l'air malade, je suis têtue..., énuméra-t-elle. Vous faites de moi un bien joli portrait !

Visiblement, elle cherchait la dispute. Mais elle n'y arriverait pas. Pas maintenant, du moins. Il n'aurait pas le moindre plaisir à se quereller avec elle tant qu'elle n'était pas en état de l'affronter.

— Pourquoi vous dirais-je que vous êtes jolie ? Je n'en vois pas la nécessité. Par contre, il me semble urgent de vous intimer de rentrer avant d'attraper la mort !

Elle s'emmitoufla un peu plus dans sa longue cape.

— Je vais très bien. C'est juste un peu de fatigue...

Fatiguée ? Elle semblait à bout de forces, oui !

— Quand avez-vous dormi pour la dernière fois ?

— Qu'est-ce que cela peut vous faire ?

— Rien du tout, admit-il. Mais, s'il vous arrive quoi que ce soit, Mathilde ne me le pardonnera jamais.

Elle fut parcourue d'un nouveau frisson.

— Ah, oui, les ordres d'abord !

— Que voulez-vous dire ?

— Retournez avec vos hommes, Jared. Je n'ai pas besoin que vous me prodiguiez vos attentions *par devoir.*

Cette fois, il en avait assez entendu !

— Bon, cela suffit maintenant.

Joignant le geste à la parole, il lui passa un bras autour des épaules, l'obligeant à se détourner de la baie.

— Vous claquez des dents et vous êtes de mauvaise humeur. Rien de très attrayant, vous en conviendrez.

Elle se dégagea pour tourner de nouveau les yeux vers la mer.

— Je ne suis pas ici pour être attrayante !

— Vous êtes ici pour quoi au juste ?

— Pour m'assurer que je n'ai rien négligé lors des recherches précédentes.

Il ne put s'empêcher d'éprouver un élan de compassion pour elle.

— Cela vous bouleversera-t-il si nous trouvons quelque chose ?

Elle leva vers lui un regard hanté, qui le laissa un instant sans voix.

— Non, fut la seule réponse qu'il obtint.

Un frisson glacé parcourut l'échine de Jared. Les hommes de Montreau avaient raison — la dame n'avait guère aimé son époux. Mais était-ce ce qui expliquait son regard affolé ? Peut-être avait-elle une raison de craindre le retour de Charles, aussi improbable fût-il…

D'un geste doux mais ferme, il la saisit de nouveau par l'épaule et l'entraîna vers le sentier qui menait au château.

Elle essaya d'échapper à son étreinte.

— Laissez-moi tranquille, Jared !

— Pas question, Lea.

Il lui serra l'épaule plus fort et prit un ton menaçant.

— Soit vous vous comportez en lady et vous me suivez sans faire d'histoires, soit je vous porte comme une enfant capricieuse. Cela m'est égal, vous savez, du moment que vous rentrez au manoir.

A son grand soulagement, elle ne résista pas davantage. Mais elle hâta le pas afin de passer devant lui.

— Je connais le chemin !

— Heureusement. C'est votre pays, non ?

— Vous n'avez pas besoin de m'escorter.

Elle croyait peut-être se débarrasser de lui aussi aisément ?

— Faites comme si je n'étais pas là !

— Si seulement c'était aussi facile !

Voyant qu'il ne pouvait rien dire sans qu'elle le prenne en mauvaise part, Jared préféra se taire et gravit la falaise derrière elle en silence. Elle était si visiblement épuisée quc par moments l'ascension semblait presque au-dessus de ses forces. Chaque fois qu'elle faisait un pas en avant, elle reculait de deux.

Lorsqu'il fut certain qu'elle était sur le point de s'effondrer, il la souleva dans ses bras sans autre forme de procès.

— Chut ! Pas un mot ! ordonna-t-il, prévenant toute protestation.

Elle ne se débattit pas, ce qui lui donna la mesure de son épuisement. Elle se tenait aussi raide que possible, mais Dieu merci, elle ne lui opposa pas de résistance.

Ce qui ne l'empêcha pas de se rattraper dès qu'ils furent à l'intérieur du château.

— Posez-moi par terre à présent ! Je suis parfaitement capable de marcher.

Jared en doutait. Mais il comprenait sa réticence à se laisser porter dans sa chambre — surtout par lui. Il la laissa donc glisser sur le sol et s'écarta d'elle.

— Vous m'enverrez Agatha dès que vous serez couchée, déclara-t-il, comme elle se dirigeait vers l'escalier. Avant de retourner dans la baie, je veux m'assurer que vous êtes bien chaudement au lit.

Lea acquiesça malgré elle. Allait-il la laisser tranquille, à la fin ? Irritée, elle voulut se tourner vers lui pour le remettre vertement à sa place. Mais son état de faiblesse lui fit perdre l'équilibre. Elle voulut se rattraper à la rampe, la manqua… et tomba tout droit dans les bras de Jared.

Mortifiée, elle posa les deux mains sur sa poitrine et tenta de le repousser.

— Reposez-moi sur le sol !

— Je ne vous ai pas portée jusqu'ici pour vous laisser vous casser le cou en montant à votre chambre, rétorqua-t-il en s'engageant avec elle dans l'escalier.

Elle essaya de se libérer, mais le poids de sa lourde cape gênait les mouvements de ses jambes.

— Je peux marcher ! protesta-t-elle.

Le seul résultat fut que Jared resserra son étreinte.

— Arrêtez de gigoter ou vous allez nous faire tomber tous les deux.

Elle était si faible que des larmes jaillirent malgré elle de ses yeux, mettant le comble à son humiliation.

— S'il vous plaît, posez-moi par terre !

Il fronça les sourcils.

— Bon sang, Lea, avez-vous dormi un seul instant ces dernières nuits ?

Elle secoua la tête. Non, elle n'avait pas pu fermer l'œil. Trop de craintes l'assaillaient. La peur que Jared ne dévoile la vérité à Villaire ou que ce dernier ne réussisse à obtenir le contrôle de Montreau… Incapable de s'assoupir ne fût-ce que quelques minutes, elle avait arpenté sa chambre nuit après nuit.

Comment aurait-elle pu dormir quand elle était en danger de perdre tout ce qui lui était cher ?

Jared referma la porte de sa chambre d'un coup de pied

et la déposa près du lit. Puis il dégrafa sa cape et jeta le vêtement humide sur le sol.

Ce fut le moment que choisit Agatha pour surgir sur le seuil.

— Milady, que se…

Elle s'arrêta net en découvrant Jared, qui la foudroya du regard.

— Sortez ! intima-t-il.

Agatha ignora l'injonction et se précipita dans la pièce.

— Vous ne devriez pas être ici, milord.

— Est-ce que quelqu'un dans ce château sait encore ce qu'est un ordre ? rugit-il.

Il désigna la porte.

— Je vous ai dit de sortir !

— Mais…

Agatha jeta un regard inquiet à sa maîtresse.

— Vous n'êtes pas bien, milady ?

Lea était trop lasse pour discuter ou même simplement répondre. Elle regarda son lit, qui ne lui avait jamais semblé aussi tentant. Plus tard, elle s'expliquerait avec Agatha et reprendrait sa dispute avec Jared. Mais pour l'instant, elle ne désirait qu'une chose — être tranquille et goûter quelques heures de sommeil.

— Elle va aller mieux, grogna Jared. Laissez-nous à présent.

Il la prit par les épaules et la poussa vers la porte.

— Si j'ai besoin de vous, je vous appellerai.

Il referma le battant derrière elle, prit une couverture sur un banc et s'assit sur le bord du lit avant d'attirer Lea vers lui.

— Levez les bras.

— Laissez-moi ! Je… je n'ai pas la force de me déshabiller.

— Qu'à cela ne tienne…

Pendant quelques secondes, il se battit avec les lacets mouillés de la robe. Puis il tira un poignard de sa ceinture et trancha les cordons qui fermaient le vêtement sur un côté du corps et le dessus des manches. Il agrippa ensuite le bord du tissu, fit passer le surcot et la tunique par-dessus sa tête, puis libéra ses bras et jeta les habits sur le sol avec la cape.

Lea poussa un petit cri en sentant l'air froid sur sa peau et croisa les bras sur ses seins.

— Merci. Vous pouvez partir maintenant.

Ignorant ses paroles, Jared se mit à la sécher méthodiquement avec la couverture. Cette tâche achevée, il se leva et la fit basculer sur le lit, où il lui ôta en un tournemain ses bottines et ses bas, avant de lui frotter vigoureusement les pieds et les chevilles.

Nue et grelottante, elle se sentait incapable de rassembler l'énergie qu'il aurait fallu pour l'arrêter. Elle ferma les yeux, en priant pour qu'il quitte promptement sa chambre.

Sans succès.

Il ouvrit les couvertures.

— Etendez-vous, ordonna-t-il.

Le ton était sans réplique, et de toute façon, elle n'avait pas la force de protester. Mais une fois sous les couvertures, elle demanda en claquant des dents :

— Allez-vous partir maintenant ?

Jared se pencha vers elle, les sourcils froncés. Il lui effleura la joue du revers de la main, puis posa la paume sur son front.

— Poussez-vous un peu, ordonna-t-il en se rasseyant au bord du lit.

Les idées confuses, Lea luttait contre le sommeil.

— Qu… quoi ?

Elle entendit les bottes de Jared tomber sur le sol.

— Je vous ai dit de vous pousser.

— Vous n'allez tout de même pas… entrer dans ce lit ?

Elle avait la voix pâteuse et grelottait au point d'en avoir mal aux mâchoires.

— J… j'ai si froid, murmura-t-elle en fermant les yeux.

— Je sais.

Le son qu'elle perçut ensuite fut le bruissement des couvertures qu'il soulevait avant de se glisser près d'elle. Elle savait qu'elle aurait dû l'en empêcher. Mais la chaleur de son torse musclé et de ses bras était trop bienvenue pour qu'elle le repousse.

Au lieu de cela, elle se blottit contre lui, le nez enfoui dans le sillon de sa poitrine.

— Dormez ! intima-t-il.

Et il tira les couvertures au-dessus de sa tête, l'enveloppant dans un chaud cocon de pénombre.

Il n'avait pas la moindre idée de ce qu'il était en train de faire, songea-t-il en fermant les yeux. Tout ce qu'il savait, c'était qu'il n'allait certainement pas la laisser tomber malade pendant qu'elle était sous sa protection. Les gens s'imagineraient le pire — qu'il avait voulu sa mort pour se venger d'elle. S'il lui arrivait la moindre chose, lui-même passerait le restant de ses jours à se demander s'il ne l'avait pas inconsciemment souhaité.

Il était furieux contre elle, parfois même il la méprisait. Mais il ne souhaitait pas sa mort, non.

Certain que la chambrière de Lea attendait dans le couloir, l'oreille pressée contre la porte, il l'appela à mi-voix.

Comme il l'avait prévu, Agatha se précipita aussitôt dans la chambre.

— Milord ?

Elle s'arrêta, les yeux exorbités.

— Que… que faites-vous dans ce lit ?

Avec une prestesse qu'on ne lui aurait jamais supposée, elle revint sur ses pas pour fermer la porte en hâte avant de s'approcher de la couche.

— Désolée, milord, mais je vais devoir vous demander de sortir.

— Vous pouvez toujours le demander, rétorqua-t-il tranquillement. Mais je n'en ferai rien.

Il désigna le brasero du menton.

— Faites du feu, voulez-vous ?

Agatha semblait figée sur place.

— Mais…

— Mais rien du tout ! Votre dame est à bout de forces et a pris froid. Elle a besoin de chaleur et de sommeil.

Il lui lança un regard sévère par-dessus le bord des couvertures.

— Ai-je l'air de vouloir lui faire quoi que ce soit ?

— N… non.

— De la chaleur ! répéta-t-il dans un grognement.

A son grand soulagement, la femme se mit aussitôt à la tâche.

— Vous ne saviez donc pas qu'elle ne dormait plus depuis des nuits ? questionna-t-il d'un ton sec, comme elle s'affairait près du brasero.

Agatha releva la tête.

— Comment l'aurais-je su ? Chaque fois que je m'informais de sa santé, lady Lea affirmait qu'elle allait parfaitement bien.

— Et vous l'avez crue ? fit-il avec indignation.

Même un aveugle se serait rendu compte qu'elle était à bout de forces !

Agatha haussa les épaules.

— Non, bien sûr. Mais chaque fois que je lui suggérais de se reposer, lady Lea m'envoyait promener, sauf votre respect. Elle était décidée à être sur la plage quand on trouverait le corps de lord Charles.

Jared renonça à tancer la servante. Il était bien placé pour savoir que Lea n'en faisait jamais qu'à sa tête.

Agatha s'avança vers le lit, inquiète.

— A-t-elle de la fièvre ?

— Je n'en suis pas sûr.

Il posa sa joue sur la tête de la dormeuse.

— Je ne crois pas. Mais elle était mouillée et glacée. Elle avait besoin d'être au chaud — le plus vite possible.

La chambrière jeta un coup d'œil vers la porte.

— Descendez aux cuisines, lui intima Jared. Et rapportez-nous de quoi manger et boire lorsqu'elle sera réveillée.

— Très bien, acquiesça-t-elle.

Elle tendit le bras pour fermer les courtines. Au moins, on ne verrait pas Jared, si quelqu'un avait la malencontreuse idée de passer la tête dans la chambre.

— Si cela ne vous fait rien, milord, je vais dire en bas que la dame est malade.

— Bonne idée. Cela coupera court aux commérages.

Etant donné la façon cavalière dont il avait porté Lea dans sa chambre — et le fait qu'il ne soit pas redescendu ! — les langues devaient déjà aller bon train, supposa-t-il.

Pourvu que sa tante n'ait pas vent de ces rumeurs ! Elle l'obligerait à épouser Lea avant qu'il n'ait eu le temps de lui expliquer ce qui s'était passé.

Et il ne savait lequel des deux en serait le plus horrifié — lui ou Lea !

Plongée dans un profond sommeil, elle se détendit contre lui et lui passa un bras autour de la poitrine. Il se raidit dans un effort désespéré pour ignorer la sensation de cette peau douce et de ces courbes féminines à portée de sa main.

Mais les souvenirs, traîtreusement, s'immisçaient en lui. Au lieu d'une femme épuisée et frigorifiée qui se pressait contre lui pour trouver un peu de chaleur, c'était Lea, *sa* Lea d'autrefois, qui revivait dans sa mémoire.

Il se rappelait si bien leurs premiers émois ! D'abord, les lèvres de la jeune fille s'étaient montrées hésitantes sous les siennes. Cependant, elle lui avait bientôt rendu ardemment ses baisers. Elle s'était tendue sous ses caresses, mais bien vite, les soupirs et les frémissements de désir avaient remplacé ses premiers reculs effarouchés.

Le seul problème de Jared avait été de ne pas pousser le flirt jusqu'au bout. Il lui avait promis d'attendre le jour où ils échangeraient leur serment de fiançailles.

Même ainsi, il lui avait fallu faire appel à toute sa volonté pour ne pas rompre cette promesse.

Parfois, lorsqu'il pensait à ce qu'elle lui avait fait ensuite, il regrettait d'avoir eu ces scrupules.

Il la sentit remuer contre son torse et un soupir lui échappa malgré lui.

Une très longue nuit s'annonçait !

Léa remua dans son sommeil. Elle avait beaucoup trop chaud mais en même temps, elle appréciait cette sensation. C'était bien mieux que le froid glacial dont elle avait souffert sur la plage. Elle se pelotonna dans la chaleur qui rayonnait derrière elle... puis se figea en sentant un corps inconnu dans son dos.

Encore trop lasse pour bouger, elle tendit la main derrière elle et rencontra le contour d'une cuisse dure et musclée. Une cuisse nue...

— Rendormez-vous !

La voix de Jared effleura son oreille, lui arrachant un frisson qui n'avait plus rien à voir avec le froid. Elle essaya de se laisser rouler sur le flanc, mais il resserra son étreinte autour de sa taille, l'attirant plus près encore.

— Ne craignez rien. Nous n'avons rien fait d'autre que dormir, sous le regard vigilant de votre Agatha. Elle a fini par s'assoupir sur sa paillasse.

Même si sa chambrière n'était qu'à trois mètres d'eux, Lea savait qu'elle n'aurait jamais dû tolérer cette intimité avec Jared. Elle aurait dû protester avec véhémence ! Après tout, elle ne l'avait pas invité à partager son lit. Les convenances auraient voulu qu'elle lui ordonne de sortir de sa chambre. Et qu'elle appelle ses gardes s'il n'obtempérait pas !

Qui pourrait le lui reprocher ? Elle serait dans son droit en appelant à l'aide et en faisant enfermer l'impudent dans une cellule jusqu'à ce que l'impératrice soit informée de ce qu'il avait osé faire. Personne même ne la blâmerait si elle tendait la main sous le lit pour en sortir la dague cachée dans la boiserie...

Elle avait été offensée, au nom du ciel ! Si quelqu'un le découvrait là, tout le monde allait supposer le pire.

Lentement, elle avança la main vers le bord de la couche. Centimètre après centimètre…

Soudain, Jared s'assit brusquement et lui immobilisa le poignet.

— Ne vous donnez pas cette peine, elle n'est plus là.

Il guida sa main sous son oreiller, où il lui fit tâter ce qui ressemblait effectivement à un poignard.

— Là. Vous êtes rassurée maintenant ? Alors rendormez-vous !

— M… merci.

Jared émit un grognement en guise de réponse. Puis il lui enserra de nouveau la taille et l'attira contre lui. Le pouls de Lea s'emballa. Jared était si près d'elle qu'elle pouvait sentir les coups sourds de son cœur dans sa poitrine. Comment respirer ainsi ?

Elle tenta de s'écarter, mais il l'arrêta en posant une main ferme sur sa hanche.

— Arrêtez de gigoter ainsi, bon sang !

Elle essaya de se détendre, mais c'était quasiment impossible. Si près de lui, elle n'était plus consciente de rien sauf de la chaleur de ce torse dans son dos, de ce bras protecteur autour de sa taille… et de cette proéminence dure qu'elle sentait dans ses reins.

Quelques jours plus tôt, elle aurait tiré avantage de cette proximité. Concevoir un enfant, c'était assurer l'avenir de Montreau.

Mais maintenant qu'elle avait cette opportunité à portée de main, elle savait que c'était impossible.

Les moments volés que Jared et elle avaient autrefois partagés dans l'ombre des alcôves comptaient parmi les souvenirs les plus doux de sa vie.

Il avait été le premier homme à l'embrasser, à la toucher, à la faire jouir…

Sa poitrine se serra de regret. Jusqu'à cet instant, elle n'avait pas réalisé combien il lui avait manqué. Lui et ses caresses, ses baisers.

Si elle faisait l'amour avec Jared, ce ne serait pas simplement pour faire un enfant. Cela lui briserait le cœur une seconde fois, en lui rappelant tout ce qu'ils avaient vécu ensemble de bon, et tout ce qui avait si mal tourné. De nouveau, elle se souviendrait des rêves d'avenir qu'ils avaient faits ensemble et qui ne s'étaient jamais réalisés.

Elle lutta contre le chagrin qui menaçait de la submerger. Les pleurs, elle en avait trop versé huit ans plus tôt. Elle n'avait plus de larmes à gaspiller !

Chapitre 6

Lea s'étira et un petit cri de douleur s'échappa de ses lèvres. Elle avait le corps si courbaturé… Elle essaya encore, plus lentement cette fois. Mais tous ses muscles lui faisaient mal.

— Ouh…

Elle tendit le bras pour tâter le lit et fut soulagée de constater qu'elle était seule.

Seule ? Elle ouvrit les yeux, les paupières papillotantes. Bien sûr qu'elle était seule ! Comment aurait-elle pu ne pas l'être ? La nuit dernière n'avait été rien de plus qu'un rêve — un rêve bien étrange en vérité.

Tout ce dont elle se souvenait, c'était de s'être réveillée pendant la nuit à côté d'un corps musclé dont rayonnait une bienfaisante chaleur. Comme c'était impossible, il fallait bien que ce ne soit qu'un songe !

Elle rejeta les couvertures et s'assit avec un gémissement. Que lui était-il arrivé, bonté divine ? Elle avait l'impression d'avoir été piétinée par une horde de chevaux.

— Milady ?

Les rideaux du lit s'écartèrent et Agatha passa la tête dans l'ouverture.

— Ah, vous voilà enfin réveillée !

— Enfin ?

Lea étira le cou pour chasser la raideur de sa nuque.

— Combien de temps ai-je dormi ?

Agatha s'affaira un instant dans la chambre, ramassant les vêtements épars et ouvrant les volets, avant de revenir vers le lit.

— Cela fait près de quarante-huit heures.

Elle tendit un bliaud à sa maîtresse.

— Il semblerait que le manque de sommeil vous ait terrassée pendant que vous étiez sur la plage.

Lea enfila la tunique par-dessus sa tête. Elle se souvenait à présent — Jared l'avait ramenée à Montreau. Puis elle avait trébuché dans l'escalier et il l'avait portée dans sa chambre. Elle ne se rappelait rien d'autre après cela, sauf qu'elle avait apprécié la sensation moelleuse du matelas sous son corps, le confort des couvertures et la douce chaleur à son côté.

La chaleur à son côté ?

— Agatha, est-ce que lord Jared…

Elle hésita un instant, ne sachant trop comment formuler sa question.

— Vous voulez savoir s'il a dormi avec vous ? Eh bien, oui.

La nourrice prit son embarras en pitié.

— Mais il n'a rien fait d'autre que vous réchauffer. Vous étiez presque gelée, Lea. Nous avons eu peur que vous ne preniez la fièvre.

— « Nous » ?

Elle comprenait la sollicitude d'Agatha à son égard. Mais Jared ?

— Pourquoi se soucierait-il que je vive ou que je meure ?

— Moi ? Je m'en moque bien, déclara tout à coup Jared, dont la silhouette s'encadra sur le seuil.

Il ajouta en s'avançant dans la chambre :

— Mais l'impératrice Mathilde et vos gens pourraient ne pas apprécier que vous mouriez pendant que vous êtes sous ma protection.

Lea se leva et ajusta son bliaut avant de se tourner vers lui. Le regard de Jared, intense et indéchiffrable, la troubla plus qu'elle ne l'aurait voulu. Elle déglutit et tâcha de se donner une contenance.

— Ah, oui, j'oubliais ! Votre devoir, actuellement, c'est moi.

L'impossible individu la gratifia d'un sourire éblouissant avant de hocher la tête.

— Parfait. Je vois que vous avez retrouvé la forme !

Mais elle refusa de discuter davantage. Sa présence dans cette chambre avait quelque chose de trop dérangeant et elle ne voulait pas la prolonger plus qu'il n'était nécessaire.

— A-t-on retrouvé le corps de Charles ?

— Non.

Il prit place sur un banc non loin de la porte.

— J'ai l'intention d'arrêter aujourd'hui s'il n'y a rien de nouveau.

Elle fronça les sourcils. Ainsi, ils avaient prolongé les recherches pendant cinq longues journées. C'était trop, beaucoup trop.

Jared se méprit à sa mimique.

— Vous voulez que les hommes continuent ?

— Non, bonté divine ! Il y a déjà trop longtemps qu'ils sont sur la brèche, les malheureux. Stoppez tout et faites-les rentrer.

Il acquiesça d'un hochement de tête, mais ne sembla pas pressé de partir. Elle aurait voulu qu'il s'en aille avant qu'elle ne trahisse l'intérêt qu'elle prenait à certains détails de sa personne — des détails qu'elle avait réussi à ignorer jusque-là. La largeur de ses épaules, par exemple. La puissance de ses cuisses musclées. La façon dont ses cheveux voilaient sa joue quand il tournait la tête. Ou encore les petites rides qui naissaient au coin de ses yeux chaque fois qu'il souriait.

Comme en cet instant… Bien que ce fût à peine un demi-sourire, il illuminait littéralement son visage. Et curieusement, son humeur s'en trouvait améliorée…

Elle détourna les yeux.

— N'avez-vous rien à faire ?

Jared étira ses longues jambes.

— A vrai dire… non.

Sa voix basse et profonde agit aussitôt sur le pouls de Lea, qui se fit erratique. Seigneur, qu'attendait-il pour s'en aller ?

Il n'y avait plus qu'un moyen pour le pousser dehors : susciter sa colère.

— Et Montreau ? Ce n'est pas en restant assis là où on n'a nul besoin de vous que vous remplirez vos devoirs.

— Tout va bien à Montreau, je m'en suis assuré.

Quelque chose dans le ton de Jared la mit en alerte. L'homme jubilait, de toute évidence ! Ce qu'elle avait pris pour de la décontraction était en fait de la suffisance. Il lui cachait quelque chose, mais il le cachait mal. Et le secret, quel qu'il soit, risquait fort de se révéler déplaisant… pour elle.

De quoi pouvait-il s'agir ?

Elle tourna autour du pot, cherchant des indices.

— Puisque le corps de Charles n'a pas été retrouvé, rien ne vous empêche maintenant de renvoyer son frère dans ses pénates, je suppose ?

Le sourire de Jared s'élargit et Lea sentit la tension monter en elle. D'une façon ou d'une autre, le secret concernait Villaire. Et elle n'aimait pas cela.

— Non. Je ne peux pas faire cela maintenant. Pas encore…

Elle prit une profonde inspiration et tâcha d'affermir sa voix.

— Et pourquoi cela, je vous prie ?

Jared se leva et se dirigea vers la porte. Croyait-il la laisser ainsi dans l'expectative ? Ah, non !

— Attendez, Jared. Pourquoi ne pouvez-vous pas lui demander de partir ?

A son grand soulagement, il s'arrêta sur le seuil et se tourna vers elle.

— Parce qu'il vous a trouvé un nouveau mari.

Elle s'était bien promis de ne pas montrer la moindre émotion lorsqu'il lui révélerait enfin ce dont il s'agissait. Surtout ne pas lui donner ce plaisir ! Mais l'information eut raison de toutes ses résolutions.

Elle se précipita vers lui.

— Quoi ?

Jared se contenta d'agiter un bras en guise d'au revoir et sortit tranquillement de la pièce. Elle voulut se précipiter dans le couloir pour le suivre.

— Milady ! cria Agatha derrière elle. Vous n'avez pas fini de vous habiller !

Lea saisit une cape accrochée à la patère près de la porte et se rua à la poursuite de Jared, le vêtement plaqué contre elle.

— Jared !

Elle l'entendit jurer au pied de l'escalier. Mais il remonta tout de même les degrés et s'arrêta devant elle pour l'envelopper d'un regard critique.

— Vous avez été alitée pendant deux jours et voilà que vous courez le château sans robe ni chaussures !

Elle se souciait bien de ses chaussures en cet instant !

— Que voulez-vous dire, quand vous prétendez que Villaire m'a trouvé un mari ?

— Baissez la voix, bon sang ! ordonna-t-il en la poussant de nouveau vers sa chambre. Vous voulez que tout le château vous entende ?

Une fois à l'intérieur, elle se retourna pour le regarder en face.

— Eh bien ?

— J'ai dit que Villaire vous avait trouvé un époux. C'est très clair, il me semble. Qu'est-ce que vous ne comprenez pas là-dedans ?

Il s'amusait, c'était évident. Cela se voyait au petit ricanement qui retroussait ses lèvres. Elle brûlait de passer sa colère sur lui. Mais il lui restait encore assez de bon sens pour refréner cette impulsion. Au lieu de cela, elle serra les poings contre ses hanches.

— Il n'a pas le moindre droit de faire cela !

Jared haussa les épaules.

— Je le sais. Et vous le savez aussi. Mais manifestement, Villaire et le roi Etienne ne partagent pas notre avis.

— Etienne ? Qu'a-t-il à voir là-dedans ?

— D'après ce que j'ai entendu, il semblerait que l'homme en question — un certain John Blackstone — soit muni d'une lettre officielle du roi qui lui donne la permission de vous faire la cour.

Lea eut l'impression d'avoir reçu un coup en plein estomac.

— Quoi ?

— Vous devriez vous réjouir qu'il n'arrive pas avec une autorisation de mariage en règle.

— Je me réjouirais encore plus qu'il ne vienne pas du tout !

— Voyons, Lea ! Montreau est un enjeu trop important. Vous saviez bien qu'on vous remarierait, que cela vous plaise ou non.

Il avait tort, dans la mesure où elle n'avait pas la moindre intention de convoler de nouveau. Jamais. Elle se moquait bien que Montreau soit un appât de choix pour d'éventuels prétendants.

— Je n'épouserai pas cet homme !

Si c'était Villaire qui avait trouvé le candidat, il devait s'agir de quelque balourd que son beau-frère pourrait manipuler à sa guise.

— Ce n'est pas à moi qu'il faut le dire, fit Jared en haussant les épaules.

Il désigna la porte d'un geste.

— C'est à eux ! Ils vous attendent en bas.

Elle se raidit. Quoi ? Il allait la laisser affronter les loups toute seule ?

— Je croyais qu'il était de votre devoir de me protéger !

Jared fit un petit signe à Agatha. Stupéfaite, Lea vit la vieille nourrice quitter la chambre en refermant la porte derrière elle.

— Agatha ! Où allez-vous ? Je…

Elle se tourna vers Jared, furieuse.

— Vous donnez des ordres à ma chambrière maintenant ?

— Agatha fait partie de Montreau. Elle est donc aussi sous ma responsabilité.

Lea n'en croyait pas ses oreilles.

— Oh, oui, Montreau tout entier est sous votre responsabilité — le caractère sacré du devoir, n'est-ce pas ? Et pourtant vous allez me laisser seule face à Villaire et à son séide.

Il se rapprocha d'elle, les sourcils froncés.

— En méritez-vous davantage ?

Ah, c'était ainsi qu'il entendait se venger ? Elle le regarda bien en face.

— Oui, j'en mérite un peu plus ! Je suis navrée d'avoir autrefois blessé votre orgueil. Mais je n'ai pas ruiné votre vie. Je ne vous ai pas dépouillé de tout ce que vous possédiez.

Son cœur se serra de crainte et de douleur.

— Je ne vous ai pas condamné à une existence pire que l'enfer !

Jared se raidit. Que croyait-elle ? Qu'il n'avait pas lui-même connu l'enfer en voyant ses hommes mourir à ses côtés ?

Il lui agrippa les deux bras.

— Vous n'avez pas la moindre idée de ce que vous m'avez fait.

La rudesse de sa propre voix le surprit. Après toutes ces années, la trahison de Lea était encore en lui une plaie ouverte. Pourquoi cela l'affectait-il à ce point après toutes ces années ? Il ne l'aimait plus, et leur passé aurait dû lui être indifférent.

— Lui avez-vous dit que je lui avais menti ? Que vous et moi n'étions pas fiancés ?

— Non. J'ai préféré vous laisser expliquer cela vous-même.

— Jared, s'il vous plaît !

Elle l'empoigna par le devant de sa tunique, dont elle froissa l'étoffe entre ses poings.

— Je ferai tout…

Elle s'interrompit pour déglutir avec peine.

— Je ferai tout ce que vous voudrez. Mais promettez-moi de garder le secret.

Il haussa un sourcil railleur.

— Absolument tout ?

— Oui. N'importe quoi. Tout ce qui m'appartient est à vous. Je vous le donnerai de mon plein gré. Mais s'il vous plaît, Jared, ne dites pas la vérité à Villaire !

Il la dévisagea, surpris par le désespoir qui vibrait dans sa voix.

Mais au lieu de prendre cela comme une occasion inespérée de savourer enfin le goût de la vengeance, il fut soudain envahi par l'envie impérieuse de lui venir en aide. C'était absurde, illogique, mais c'était ainsi.

Quel pouvoir cette femme détenait-elle donc sur lui ? Sa lèvre inférieure tremblait, mais elle soutenait son regard — bien qu'elle eût les yeux anormalement brillants.

Jared lui lâcha les bras pour l'attirer vers lui. Elle avait besoin de lui. Et à son grand chagrin, il ne pouvait se cacher plus longtemps à quel point il la désirait.

La bouche tout près de la sienne, il la maudit.

— Le diable vous emporte, Lea de Montreau !

Bien qu'elle s'efforce de le repousser, les lèvres qu'il écrasa sous les siennes étaient douces et consentantes. Elles s'ouvrirent immédiatement pour lui rendre son baiser, tandis que deux bras lascifs se lovaient autour de son cou. Il la sentit se détendre contre lui avec un gémissement et tous les souvenirs d'antan remontèrent à flots dans sa mémoire.

Les journées qu'ils avaient partagées, le grain satiné de sa peau à elle, les rires, les taquineries, la douceur de leurs baisers…

A présent, il voulait davantage que des instants volés et des baisers !

Il se dirigea vers le lit et elle ne fit pas mine de résister. Elle se laissa conduire, laissant sa cape tomber sur le sol dans un léger bruissement. En fait, elle s'accrochait littéralement à lui, dans une muette invite à partager son désir.

Ils tombèrent enlacés sur la couche.

— Jared..., chuchota-t-elle, lorsqu'il rompit enfin leur baiser.

Il reconnaissait la faim, le besoin qui vibraient dans sa voix essoufflée. Il éprouvait exactement les mêmes émotions. A une époque, il avait tant rêvé de ce moment ! Comment ignorer le désir qui lui embrasait le corps avec la violence d'un incendie ?

Il traça une ligne de baisers sur sa joue, s'attardant à cet endroit si doux derrière son oreille.

— Arrêtez-moi maintenant, Lea !

Lea resserra encore son étreinte. L'arrêter ? Elle n'aurait pas pu, même si elle l'avait voulu. Pas maintenant. Elle se moquait bien de savoir si c'était là le prix qu'il exigeait d'elle en échange de son silence. Cela n'avait pas la moindre importance. Elle le voulait, avait besoin de lui. Elle brûlait de se laisser prendre de nouveau à la magie de ses caresses... et de s'y perdre.

— Non, Jared. N'arrêtez pas !

Elle se glissa sous lui dans un besoin éperdu d'être plus près, de le sentir tout entier au-dessus d'elle.

Son souffle haché lui effleurait l'oreille, vibrant de désir, faisant naître de délicieuses ondes d'anticipation tout au long de son corps. Elle tira sur la tunique de Jared, cherchant à libérer l'étoffe de la ceinture qui la serrait sur les hanches. Elle voulait caresser sa chair nue, sentir le jeu de ses muscles sous ses doigts.

— Jared...

Il dut comprendre sa frustration, car avant même qu'elle n'ait compris son intention, leurs vêtements à tous deux gisaient en pile sur le sol. Maintenant, il n'y avait plus rien pour l'empêcher de passer ses mains sur les durs méplats de son torse, ni de caresser sa peau tiède.

Autrefois, ils avaient toujours peur de se faire prendre. Ce qui se traduisait par des déshabillages incomplets, des respirations haletantes, de brèves séances de baisers affamés et de caresses presque frénétiques.

C'était la première fois qu'ils allaient avoir le confort d'un lit pour leurs ébats. Plus besoin de s'inquiéter d'être surpris par leurs parents, ni de restreindre leurs désirs. Ils pouvaient se laisser entièrement guider par la passion.

Lea tremblait à la pensée de se donner totalement à Jared comme elle l'avait seulement fait en rêve jusqu'alors. Elle resserra son étreinte autour de ses épaules, tandis qu'il forçait l'entrée de sa bouche.

Son baiser exigeait une réponse... Elle gémit doucement, son souffle mêlé au sien.

Puis il traça des lèvres une ligne brûlante jusque derrière son oreille.

— Je vous veux tout entière...

Cette requête formulée d'une voix rauque la secoua d'un long frisson.

Il lui caressa les seins, taquinant du bout du doigt les mamelons déjà gonflés de désir. Elle ferma les yeux, le buste arqué vers ses caresses. Dieu, comme elle avait faim de son toucher ! Bien plus qu'elle ne l'avait imaginé...

Les lèvres de Jared tracèrent un sillage brûlant sur sa poitrine, puis remontèrent lentement vers son cou.

La chaleur entre ses cuisses réclamait satisfaction. Elle laissa glisser sa main sur le ventre de Jared et la posa sur son membre en érection.

— Pas encore, Lea.

Il laissa lentement traîner ses doigts sur sa clavicule, puis plus bas, s'attardant pour tracer le contour de ses seins avant de continuer la caresse tout au long de son buste.

Elle gémit, le corps tendu d'anticipation, tandis qu'il atteignait le haut de sa cuisse et lui écartait les jambes pour effleurer sa féminité, avant de se glisser entre ses plis humides.

Elle poussa un léger cri, sidérée elle-même de sentir à quelle vitesse son corps réagissait au toucher de Jared. A ses baisers. Au doux tourment de ses caresses.

— Jared, s'il vous plaît...,supplia-t-elle enfin, à bout de souffle.

Il se dressa au-dessus d'elle, en appui sur les coudes, prit son visage dans ses mains et plongea en elle d'une poussée sûre et fluide qui lui arracha un petit cri de pure jouissance.

S'il avait été la douceur même jusque-là, son incursion en elle ne l'était pas, ni ses baisers voraces. Elle s'accrocha à lui de toutes ses forces, criant son nom lorsqu'elle sentit déferler en elle la vague incandescente du plaisir. Jared couvrit ses lèvres des siennes, et d'une voix rauque et profonde, fit écho à son gémissement d'extase, tandis qu'il se répandait en elle.

Il se laissa ensuite rouler sur le flanc, la respiration entrecoupée, et la serra contre lui pour embrasser le sommet de sa tête.

— Nous avons été fous d'attendre si longtemps.

Elle ne pouvait le contredire sur ce point. Si elle avait su que l'amour avec Jared serait aussi... stupéfiant, elle aurait passé outre les recommandations de ses parents. Qui sait ? Le passé aurait pu être alors complètement différent.

Mais il était ce qu'il était, hélas. Et à sa plus grande détresse, la honte et la culpabilité menaçaient à présent de la submerger. Elle s'était souvent demandé comment ce serait de faire l'amour avec Jared. Mais curieusement, elle n'avait jamais pensé à ce qu'elle ressentirait ensuite.

Eh bien, elle avait l'impression d'être une catin. La seule différence, c'était qu'elle n'avait pas offert son corps pour de l'argent. Ce qu'elle avait acheté, c'était le silence de Jared. Et même ainsi, rien ne lui disait qu'il tiendrait sa parole. Elle avait été folle de lui faire confiance, de se laisser tellement happer par l'instant présent qu'elle en avait momentanément oublié à quel point il la détestait.

Il s'assit sur le bord du lit et ramassa ses vêtements. Elle se mordilla la lèvre inférieure, réfléchissant à ce qu'elle allait dire à présent — et faire.

Finalement, incapable de se contenir plus longtemps, elle laissa échapper la question qui la tourmentait :

— Vous n'allez pas vendre la mèche à Villaire, n'est-ce pas ?

Jared se raidit mais ne dit rien, et enfila sa chemise par-dessus sa tête.

Elle fut soudain saisie de panique.

— Vous avez promis !

D'un coup d'épaules, il entra dans son surcot, prit le reste de ses vêtements et se dirigea vers la porte.

Elle s'efforça de contrôler sa voix.

— Jared, s'il vous plaît !

Sans s'arrêter, il lança par-dessus son épaule :

— Je ne vous ai rien promis, Lea. Rien du tout !

Chapitre 7

Encore sous le choc, Lea promenait un regard absent autour d'elle. Depuis que Jared était sorti, elle n'arrivait pas à fixer son attention sur quoi que ce soit.

Alors qu'elle prenait son bain et même maintenant, en séchant distraitement ses cheveux, elle n'avait pas arrêté de ressasser ce qui s'était passé entre eux. Pourquoi Jared avait-il agi ainsi ?

Oh, elle savait qu'il était en colère contre elle, parce qu'elle l'avait rejeté autrefois. Et elle s'attendait à une forme de vengeance — peut-être même la méritait-elle. Mais elle n'avait jamais imaginé qu'elle serait si brutale, si cruelle. Si complète…

Il s'était servi d'elle. Pas seulement de son corps — après tout, c'était elle qui s'était offerte et elle n'avait personne d'autre à blâmer qu'elle-même.

Jared savait qu'elle répondrait à ses caresses et il s'en était servi contre elle. Il l'avait rendue folle de désir, jusqu'à ce qu'elle le supplie d'aller plus loin.

Puis, au moment même où elle commençait à croire que leur relation pourrait devenir plus agréable, presque complice, il lui avait jeté cela au visage.

Si Jared dévoilait la vérité à Villaire sur leurs prétendues fiançailles, tout s'écroulerait autour d'elle. Il était presque trop tard pour concevoir un enfant dont elle pourrait attribuer la paternité à Charles. Et avec Jared et Villaire dans les parages, il lui serait difficile de mettre la main sur un homme, sans parler de faire un bébé !

Son estomac se contracta d'angoisse. Elle avait pris un grand risque avec Jared. Mais elle doutait de tomber enceinte après cet unique épisode. Et elle priait pour que ce ne soit pas le cas !

Cela avait été une erreur, une monumentale erreur. Jared l'amenait à sentir et à penser des choses auxquelles elle avait renoncé depuis des années. Elle devait s'assurer qu'elle n'aurait plus jamais l'occasion d'être seule avec lui.

La voix d'Agatha résonna sur le seuil.

— Lady Lea ? On vous attend en bas.

— Villaire ou Jared ?

— Les deux. Ainsi que sir Blackstone.

Agatha fit la grimace en mentionnant le dernier nom.

Lea reposa le peigne. Peu pressée de rencontrer aucun de ces trois personnages, elle répondit avec dédain :

— Qu'ils commencent à manger sans moi, ou bien qu'ils continuent à attendre. C'est à eux de voir.

Elle rassembla ses cheveux sur son épaule et se mit en devoir de les natter.

— Voulez-vous que je vous aide ? s'enquit Agatha.

Mais la servante se serait acquittée trop vite de cette tâche et Lea n'était pas pressée de rejoindre ces messieurs.

— Non, merci, je vais me débrouiller. Je descendrai dès que j'aurai terminé.

A quoi bon se hâter ? Jared ne ferait que la rendre plus nerveuse et se ferait un malin plaisir de la mettre à cran. Quant à Villaire, il saisirait toutes les opportunités de la rabaisser. Et ce Blackstone ne cherchait qu'à saisir au vol l'opportunité d'une union avantageuse pour lui.

Pourquoi ne pouvaient-ils la laisser tranquille, au nom du ciel ? Ni Montreau, ni elle, n'avaient besoin de leur aide !

Jared regardait les hommes qui peuplaient la grande salle. Il aurait dû être avec eux à trinquer, rire, bavarder et flirter avec les femmes, plutôt que d'être attablé sur l'estrade avec Villaire et Blackstone.

Il se tourna vers Agatha et la questionna du regard. La nourrice lui répondit d'un haussement d'épaules. Il l'avait envoyée en haut informer lady Lea qu'ils l'attendaient pour le repas. Mais elle prenait visiblement son temps pour les rejoindre.

Sans doute était-ce là le prix à payer pour avoir quitté sa chambre comme il l'avait fait. Que voulait-elle qu'il lui dise d'autre ? Ils venaient de partager des instants d'intimité absolue, et tout ce à quoi elle pensait, c'était à s'enquérir s'il allait ou non révéler son secret !

Cela n'aurait pas dû l'affecter, il le savait. Après tout, ce n'était pas comme s'ils éprouvaient des sentiments l'un pour l'autre. Du moins des sentiments tendres...

Mais il avait eu l'impression qu'elle quémandait, et cela l'avait mis hors de lui. Il n'était pas habitué à côtoyer des femmes de ce genre et n'avait pas la moindre idée de la façon dont il fallait s'y prendre avec elles. Et il n'avait pas non plus envie d'apprendre...

Il aurait préféré qu'ils se disputent ou s'envoient de cruelles vérités au visage plutôt que d'affronter des supplications ou des pleurnicheries. De tels procédés le laissaient désarmé et finissaient par susciter immanquablement sa colère.

Il fronça les sourcils, irrité. Il devait arrêter de penser sans cesse à Lea. D'accord, il était censé la protéger. Mais en dehors de cela, ce qui la concernait n'était pas son problème. Il ferait mieux d'être plus prudent à l'avenir et de ne plus approcher de son lit. Certes, il avait aimé faire l'amour avec elle. Mais cela ne pourrait engendrer que des difficultés. Des difficultés qu'il désirait par-dessus tout éviter...

Pour le moment, la nourriture refroidissait et les convives s'impatientaient. Jared était sur le point de se lever pour aller voir ce qui retenait Lea, quand Villaire déclara brusquement :

— Nous n'avons qu'à commencer sans elle !

Jared se rassit et foudroya l'impudent du regard.

— Certainement pas. Nous sommes chez elle ici. Nous mangerons quand la dame de céans sera là, pas avant.

De toute façon, Villaire ne risquait pas de périr de faim. Il passait ses journées à se goinfrer, au point que Jared se demandait comment ce petit homme trapu pouvait enfourner autant d'aliments dans sa bouche.

Charles ressemblait-il à son frère ? Si c'était le cas, il aurait plaint Lea d'avoir eu un tel mari… si elle ne l'avait pas amplement mérité.

Villaire se tourna vers lui.

— On m'a dit que vous aviez arrêté les recherches ?

Jared se renversa contre le dossier de sa chaire.

— Oui. Nous avons assez passé de temps à chercher un corps qui n'est manifestement plus là. Je pense qu'on peut affirmer sans se tromper que la mer l'a définitivement englouti.

Une expression de profonde tristesse se peignit sur le visage de Villaire, mais Jared ne s'y laissa pas prendre. Si cet homme ressentait quoi que ce soit pour son défunt frère, ce n'était certainement pas du chagrin. Plutôt de la cupidité… Pour lui, le décès de Charles représentait une occasion de s'emparer de Montreau. Et de s'assurer une mainmise sur Lea et ses biens, à travers ce fantoche de Blackstone. Villaire devait en saliver d'avance !

Mais il pouvait bien rêver tant qu'il voulait, ses plans ne se réaliseraient jamais. Jared l'étriperait avant !

Il avait juré de protéger Lea. Jusqu'à ce que l'impératrice juge bon de le relever de son devoir, ou jusqu'à ce que la dame se remarie, il veillerait à ce que personne ne lui cause du tort.

Tout à coup, un bref silence tomba sur la salle, avant que le brouhaha ne reprenne. Jared leva les yeux vers l'escalier et vit Lea descendre les dernières marches avant de se diriger vers l'estrade. Sa robe d'un vert soutenu la faisait paraître très pâle, mais il n'était pas sûr que ce soit dû à la maladie.

Plus vraisemblablement, elle était encore sous le coup de ce qu'il lui avait dit.

Il jeta un coup d'œil à Villaire.

— Vous allez devoir changer de siège, monsieur.

L'homme se cramponna aux bras de sa chaire à haut dossier.

— Pourquoi donc ?

— Parce que vous occupez la place de la dame de Montreau, répliqua Jared, qui joua ostensiblement avec son couteau à découper. Vous devez donc prendre une autre chaise.

Villaire lui jeta un regard noir mais n'en obtempéra pas moins et alla s'asseoir près de Blackstone.

Lea fit signe aux convives de commencer à manger et prit place entre Jared et son beau-frère sans leur adresser la parole.

Villaire la fusilla des yeux.

— Un bon repas que nous allons faire là ! persifla-t-il. Sauces figées, viande froide et graisseuse et vin aussi aigre que du verjus. Je n'aurais jamais dû espérer mieux, remarquez. Depuis que vous êtes la maîtresse de céans, on n'a jamais servi un repas correct à Montreau !

Jared s'attendait à entendre Lea riposter d'un ton cinglant. Mais à sa grande surprise, elle se contenta de baisser les yeux vers son tranchoir. Elle n'allait tout de même pas laisser ce malotru lui clouer le bec ?

— Peut-être apprécieriez-vous davantage les mets si vous étiez assis devant votre propre table plutôt que la mienne ? suggéra-t-elle enfin d'un ton suave. On se sent toujours tellement mieux chez soi !

Villaire secoua la tête avec un gros rire.

— Oh, non, ma chère sœur ! Je m'aperçois de plus en plus que mon frère vous a laissée prendre beaucoup trop d'aises avec vos devoirs. Si vous épousez Blackstone, il faudra qu'on vous apprenne comment on tient correctement un manoir.

— Croyez-moi, je n'épouserai jamais Blackstone !

Villaire poursuivit comme si elle n'avait rien dit :

— Vous avez manifestement besoin d'une main plus

ferme pour votre rééducation. Dieu merci, je serai là pour y veiller moi-même.

Jared ne pouvait pas laisser passer la menace voilée qui sous-tendait ces mots.

— Le premier qui osera porter la main sur lady de Montreau aura le bras coupé !

Lea émit un petit bruit qui ressemblait à un rire mal étouffé. Villaire pâlit.

— Vous vous méprenez, lord Warehaven, s'écria-t-il en hâte. Il ne s'agit pas de porter la main sur elle physiquement, bien entendu. J'ai seulement voulu dire qu'elle a manifestement besoin qu'on lui enseigne à accomplir correctement ses devoirs, de façon à ce qu'elle ne jette pas le déshonneur sur son mari.

— Mon mari est mort, jeta sèchement Lea.

Ignorant sa remarque, Villaire tendit le bras vers elle pour lui tapoter la main. Mais Lea s'écarta dans un soubresaut. Déconcerté, il prit un ton cajoleur pour répliquer :

— Nous comprenons tous combien la mort de Charles a dû vous affecter. Mais sir Blackstone vous aidera à surmonter votre chagrin, soyez-en sûre.

Lea jeta une œillade à Jared avant de jeter un bref regard du côté de Blackstone. Puis elle se tourna de nouveau vers son beau-frère.

— Si vous l'avez amené ici pour m'épouser, vous avez perdu votre temps.

— Il est venu avec la permission du roi. N'importe quelle autre femme serait reconnaissante d'avoir près d'elle un homme qui ne demande pas mieux que de prendre soin d'elle et gérer son château comme il convient. Vous êtes la honte de votre sexe, ma chère sœur !

— Et vous, vous êtes…

Jared glissa un bras autour de ses épaules raidies.

— Vous semblez avoir tous deux oublié une chose, interrompit-il.

Il s'arrêta le temps que Villaire et Lea lui fassent la grâce de lui accorder toute leur attention.

— Lea est déjà fiancée… à moi.

Il la sentit se détendre sous son toucher. Son expression s'adoucit et elle lui effleura l'épaule.

Jared serra les mâchoires. Si elle articulait ne serait-ce qu'un mot de gratitude, il informerait tout le monde de la supercherie.

Elle dut comprendre son irritation, car elle laissa retomber sa main et baissa les yeux vers la table.

Le visage de Villaire vira au cramoisi.

— Mais le roi Etienne…, commença-t-il.

Lea frappa la table de sa paume, coupant ce qu'il allait dire.

— Ce qui se passe à Montreau ne regarde pas le roi Etienne !

— C'est là que vous vous trompez, milady, intervint Blackstone avec un sourire torve. Avant de m'éconduire, vous devriez écouter ce que j'ai à vous dire.

— Je doute que cela puisse me faire changer d'avis. Mais parlez toujours, si vous y tenez.

Blackstone et Villaire échangèrent un coup d'œil, et Jared se demanda si tout ceci n'avait pas été planifié entre eux à l'avance.

Puis Blackstone promena un regard méfiant autour de lui et se leva.

— Peut-être dans un lieu un peu plus… discret ?

Jared bloqua avec sa jambe l'un des pieds de chaise de Lea pour empêcher celle-ci de se lever.

— Parlez ici ou taisez-vous !

Lea faillit lui intimer de se mêler de ses affaires. Mais il lui avait rendu service en maintenant la fiction de leurs fiançailles et elle lui était redevable de cela. En outre, elle n'avait pas la moindre envie de se retrouver seule avec Blackstone.

— Lord Jared a raison. Vous pouvez me parler ici.

C'était sans doute peu charitable de sa part, mais elle le

trouvait physiquement repoussant avec ses épaules tombantes, son teint pâle, ses lèvres minces et sa mâchoire inférieure au tracé incertain, qui se doublerait un jour de disgracieuses bajoues. Le regard glacé de ses petits yeux la rendait nerveuse.

Ceci dit, même s'il avait été beau, cela n'aurait rien changé. Le seul fait qu'il soit l'ami de Villaire lui inspirait méfiance et aversion. Elle se réjouit que Jared ait insisté pour qu'ils restent tous à table.

Blackstone secoua la tête.

— J'aurais pensé que quelque chose d'aussi privé qu'une demande en mariage requérait un peu plus d'intimité...

— Une demande en mariage ?

Lea ne put dissimuler sa surprise. Elle pensait qu'il était venu pour la courtiser, pas pour lui demander sa main sur-le — champ. Il ne la connaissait pas !

— Votre servante ne vous en a pas informée ? s'enquit Villaire.

Il soupira ostensiblement.

— Ici, même les domestiques négligent leurs devoirs...

Lea ignora le commentaire. Villaire cherchait à la faire sortir de ses gonds, c'était évident.

— Ma chambrière m'a dit que Blackstone était là pour me faire la cour.

— Avec l'approbation du roi Etienne, ajouta l'intéressé, comme si cette précision devait l'impressionner.

Elle haussa les épaules.

— Etant donné que ce n'est pas lui que vous courtisez, son approbation n'a aucune importance.

— Si vous possédiez le moindre grain de bon sens, vous comprendriez que le roi Etienne sera bientôt votre suzerain, intervint de nouveau Villaire. Montreau est entouré de partisans du roi. Une fois qu'ils auront renvoyé David en Ecosse, vous serez toute seule, conclut-il en dardant un regard à Jared.

Lea craignait qu'il n'eût raison. A Durham, le roi David empiétait presque sur les terres de l'Eglise. Et l'Eglise se moquait bien de savoir qui gagnerait cette guerre. Elle ne lèverait pas le petit doigt pour l'un ou l'autre des deux camps.

Elle tressaillit en entendant rire Jared. Les prédictions de Villaire ne semblaient pas l'inquiéter le moins du monde.

— Pour qu'Etienne batte Mathilde, il faudrait d'abord que ses partisans défendent sa cause envers et contre tout. Mais ce n'est pas le cas. Un peu d'or, un titre, un mariage avantageux ou des terres auront vite raison de leur loyauté. Non, croyez-moi, cette guerre ne finira jamais, conclut-il d'un ton désabusé. Elle ne s'achèvera que par la mort de l'un des deux adversaires.

Lea le regarda, inquiète. Un guerrier qui croyait si peu au succès de sa cause n'avait guère de chances de s'en sortir vivant. S'il n'espérait pas la victoire de sa suzeraine, comment l'emporterait-il lui-même sur le champ de bataille ?

Elle avait été le témoin de bien des changements d'humeur chez lui — elle l'avait vu passer presque instantanément de la colère à la joie. Mais jamais elle ne l'avait vu amer ou désespéré comme en cet instant.

Villaire ne fut pas ébranlé dans sa certitude.

— D'une façon ou d'une autre, Etienne vaincra. A la fin, tous les barons retrouveront leur bon sens. Ils ne feront jamais allégeance à une femme, surtout une étrangère.

Jared haussa les épaules.

— Elle est tout de même de sang normand — plus que la plupart d'entre eux.

Ce n'était pas la faute de Mathilde si son père l'avait mariée à un empereur germanique. Lea sympathisait avec elle sur ce point. Une fille de la maison royale avait encore moins son mot à dire qu'elle dans le choix d'un mari…

— Cela ne compte pas, glapit Villaire. Aucun homme probe ne voudra obéir à une personne qu'il considère comme son inférieure.

La voix de Jared se fit grave et profonde.

— Les barons ont perdu leur probité le jour où ils ont renié leur serment de fidélité au roi Henry.

Visiblement, la discussion s'envenimait. Lea allait devoir les arrêter si elle ne voulait pas qu'une querelle éclate dans la salle. Mais si elle intervenait, Jared n'en tiendrait sans doute pas compte. Aussi se tourna-t-elle plutôt vers Villaire.

— De quel droit vous souciez-vous de la loyauté de Montreau ? Nous sommes neutres et le resterons jusqu'à la fin de cette guerre.

— Je vous ai déjà dit que j'avais l'intention de demander au roi la tutelle de ce château.

En fait, il lui avait affirmé qu'il avait *déjà* envoyé une requête au roi en ce sens. Accumulait-il les mensonges au point d'en perdre lui-même le fil ?

Lea désigna Blackstone d'un geste.

— Je suppose que le roi en est encore à examiner votre demande. Sinon, votre ami aurait obtenu l'autorisation de m'épouser, et pas seulement de me faire la cour !

Elle plissa le front, une moue aux lèvres.

— Je me demande pourquoi d'ailleurs. Il faut croire qu'Etienne ne vous fait pas aussi confiance que vous le pensez.

Villaire prit une longue gorgée de vin, puis haussa les épaules.

— Cela importe peu. Je suis votre tuteur légal. Si le roi n'est pas d'accord, l'Eglise, elle, le sera.

— L'Eglise ?

Elle éclata de rire.

— A la vitesse où elle bouge, nous serons tous morts de vieillesse avant qu'elle ne prenne une décision !

Le visage de son beau-frère s'empourpra derechef.

— Et vous trouvez cela amusant ?

Oui, elle trouvait cela comique. Mais elle n'avait pas besoin que Jared presse sa jambe contre la sienne en un geste d'avertissement pour savoir que mieux valait n'en rien dire. Ne se rendait-il pas compte que ce genre de contact ne pouvait que lui embrouiller les idées davantage ?

Elle se donna une contenance avant de répliquer :

— Amusant ? Non. Je trouve votre plan hautement méprisable.

Blackstone pencha le buste vers elle.

— Quelle sorte de femme êtes-vous pour repousser ainsi l'aide de votre frère ?

Elle le toisa, hautaine.

— Personne ne s'est adressé à vous, que je sache !

Il recula comme si elle l'avait frappé, mais se reprit promptement.

— Vous devriez apprendre à tenir votre langue, milady. Sinon, je pourrais bien changer d'avis en ce qui vous concerne.

Lea faillit s'étrangler avec le vin qu'elle était en train de boire.

— Changer d'avis ? A quel propos ? Vous ne voudrez plus me faire la cour ? Eh bien, voilà une décision qui ne me brisera pas le cœur, soyez-en sûr. Je n'ai que faire de vos assiduités, monsieur.

Villaire lui jeta un regard menaçant.

— Cette fois, vous allez trop loin !

— Je ne vais pas encore assez loin, corrigea-t-elle. Je veux que vous et votre idiot de compère…

Jared se leva brusquement et repoussa sa chaise.

— J'ai besoin de prendre l'air !

Lea le gratifia d'un regard insolent.

— Eh bien, vous savez où est la porte.

Il lui tendit la main d'autorité.

— J'aimerais que vous m'accompagniez.

— Très honorée…

Ignorant le ton moqueur de sa voix, il la saisit par le coude et lui fit traverser la salle. Tout le monde les regardait. Elle faillit pousser un gémissement excédé. Comme d'habitude quand Villaire était dans les parages, elle avait réussi à se donner en spectacle ! Pourquoi se laissait-elle exaspérer ainsi par cet homme, quand elle savait fort bien qu'il le faisait exprès ? Tout ce qu'il cherchait, c'était à la pousser dans ses derniers retranchements.

Une fois dehors, Jared lui lâcha le bras.

— Pourquoi avez-vous pris la mouche ainsi ? Votre beau-frère est assez… irritant, j'en conviens. Mais vous devriez tout simplement ignorer ses provocations.

— Merci du conseil, milord.

— Vous me fatiguez, Lea, dit-il en s'éloignant.

Mais elle lui emboîta le pas.

— Vous me dictez mon attitude, vous me traitez comme si j'étais une enfant, et vous me trouvez fatigante quand je proteste ?

Jared se retourna, tout en continuant à marcher à reculons.

— Une enfant ? Hum… Pas exactement ! Je sais bien que vous n'êtes pas une petite fille. Mais vous vous rendez tout de même compte de ce qu'ils vont faire à présent, j'espère ?

Elle haussa les épaules.

— Bien sûr que je m'en rends compte !

Maintenant qu'elle les avait défiés, ils allaient lui rendre la vie encore plus impossible.

— Vous me rassurez.

Il lui tourna le dos avant d'ajouter :

— Ne venez pas vous plaindre à moi si Blackstone vous accable de ses avances, pendant que Villaire suivra de près les progrès de sa stratégie.

C'était exactement ce qu'ils allaient faire, hélas. Et à présent qu'il la savait opposée à son idée, Villaire allait poursuivre obstinément ses démarches pour obtenir la tutelle du château. La pensée de la contrarier allait littéralement le galvaniser !

Il fallait absolument qu'elle boute les deux compères hors de Montreau. Elle n'en était peut-être pas capable elle-même, mais elle savait fort bien qui le serait.

— Jared ?

Il se retourna pour la regarder.

— Qu'y a-t-il encore ?

Elle lut la lassitude dans ses yeux étrécis et un sentiment de culpabilité s'immisça en elle, au point qu'elle faillit presque changer d'avis.

— Maintenant que les recherches pour retrouver Charles sont terminées, y a-t-il la moindre raison que Villaire reste ici ?

— Je n'en vois pas.

Elle s'approcha de lui, le regard droit dans le sien.

— Alors rien ne vous empêche de lui demander de partir, n'est-ce pas ?

Une fraîche brise nocturne lui ébouriffa les cheveux. Jared tendit la main vers elle et repoussa une boucle derrière son oreille.

— Rien, si j'en décide ainsi.

Elle en eut la chair de poule sur les bras. Un frisson qui n'avait pas grand-chose à voir avec la fraîcheur de la nuit, mais avec le contact des mains de Jared sur sa peau.

Elle savait qu'elle jouait avec le feu, mais elle résista à l'impulsion de battre en retraite.

Au lieu de cela, elle posa une main sur la poitrine de Jared.

— Vous ne l'aimez pas plus que moi. N'est-il pas grand temps qu'il reparte chez lui ?

Jared lui effleura la joue du bout du doigt.

— Cela vous ferait-il plaisir ?

Elle se pencha vers lui.

— Oh, oui !

Il incurva les lèvres dans un demi-sourire, puis inclina le buste vers elle pour déposer un léger baiser sur sa bouche.

— Alors je pense qu'il pourrait rester un peu plus longtemps…

Elle se figea littéralement, puis laissa retomber son bras et recula d'un pas. Non, c'était impossible, elle avait mal entendu !

— Pardon ?

— Je pense qu'il devrait rester encore un peu, répéta-t-il.

Son sourire s'accentua, franchement narquois.

— Ma tâche consiste à vous protéger, vous et Montreau. Cela n'implique pas forcément que je doive vous faire plaisir.

Visiblement, il avait percé son stratagème à jour !

— Espèce de…

Hésitant sur le nom d'oiseau dont elle allait le gratifier, elle laissa l'insulte en suspens.

— Oui, Lea ? De quoi alliez-vous me traiter ? De bâtard ? De vaurien ? Vous levez le petit doigt et quand je ne me précipite pas pour accomplir vos quatre volontés, je deviens le dernier des scélérats ?

Il haussa les épaules.

— Essayez vos manigances sur quelqu'un d'autre ! lança-t-il en s'éloignant. Sur moi, cela ne marche plus.

Tremblante de rage, elle cria dans son dos :

— Allez au diable, Warehaven !

Il se retourna prestement, aussi furieux qu'elle.

— Ah, je suis Warehaven à présent ? Il y a deux heures à peine, c'était : « Oh, Jared, s'il vous plaît ! »

Avant qu'elle n'ait eu le temps de répondre, il revint vers elle et l'attira contre lui.

— Ne craignez rien, Lea, votre souhait est déjà exaucé. J'ai trouvé ma damnation le jour où je vous ai rencontrée.

Sa bouche s'empara de la sienne. Il n'y avait rien de doux dans son baiser, mais Lea s'en moquait bien. De nouveau, le désir brûlait en elle, lui incendiant les veines.

Elle se pressa contre les cuisses dures et le torse musclé de Jared, les mains accrochées à ses épaules dans un besoin éperdu de se rapprocher de lui, toujours plus près.

Jared abandonna ses lèvres pour semer des baisers brûlants jusqu'à son oreille.

— Ne vous approchez plus de moi, Lea. Pour notre sauvegarde à tous deux, restez à l'écart, je vous le conseille !

Chapitre 8

Postée devant la fenêtre de sa chambre, Lea observait l'activité qui régnait dans la cour boueuse. Bien qu'il ait plu sans répit depuis dix jours, Jared continuait à entraîner ses hommes chaque jour.

Elle avait obéi à son injonction et l'avait scrupuleusement évité, mais elle n'était pas sûre que ce soit la meilleure chose à faire pour eux deux. Ils n'avaient même pas échangé un mot pendant tout ce temps. Elle se contentait de l'observer de loin — quand elle n'était pas occupée à esquiver les assiduités de Villaire et Blackstone.

Mais la distance qu'elle avait établie entre Jared et elle n'empêchait pas le désir de flamber en elle chaque fois qu'elle pensait à lui. Elle n'apaisait pas la passion qui la brûlait quand elle posait les yeux sur lui d'un bout à l'autre d'une pièce. Ni les frissons qui la parcouraient lorsqu'elle entendait le son de sa voix, même lorsqu'il s'adressait à quelqu'un d'autre.

C'était comme un charme magique — ou une malédiction suspendue jour et nuit au-dessus d'elle. Même dans son sommeil, elle n'échappait pas au désir insensé d'être touchée par lui. Nuit après nuit, elle rêvait de ses baisers, de ses caresses, de l'étreinte de ses bras.

Elle baissa la tête, accablée. C'était pathétique !

Elle se consumait pour un homme qui pensait davantage à la guerre qu'à elle. Et qui le prouvait de nouveau…

Une semaine plus tôt, Jared avait rassemblé les hommes de Montreau et avait commencé à leur enseigner les pratiques militaires. D'abord, Lea avait pensé qu'il les préparait à la guerre. Mais Agatha, qui servait d'intermédiaire entre Jared et elle, lui avait expliqué de quoi il retournait.

— Non, non, milady. Il veut seulement leur apprendre à se défendre. Au cas où Montreau subirait une attaque, vous comprenez ?

Lea n'avait rien à redire à cela. Un jour ou l'autre, Jared partirait et il était normal qu'il veuille laisser derrière lui des hommes capables de se défendre contre toute forme d'agression. Jusqu'ici, ils avaient eu de la chance, mais qui savait si cela allait durer ?

Surtout maintenant qu'une femme seule dirigeait le manoir…

— Milady ?

Agatha pénétra dans la chambre avec un plateau chargé de nourriture.

— Vous sentez-vous mieux ?

L'odeur des mets épicés flotta jusqu'à ses narines et elle jeta un regard vers les plats. Son estomac se retourna aussitôt.

Elle écarta le plateau d'un geste.

— J'allais mieux, oui. S'il vous plaît, remportez cela.

Agatha alla déposer le repas dans le couloir, puis revint dans la pièce.

— Qu'est-ce qui vous ferait plaisir ? s'enquit-elle avec sollicitude.

— Rien du tout, merci. Je n'ai pas faim.

La vieille nourrice lui posa une paume sur le front.

— Vous n'avez pas de fièvre pourtant. Voulez-vous que je fasse venir la sage-femme ? Elle pourra vous prescrire une médecine…

Mais Lea secoua la tête.

— Non, non, ça va passer.

Du moins, en avait-il été ainsi les quatre matins précédents. Quand le soleil serait au zénith, elle se sentirait beaucoup mieux, inexplicablement.

De plus, elle avait la nette impression que la sage-femme

ne pouvait rien contre le genre de malaise dont elle souffrait. Mais elle repoussa vite cette pensée, de crainte de donner corps à la peur insidieuse qui l'habitait.

— Villaire et son acolyte vous cherchent, reprit la chambrière.

— Eh bien, qu'ils continuent !

La voix de Lea se fit sarcastique :

— Quelle excuse leur avez-vous donnée cette fois ?

Comme elle s'y attendait, les deux hommes ne lui laissaient pas la paix un seul instant.

— La vérité — à savoir que vous ne vous sentiez pas bien.

Tandis qu'Agatha s'affairait dans la chambre, Lea retourna à la fenêtre, où elle jeta un coup d'œil vers le ciel chargé. La tempête allait-elle enfin éclater ? Etre confinée au château et passer son temps à éviter Villaire et Blackstone lui portait dangereusement sur les nerfs. Quelques jours de plus, et elle allait exploser en vociférations peu dignes d'une lady.

Avec un soupir, elle tourna de nouveau son attention vers la cour, où elle rencontra brusquement le regard de Jared. Son cœur bondit dans sa poitrine et elle rougit jusqu'aux oreilles. Mais elle fut incapable de détourner les yeux.

Cela avait été une terrible erreur d'avoir partagé ces moments d'intimité avec lui. Maintenant, elle n'arrivait plus à sortir cet homme de son esprit. Plus elle essayait d'oublier ce qu'ils avaient fait, plus elle *le* désirait. Au nom du ciel, il y avait tant d'autres hommes dans le monde ! Pourquoi fallait-il que ce soit de Jared de Warehaven qu'elle se languisse ainsi ?

Il fallait qu'elle surmonte son désir, d'une façon ou d'une autre. Mais comment y parvenir, quand il esquissait ce demi-sourire séducteur ?

Elle risquait fort de continuer à le désirer. Bien longtemps après son départ de Montreau, hélas…

*
* *

Jared esquiva un coup d'épée et envoya son adversaire encore inexpérimenté rouler dans la boue. Les hommes de Montreau manquaient totalement de pratique, c'était triste, mais c'était un fait. Si le château était attaqué, il ne pourrait absolument pas compter sur eux pour lui prêter main-forte.

Oh, ils ne se plaignaient pas de l'entraînement. Bien au contraire, ils semblaient même soulagés d'avoir enfin quelque chose de constructif à faire. Mais ils n'étaient pas assez lestes et prompts pour éviter de choir dans la gadoue plus souvent qu'à leur tour.

Jared tendit la main et aida le jeune homme à se relever. Puis il houspilla l'un de ses soldats, qui se tenait en retrait.

— Que faites-vous là à regarder, Simon ! Rendez-vous un peu utile, voulez-vous ?

Reculant d'un pas, il leva les yeux vers le donjon. Lea l'observait de nouveau. Quoi qu'il fasse, il sentait tout le temps son regard dans son dos !

Qu'est-ce qui lui avait pris de coucher avec elle, bon sang ? N'importe quel imbécile s'en serait abstenu dans ces circonstances.

Lea et lui avaient attendu tellement longtemps — des années, en fait. Et malheureusement, le plaisir qu'il avait partagé avec elle avait dépassé de loin ses rêves les plus fous. Sa saveur, la douceur de sa peau… Il avait tout cela dans le sang désormais. Et cela le rongeait, l'emplissant d'un besoin insensé qui l'aurait presque fait crier de frustration.

Il lui avait ordonné de ne plus l'approcher et jusqu'à présent, à sa grande surprise, elle s'était conformée à ce souhait. C'était plus sûr ainsi.

Pas seulement pour elle, mais pour eux deux.

Sa présence lui donnait une folle envie de se jeter sur elle et de se perdre dans le doux satin de ses cheveux, dans l'odeur de sa peau et le son enivrant de ses halètements et de ses petits cris de plaisir.

Mais il savait qu'à l'instant même où il la toucherait, toute la colère et la peine accumulées en lui jailliraient de nouveau, associées à une incoercible soif de vengeance.

Il doutait fort de pouvoir lui pardonner un jour. Mais en même temps, il ne voulait pas lui faire de mal. Il s'en serait voulu terriblement de la blesser !

Il leva les yeux vers elle, fasciné malgré lui. Quelle belle, quelle ensorcelante tentatrice elle faisait ! Passionnée, généreuse, touchante à verser des larmes... et absolument indigne de confiance !

Il crispa la main sur la poignée de son épée. Si l'impératrice ne lui donnait pas très bientôt l'ordre de quitter Montreau, il risquait fort d'y laisser le peu de maîtrise qui lui restait !

— Cela commence à bien faire ! s'exclama Markam Villaire, qui frappa du poing le bras de sa chaire. Elle trouve sans cesse des prétextes pour vous éviter.

— Que me conseillez-vous ? demanda Blackstone, l'épaule appuyée à l'alcôve de la chambre qu'il partageait avec Villaire. Je n'arrive pas à lui faire la cour, elle me glisse sans cesse entre les doigts.

Non qu'il se soucie beaucoup de courtiser cette arrogante Lea... En fait, il était déjà secrètement fiancé à une autre. Mais l'or que lui offrait Villaire représentait une tentation trop irrésistible.

Une fois qu'il aurait épousé Lea, il ferait venir son véritable amour à Montreau. Berta n'y verrait pas d'objection. Ce serait toujours mieux que le taudis où elle vivait. Quelques paroles douces, des caresses, et elle accepterait aisément la situation.

— Le temps nous est compté, reprit Villaire. Si Lea et vous ne vous mariez pas, ou du moins n'annoncez pas vos fiançailles très bientôt, le roi Etienne vous retirera son soutien et je n'obtiendrai jamais la tutelle de Montreau.

— Alors que suggérez-vous ?

— Vous ne pouvez pas prendre un peu d'initiatives ?

C'est tout de même malheureux que je doive vous conseiller pour tout.

— C'est votre belle-sœur ! Vous savez mieux que moi comment il faut s'y prendre avec elle.

— Vous devez lui forcer la main.

John Blackstone ouvrit la bouche, sidéré.

— Vous voulez que je… fasse violence à la dame de Montreau ?

— Pas exactement. Mais si elle sent que vous en êtes capable, elle se montrera peut-être plus complaisante avec vous.

Blackstone secoua la tête. Villaire ne se rendait pas compte !

— Ou alors elle ira le dire à Warehaven et on verra bientôt ma tête fichée sur l'un des pieux de l'entrée !

— Eh bien, assurez-vous qu'elle ne lui répétera rien.

— Lord Villaire, vous semblez oublier que la dame est déjà fiancée à Warehaven.

Une complication à laquelle ils ne s'attendaient ni l'un ni l'autre…

Mais l'autre se contenta de rire.

— Réfléchissez un peu, mon vieux ! S'ils étaient vraiment fiancés, ils l'auraient annoncé publiquement. Warehaven aurait au moins sollicité de l'impératrice l'autorisation de se marier. Je suis sûr que ces prétendues fiançailles ne sont qu'une ruse destinée à nous tromper.

Blackstone réfléchit. Villaire n'avait peut-être pas tort en fin de compte. Montreau représentait un enjeu trop important pour qu'une union avec la dame du lieu reste une affaire privée.

— Comment pouvez-vous être sûr qu'il n'a pas demandé à sa tante la permission d'épouser lady Lea ?

— Mes hommes ont les yeux et les oreilles aux aguets. Warehaven n'a pas envoyé le moindre message à l'impératrice depuis qu'il est arrivé céans.

Villaire fronça les sourcils et avala une longue gorgée de vin. Puis il reposa son hanap.

— Ce qui est sûr, c'est qu'il s'est passé quelque chose, déclara-t-il enfin. Les relations de ces deux-là ne sont pas au beau fixe.

John Blackstone n'avait pas été sans le remarquer aussi. Ces derniers jours, lord Warehaven et lady Lea semblaient s'éviter. Ils ne se parlaient pas et ne restaient jamais ensemble dans la même pièce.

Villaire se creusait la tête.

— Si nous découvrions ce que c'est, nous pourrions tourner la chose à notre avantage.

— Encore faudrait-il pouvoir parler à la dame ! se plaignit Blackstone.

Une tâche qui jusque-là s'était avérée impossible…

Une porte se ferma à l'autre bout du corridor et quelques instants plus tard, la servante de Lea, la vieille Agatha, passa devant la porte ouverte de leur chambre.

Villaire eut un sourire torve.

— Hé, hé ! Je crois que nous tenons la solution du problème !

Le souffle coupé, Lea crispa les doigts sur son mouchoir.

— Comment cela, elle a disparu ?

Elle dévisagea le garde, doutant d'avoir bien entendu. Nerveux, le jeune homme fit passer le poids de son corps d'un pied sur l'autre.

— Nous avons regardé partout, milady. Tout ce que nous avons trouvé, c'est cette ceinture dans l'escalier de la tour.

Lea sentit son cœur se serrer d'angoisse à la vue de l'objet.

— Vous avez prévenu lord Warehaven ?

— Pas encore. Lord Villaire nous a interceptés avant que nous n'ayons eu le temps de lui parler.

Lea plissa les yeux. Villaire ! Il était impliqué dans cette histoire, elle en aurait mis sa main à couper. Elle écrasa la ceinture dans son poing fermé. S'il cherchait à attirer son attention, il avait trouvé le moyen d'y parvenir.

Elle écarta le garde et sortit dans le corridor.

— Allez faire votre rapport à Warehaven, lui ordonna-t-elle.

Sachant que ce qu'elle s'apprêtait à faire pouvait s'avérer risqué, elle ajouta :

— Dites-lui que je monte à la tour ouest. Je vais m'entretenir avec Villaire.

Elle attendit que le garde ait disparu, puis enfila le corridor et se mit à gravir l'escalier de la tour. Puisque c'était là qu'on avait découvert la ceinture d'Agatha, Villaire devait l'attendre en haut, elle en était certaine.

Parvenue au sommet des marches, elle poussa la porte et sortit dans la nuit. Une rafale de vent froid rabattit ses cheveux sur son visage et elle dut écarter les mèches folles de ses yeux.

— Ma chère sœur, si vous nattiez votre chevelure comme il sied à une vraie dame, vous n'auriez pas ce problème, observa une voix moqueuse.

Elle ignora délibérément la raillerie.

— Que voulez-vous, Markam ?

— Moi ? Rien du tout. Je ne vous ai pas envoyé chercher, que je sache.

Il affichait un air faussement innocent qui aurait été comique dans d'autres circonstances. Mais la situation était trop grave pour que Lea ait la moindre envie de rire.

— Où est Agatha ?

Il se pencha par-dessus le rempart et fit signe à quelqu'un en bas. Puis il se retourna vers elle.

— Rassurez-vous, elle est de retour aux cuisines.

— C'est tout ce que je voulais savoir, merci. Si vous voulez bien m'excuser maintenant…

Elle se dirigea vers la porte, mais Blackstone surgit sur le seuil, lui bloquant le passage.

— Attendez un peu, lady Lea !

Il tendit le bras et la saisit par ses longs cheveux.

— Il faut que nous parlions, tous les deux.

Lea essaya de se dégager, mais Blackstone enroula les doigts dans ses cheveux et tira jusqu'à lui arracher une grimace. Elle lui agrippa le poignet dans le vain espoir de soulager un peu la douleur.

Villaire pouffa.

— Là, que vous disais-je, ma chère sœur ? Vous avez décidément un problème avec votre chevelure ! Cessez de gigoter et cela ira mieux.

Les yeux emplis de larmes, Lea lâcha le poignet de Blackstone et arrêta de se débattre. L'étreinte se relâcha un peu, à son grand soulagement.

La voix de Villaire retentit de nouveau.

— Puisque vous passez votre temps à esquiver les attentions de John, j'en ai conclu que vous souhaitiez écourter les préliminaires pour en venir tout de suite aux fiançailles.

Il observa une pause, le temps de les envelopper tous deux d'un regard doucereux.

— Peut-être même au mariage…

— Il n'y aura pas de mariage entre nous, rétorqua-t-elle avec colère. Plutôt…

Blackstone lui tira de nouveau les cheveux, interrompant la diatribe.

— Vous n'imaginez tout de même pas que vous avez le choix ? lui susurra-t-il à l'oreille.

Villaire émit un soupir.

— Charles a eu tort de vous laisser tant de liberté, ma sœur. Je lui ai conseillé plus d'une fois de ne pas vous laisser ainsi la bride sur le cou, mais il ne m'a pas écouté. A présent, c'est à moi de faire le travail !

Lea s'accrocha de nouveau au poignet de Blackstone.

— Je suis déjà fiancée à Warehaven. Il aura votre tête, vous allez voir !

— Bah ! Quand il découvrira ce qui s'est passé, il sera trop tard. Il ne pourra rien faire d'autre que fulminer.

Il ajouta avec un ricanement :

— Cela lui apprendra à être plus rapide, la prochaine fois qu'il voudra épouser une héritière !

— Vous commettez une erreur, Markam, je vous préviens ! Si vous êtes assez fou pour me forcer à épouser Blackstone, Warehaven fera de moi une veuve avant même que la cérémonie nuptiale ne s'achève.

Elle ne savait pas si c'était vrai ou non, mais elle espérait que cela ferait au moins réfléchir son beau-frère.

Il secoua la tête.

— La seule faute que j'aie commise, c'est de laisser mon frère vous épouser au lieu de le faire moi-même. Tout aurait été beaucoup plus simple.

Lea ne se tenait plus de rage. Que croyait-il, l'imbécile ? Même s'il avait été le dernier homme à vivre sur terre, elle serait morte plutôt que de l'épouser !

— Vous rêvez ! Mon père n'aurait jamais autorisé une union pareille…

— Votre père était un lâche et un idiot qui aurait fait n'importe quoi pour que son précieux château reste à l'écart de cette guerre.

Lea lui jeta un regard dédaigneux. Montreau n'avait rien à voir avec la décision de son père de rester neutre à tout prix. Il l'avait fait à cause de son frère. Mais elle n'avait pas la moindre intention d'expliquer cela à Villaire.

— Mon père n'était ni un idiot ni un lâche. Je peux vous assurer qu'il ne m'aurait jamais obligée à vous épouser !

Blackstone lui tordit de nouveau les cheveux et tira dessus.

— Peu importe ce qu'il aurait fait ou pas. Nous ne sommes pas ici pour discuter de votre mariage avec Markam, mais avec moi !

Lea serra les dents pour s'empêcher de crier de douleur. Elle reprit sa respiration avant de lancer :

— Nous ne parlerons de rien du tout tant que vous ne m'aurez pas lâchée !

— Etes-vous enfin prête à discuter ?

— Oui, oui…

Elle avait si mal qu'elle aurait promis n'importe quoi pour que cette brute la lâche enfin.

Il la fit pivoter et la plaqua contre le mur avant de laisser retomber sa main. Lea lutta pour retrouver son souffle. Sa vision avait commencé à se brouiller. Craignant que ce fou ne la tue avant que Jared n'ait le temps d'arriver, elle fit un mouvement de côté pour mettre un minimum de distance entre les deux acolytes et elle.

Mais Blackstone fut plus prompt qu'elle. Il la rattrapa par un pan de son surcot et la poussa de nouveau vers le mur. Puis il se plaça devant elle pour l'empêcher de bouger.

— Oh, non, vous n'irez nulle part, belle dame !

Elle poussa contre le torse de son agresseur, puis voyant que cela ne servait à rien, elle lui assena un coup de poing à l'épaule.

Blackstone se contenta de rire.

— On ne vous a pas appris qu'il ne faut pas se battre contre de plus grands et de plus forts que soi ?

Il levait déjà le poing pour la frapper, quand la lame d'une épée transperça soudain la manche de son surcot, lui clouant littéralement le bras au mur. Puis une dague vint se poser en travers de sa gorge.

— On ne vous a pas appris qu'il était lâche de s'en prendre à de plus petits et de moins forts que soi ? questionna une voix à l'intonation meurtrière.

Jared ! Pourquoi avait-il mis si longtemps, au nom du ciel ? Elle voulut le lui demander, mais les mots ne parvinrent pas à franchir ses lèvres.

— Allons, l'ami, assez joué !

Il écarta Blackstone avec le plat de sa dague, tandis que trois de ses hommes se ruaient vers Villaire pour l'immobiliser.

— Agatha vous attend dans votre chambre, dit-il à Lea. Rejoignez-la vite.

Elle ne se le fit pas dire deux fois. Sans jeter un regard en arrière, elle courut vers la porte aussi vite que ses jambes tremblantes pouvaient la porter. Jared pouvait bien faire ce qu'il voulait à ces deux gredins, pour ce qu'elle s'en souciait ! Tout ce qui lui importait en cet instant, c'était de mettre le plus de distance possible entre elle et eux.

Jared attendit qu'elle ait disparu dans l'escalier. Puis il tourna son attention vers l'homme qu'il tenait en respect de la pointe de sa dague.

— Eh bien, vous voilà moins faraud ! Que croyiez-vous qu'il adviendrait quand je découvrirais vos manigances, hein ?

Blackstone déglutit si convulsivement que la lame lui entailla légèrement la peau. Il pointa sa main libre vers Villaire.

— C'était son idée, pas la mienne !

Jared le savait déjà. Il s'occuperait de l'autre ensuite.

— Ce n'est pas une réponse, rétorqua-t-il en tournant légèrement la lame de son poignard.

L'envie de trancher la gorge de ce couard le tenaillait. Mais tuer un partisan du roi Etienne, c'eût été mettre la neutralité de Montreau en danger.

— Essayons encore ! Qu'alliez-vous faire à la dame, dites-moi ?

Blackstone serra les lèvres de toutes ses forces. Mais une pression accrue de la dague lui délia la langue.

— Milord, s'il vous plaît, supplia-t-il, les yeux exorbités de peur. Je ne voulais pas lui faire de mal. Je... je ne l'aurais pas violée, je vous le jure. Je voulais juste lui laisser croire que j'en étais capable. Nous voulions l'effrayer pour qu'elle consente à m'épouser sur-le-champ.

— Vous aviez donc oublié qu'elle était déjà fiancée ?

Blackstone bégaya quelques syllabes incompréhensibles. Puis il réussit à articuler :

— Nous pensions qu'elle avait inventé cela pour décourager mes tentatives auprès d'elle.

— Vous vous êtes trompé, et je devrais vous castrer pour cela !

L'homme blêmit. Il tremblait à présent de tous ses membres, comme un gamin terrorisé. Des larmes d'effroi brillaient dans ses yeux.

— Par pitié, milord, épargnez-moi !

Le gredin méritait au moins d'être terrorisé. Jared lui dédia son sourire le plus diabolique.

— Oh, vous n'en mourriez pas ! Pas si nous trouvons assez vite un bon médecin pour arrêter l'hémorragie...

Lentement, il laissa glisser la lame de son épée le long du flanc de Blackstone.

— Cela vous empêcherait de menacer une autre femme à l'avenir.

L'homme s'affaissa, vaincu par la peur. Jared écarta la dague de sa gorge et le laissa tomber à genoux devant lui.

— Pitié, seigneur... Ne m'infligez pas cela !

Jared en avait fini avec lui. A l'autre, maintenant ! Villaire commença à couiner dès qu'il le vit s'avancer vers lui. Jared s'y attendait, mais il n'en tint pas compte. Ce poltron méritait d'être remis à sa place une bonne fois pour toutes — ne serai-ce que pour Lea.

Depuis près de deux semaines, il avait vu Villaire rabaisser et rabrouer sa belle-sœur sans la moindre pitié. Rien de ce qu'elle faisait ou disait ne trouvait grâce à ses yeux. Et s'il en croyait les gens de Montreau, le défunt mari de Lea avait agi de même. Elle ne méritait pas d'être traitée ainsi, surtout par des individus qui ne pensaient qu'à mettre la main sur ses biens et n'éprouvaient pas le moindre sentiment pour elle.

Il aurait ressenti un indicible plaisir à passer ce scélérat au fil de l'épée. Mais un tel acte pouvait se solder par une guerre.

Il s'arrêta à quelques centimètres de Markam et le jaugea d'un air menaçant.

— Donnez-moi une seule raison de vous laisser la vie sauve !

L'autre déglutit en fixant sur lui un regard terrorisé.

— Si… si vous me tuez, le roi Etienne passera sa colère sur Montreau…

— Etienne, en colère pour cela ?

Jared secoua la tête avec mépris. L'argument était par trop pitoyable.

— Etienne ne perdrait ni son temps ni son énergie à venger votre mort. Si vous aviez eu la moindre importance à ses yeux, il vous aurait déjà confié la garde de Montreau.

— Oh, il va sans doute le faire. Il… il est en train de réfléchir à ma requête.

Jared haussa les épaules.

— Alors il perd son temps. J'ai pris la décision à sa place.

Il observa une pause afin de donner plus de poids à ses paroles.

— Vous allez quitter immédiatement Montreau et vous n'y remettrez jamais les pieds.

Il se tourna vers ses gardes.

— Veillez à ce que Villaire et Blackstone rassemblent promptement leurs affaires. Puis vous les escorterez jusqu'aux limites de Montreau.

Il ajouta avant de les congédier :

— Surtout, ne franchissez pas la frontière vous-mêmes. Prenez bien garde à rester en deçà.

Il ne voulait pas qu'un seul de ses hommes perde la vie à cause de Villaire !

Chapitre 9

Lea s'engouffra dans sa chambre en vacillant sur ses jambes. Plus elle repensait à ce qui venait de se passer avec Blackstone et Villaire, plus elle se sentait effrayée, l'estomac littéralement au bord des lèvres.

Ils auraient pu lui faire grand mal dans leur tentative désespérée de l'acculer au mariage. Elle avait même l'intuition qu'ils n'auraient pas eu de scrupules à la tuer, le cas échéant.

— C'est vous, lady Lea ?

Agatha sortit de la petite alcôve disposée sur le côté de la chambre.

— Mon Dieu, ma chère enfant ! Ils ne vous ont pas blessée, j'espère ?

Craignant que sa voix ne se brise si elle se risquait à parler, Lea se contenta de secouer la tête. Lorsqu'elle vit la nourrice lui ouvrir les bras, elle s'y précipita comme une enfant.

Agatha lui tapota la tête.

— Pauvre petite ! Venez, il faut dormir un peu. Cela vous fera du bien.

Mais Lea se sentait trop tendue pour céder au sommeil. Elle se dégagea de l'étreinte de la chambrière.

— Pas maintenant.

Elle alla s'asseoir sur le banc près du brasero incandescent.

— Dites-moi plutôt ce qui s'est passé. Comment ont-ils réussi à vous éloigner du château ?

Agatha vint se poser près d'elle.

— Villaire m'a dit que vous étiez au village et aviez

besoin de moi sur-le-champ. Je n'avais aucune raison de ne pas le croire.

— Ils ne vous ont pas menacée ou molestée, au moins ?

— Oh, non, milady ! Quand j'ai compris qu'ils m'avaient menti, je suis rentrée tout droit au château. Mais Blackstone s'est emparé de moi et m'a enfermée dans une remise désaffectée.

Où, bien entendu, personne n'avait dû entendre ses cris, supputa Lea. Par cette journée pluvieuse, nul n'avait la moindre raison d'aller vaquer de ce côté-là.

Elle frissonna.

— Je suis désolée. Je ne pensais pas que Villaire pouvait s'en prendre à quelqu'un d'autre que moi.

— Ce n'est pas votre faute, mon enfant. Je n'aurais pas dû lui faire confiance, voilà tout.

La voix de Jared résonna tout à coup sur le seuil.

— A quoi pensiez-vous, toutes les deux ? gronda-t-il. Vous auriez pu vous faire tuer l'une et l'autre !

Lea demeura silencieuse, incapable de lui donner tort sur ce point.

Mais Agatha se montra plus combative.

— Mais ce n'est pas arrivé. Alors à quoi bon revenir sur ce qui *aurait pu* se passer ? C'est sans importance à présent.

Jared se renfrogna.

— A partir du moment où ce château et votre dame sont sous ma responsabilité, c'est important !

Il jeta à Lea un regard sombre avant de se tourner vers Agatha.

— Laissez-nous à présent.

La servante hésita et passa un bras autour des épaules de Lea.

— Ça va aller, mon enfant ?

— Je ne suis pas son ennemi, bon sang ! observa Jared, agacé.

Mais il s'adoucit aussitôt pour ajouter :

— Personne ne lui fera de mal, rassurez-vous.

Lea acquiesça d'un hochement de tête.

— Ne vous inquiétez pas pour moi, Agatha. Allez manger un morceau et couchez-vous. Vous aussi, vous avez eu une rude journée.

Jared se croisa les bras sur la poitrine et attendit qu'Agatha ait quitté la chambre en refermant la porte derrière elle.

— Alors ? commença-t-il d'un ton peu amène. J'attends vos explications.

Seigneur, il n'allait pas s'y mettre, lui aussi ? Lea en avait assez de ces hommes qui s'obstinaient à la traiter en demeurée !

Elle se leva et marcha jusqu'à la fenêtre.

— Allez-vous-en et laissez-moi tranquille !

Il fut derrière elle en un clin d'œil.

— Pourquoi avez-vous jugé bon d'affronter Villaire et Blackstone toute seule ? Vous saviez qu'ils s'en étaient pris à votre servante. Et pourtant, vous vous êtes mise délibérément en danger !

Le ton était sec et cassant. Mais il y avait quelque chose d'autre dans sa voix. Quelque chose qu'elle n'arrivait pas à définir…

Elle se retourna pour l'examiner. Il avait les sourcils froncés, les lèvres serrées en une seule ligne dure. Mais ses yeux verts, qu'elle s'attendait à voir étinceler comme des émeraudes, lui parurent étrangement assombris.

Elle en eut le souffle coupé. Il avait été plus qu'inquiet, elle le comprit tout à coup. Effrayé ? Dieu du ciel, si cet homme de guerre avait eu peur pour elle à ce point, c'était qu'elle avait couru un danger encore plus grand qu'elle n'imaginait. Il ne fallait pas s'étonner qu'il la houspille un peu à présent !

Elle sentit ses genoux faiblir sous elle et se jeta contre lui, les mains accrochées à ses épaules.

— Merci de votre intervention, chuchota-t-elle.

Jared l'enlaça et la serra dans ses bras avant d'enfouir le visage dans ses cheveux.

— Ne recommencez plus jamais une telle folie. Vous m'entendez ?

Blottie contre lui, elle acquiesça de la tête, le menton enfoui dans son torse. Elle sentait son cœur battre la chamade sous sa joue. Elle ne savait pas s'il l'admettrait jamais, mais le fait était là — il avait bel et bien eu peur pour elle !

Elle frissonna à la pensée de ce qui aurait pu arriver et une exclamation d'effroi s'échappa de ses lèvres.

Le souffle chaud de Jared effleura son oreille.

— Chut ! C'est fini, ils ne peuvent plus vous menacer à présent.

Elle se pressa davantage contre lui, cherchant le réconfort dans la sécurité de ses bras. Puis elle leva le visage vers lui.

— Embrassez-moi !

Il gémit pour toute réponse. Seigneur, un baiser ne serait jamais assez pour apaiser la faim croissante qu'il avait d'elle, pas plus que la douce sensation de son corps serré contre le sien. Il aurait fallu plus, bien plus que cela !

Il posa brièvement les lèvres sur les siennes.

— Que voulez-vous, Lea ?

Elle se haussa sur la pointe des pieds pour passer une main dans ses cheveux, traçant du bout des ongles le contour de son oreille. Elle le sentit frémir sous la caresse.

— Ce que je veux ? Me sentir vivante de nouveau…

Jared laissa descendre ses mains le long de son dos, épousa de ses paumes la courbe de ses hanches avant d'enserrer la rondeur voluptueuse de ses fesses, la soulevant contre lui.

Elle l'enlaça plus étroitement pour mieux sentir la force de son érection.

— Et je vous veux, vous. Entièrement…

Ce chuchotement rauque eut raison des dernières résistances de Jared. Il la souleva dans ses bras et traversa la pièce pour la déposer en travers du lit, les jambes sur le sol. Puis il s'agenouilla devant elle et lui ôta ses chaussures et ses bas, impatient de goûter à la saveur de sa chair.

Sa tante allait bientôt le rappeler à la cour. C'était probablement la dernière fois qu'il aurait l'opportunité de faire l'amour à Lea. C'était mal, il le savait, cela allait à l'encontre de tout ce qu'il croyait. Mais il avait beau faire, il la désirait. Il avait besoin d'elle autant que d'air pour respirer… bien plus que des dernières bribes de cet honneur auquel il se raccrochait encore.

Il releva la tunique de Lea et laissa courir ses doigts le long de ses jambes. Il ne pouvait plus désormais se voiler la face. Il ne pourrait jamais pardonner à Lea, ni lui faire confiance ni l'aimer de nouveau. Et pourtant, il ne cesserait jamais d'avoir faim d'elle, de la désirer éperdument. Même lorsqu'il partirait de Montreau, il ne l'oublierait jamais.

Elle gémit à la sensation de ses lèvres derrière ses genoux et poussa un soupir d'anticipation quand il laissa pleuvoir une pluie de baisers brûlants sur l'intérieur satiné de ses cuisses.

Sa respiration entrecoupée, ses halètements, agissaient sur lui tel un vin capiteux. Ils enflammaient ses sens, l'invitant à ne pas s'arrêter.

Elle n'offrit aucune résistance lorsqu'il lui écarta doucement les cuisses et il comprit qu'elle était aussi avide de lui ouvrir son intimité que lui de goûter à sa chair.

Elle tressaillit à sa première caresse et il la maintint d'une main ferme, savourant sa réponse passionnée au délicieux tourment qu'il lui infligeait.

— Oh, Jared !

Elle crispa les mains sur les couvertures, tendue, prête à atteindre la jouissance.

Il rit doucement, sachant bien ce qu'elle voulait, mais peu disposé à cesser le jeu aussi vite. Elle poussa un juron essoufflé.

— Allez au diable, Warehaven !

L'insulte familière l'incita seulement à poursuivre le délicieux et frustrant manège, jusqu'à ce qu'elle le supplie dans un cri :

— Maintenant, Jared…

Il la tira un peu plus vers le bord du lit et, sans cesser ses caresses, entreprit de dénouer les lacets de son bliaut.

Lea sentit son cœur bondir dans sa poitrine. Elle savait ce qu'il allait lui infliger. Une suave torture… et le paradis à la fin.

Combien de temps tiendrait-elle avant de le supplier de nouveau ?

Si seulement cela pouvait durer toujours ! Mais les caresses de Jared s'intensifièrent et elle sentit son propre souffle s'accélérer.

— S'il vous plaît, Jared, s'il vous plaît, cria-t-elle en enfonçant les doigts dans ses épaules.

Il obtempéra cette fois, et accéléra le rythme jusqu'à ce que le plaisir explose enfin en elle dans une chaude gerbe de sensations chatoyantes. Elle retomba sur le lit avec un soupir. Elle aurait voulu plus encore, mais ce qu'elle venait de ressentir était déjà si merveilleux…

Avec un grognement inarticulé, Jared se leva d'un bond et arracha ses propres vêtements d'une main impatiente.

Mais au lieu de s'allonger sur elle, il la retourna et la fit basculer sur les genoux. Le doux supplice était loin d'être terminé ! Comme s'il avait lu en elle et deviné qu'elle voulait tout de lui, il allait remplir pleinement son désir. Il la pénétra d'une rude poussée, lui arrachant un petit cri de plaisir. Puis il commença un va-et-vient envoûtant, ranimant la tension dans le corps de Lea.

Il la souleva et l'attira contre son torse pour pouvoir caresser son corps en même temps. Elle sentit les bouts si réceptifs de ses seins se durcir sous son toucher et frémit quand l'autre main de Jared se glissa entre ses cuisses.

Le corps secoué d'un voluptueux frisson, elle se cramponna à ses avant-bras musclés pour garder l'équilibre. Elle savait qu'aucune prière ne l'arrêterait cette fois. S'il était toujours aussi maître de lui-même, elle risquait fort d'être réduite à l'état de chiffon avant qu'il ne cesse ses caresses. Ce qu'il attendait, c'était cela. Qu'elle demande grâce…

C'était un jeu — un jeu dont ils tiraient tous deux un intense plaisir…

Elle émit un long soupir, la tête inclinée en arrière, sur l'épaule de Jared. En cet instant où il la remplissait si totalement tout en l'étirant contre lui, elle n'était pas certaine de pouvoir retenir longtemps le cri d'abandon qu'il attendait.

Mais jusque-là, elle comptait bien se délecter de tout ce qu'il était en train de lui faire. Elle doutait de connaître encore une telle intensité de plaisir à l'avenir.

Les cuisses agitées d'un tremblement convulsif, elle enfonça les ongles dans les avant-bras de Jared. Mettre à l'épreuve son endurance lui plaisait plus qu'elle n'aurait su le dire, mais elle était presque au bout de la sienne.

Une dernière caresse sur ses seins et le plaisir explosa en elle avec la force incoercible d'une tempête. Abandonnant sa poitrine après un ultime frôlement sur ses mamelons, Jared posa la paume sur sa bouche pour l'empêcher d'ameuter tout le château par ses cris de jouissance.

La béatitude se répandait en elle au rythme des vagues sur la plage, se retirant pour déferler encore et encore. Puis tout à coup, le paroxysme l'emporta dans sa brûlure vertigineuse et elle arqua son corps pantelant avant de se laisser aller contre la poitrine de Jared.

Il laissa retomber sa main et lui caressa le ventre.

— Assez ?

Elle eut un rire presque inaudible. Incapable d'inspirer assez d'air pour pouvoir parler, elle hocha la tête. Il la fit basculer de nouveau vers le lit et accéda à sa propre jouissance. Les doigts entrelacés aux siens, il lui embrassa la nuque avant de basculer sur le flanc, l'attirant avec lui.

Les yeux débordant de larmes, elle enfouit son visage dans le creux de son épaule. C'était trop, beaucoup trop. L'étreinte de Jared était trop apaisante, sa force la subjuguait. Elle déglutit, luttant pour calmer le tremblement de ses membres — consciente soudain de sa vulnérabilité. A contrecœur, elle laissa retomber ses mains et voulut s'écarter de lui. Mais il passa un bras autour d'elle et l'attira de nouveau.

— Non, restez.

Le ton profond, presque doux de sa voix inquiéta Lea. Cette proximité entre eux devenait périlleuse. Le fait qu'il ait eu peur pour elle était déjà dangereux en lui-même. Mais ceci… Cette intimité, cet abandon étaient encore pires.

Surtout si ce qu'elle craignait s'avérait fondé.

— Laissez-moi aller, Jared, s'il vous plaît.

Il lui effleura le bras du bout des doigts.

— Qu'est-ce qui ne va pas, Lea ?

Elle frissonna. Les choses étaient plus faciles quand il la haïssait, se souciait fort peu de ce qui pouvait lui arriver et semblait avoir oublié combien leurs jeux d'amour pouvaient être enchanteurs.

Elle ne voulait pas que l'un d'entre eux soit blessé de nouveau. Or, c'était fatalement ce qui arriverait s'ils continuaient ainsi. Car ils ne pourraient jamais se marier. Il lui serait impossible d'épouser un homme qui serait un guerrier avant d'être un mari. Et il n'épouserait jamais une femme qui ne l'accepterait pas tel qu'il était.

Aussi douce que l'idée puisse paraître en cet instant, il était inenvisageable pour eux de devenir autre chose que des amants. Mais le rester n'était pas souhaitable non plus. Les gens finiraient par deviner leur secret. Même s'ils n'admettaient pas publiquement leur faute, la culpabilité et la honte n'en seraient pas moins là…

D'un autre côté, il était difficile, après ce qu'ils venaient de faire, d'en revenir à la situation qui prévalait la veille encore, quand Jared pensait qu'il valait mieux pour eux se tenir à l'écart l'un de l'autre. Lea détestait la seule pensée de ce qu'elle allait devoir s'imposer pour pouvoir faire marche arrière. Mais elle ne voyait pas d'autre moyen — elle allait devoir mettre Jared en colère.

Et tant pis si son cœur à elle n'en sortait pas indemne !

Elle repoussa le bras de Jared et s'écarta.

— Je vais bien maintenant. Vous avez parfaitement accompli la tâche que vous avait confiée l'impératrice. Partez à présent. J'ai besoin d'être seule.

Il arqua un sourcil.

— Hum… Il y a une autre tâche que j'ai parfaitement accomplie, non ?

Son ton était encore léger, presque enjoué. Mais Lea ne se dérida pas.

— C'était une erreur, nous n'aurions pas dû. J'étais effrayée, bouleversée et vous avez voulu calmer mes craintes.

Elle tâcha de mettre dans sa voix toute la dureté voulue.

— En outre, vous savez parfaitement que ce n'était pas de cette tâche-là que je parlais.

Il se laissa rouler sur le dos.

— Vous pensez que c'est seulement pour cela que je vous suis venu en aide — pour accomplir mon devoir envers l'impératrice ?

— N'est-ce pas le cas ? Vous avez toujours fait passer l'honneur et le devoir avant tout le reste.

Jared leva les yeux au plafond et tâcha de calmer la colère qui montait en lui. Pourquoi s'obstinait-elle à répéter qu'ils avaient commis une erreur ? Et d'une voix soudain si froide, si cinglante…

En un clin d'œil, elle était passée de la félicité au dédain. Ce changement abrupt n'était pas normal. Il y avait quelque chose là-dessous, il en aurait mis sa main à couper. Quelque chose qui n'avait plus rien à voir avec Villaire et Blackstone…

— Vous êtes bouleversée, voilà tout. Cela vous fait dire des sottises.

— Je ne suis pas bouleversée et ce que je dis est vrai. Pour vous, l'honneur et le devoir sont tout ce qui compte.

Il avait la nette impression qu'elle cherchait la dispute pour éviter le sujet qui la préoccupait vraiment. Mais il n'avait pas l'intention de lui faciliter les choses.

— Bien sûr qu'ils comptent. Quel genre d'homme serais-je si ce n'était pas le cas ?

Elle haussa les sourcils, dédaigneuse.

— Et avez-vous satisfait aux lois de l'honneur en tuant Villaire ?

Il tendit la main vers elle et joua avec une mèche de ses cheveux.

— Cela vous révolterait-il si je l'avais fait ?

Elle parut surprise.

— Vous ne l'avez pas tué ?

— Bien sûr que non. J'ai tout de même assez de contrôle pour ne pas occire le premier imbécile qui me pousse à bout.

Même s'il avait été fortement tenté, s'avoua-t-il à part lui.

— Alors il… il est toujours ici ?

Elle en avait la respiration littéralement coupée, et il jugea bon d'apaiser promptement ses craintes sur ce point.

— Non, Lea. Je les ai fait escorter, Blackstone et lui, jusqu'aux limites de Montreau.

Elle secoua la tête.

— Ils reviendront, soyez-en sûr.

— S'ils sont assez fous pour le faire, alors je les tuerai sans hésiter.

Et sans l'ombre d'un remords, le ciel lui en était témoin !

— Cela déclencherait une guerre entre Montreau et Etienne.

— Alors choisissez un camp, Lea. Cessez de vous cramponner à cette absurde neutralité et prenez parti !

Elle s'assit dans le lit d'un mouvement brusque.

— Il n'en est pas question !

Jared se maudit silencieusement. Qu'est-ce qui lui avait pris d'aborder ce sujet ? Même s'il pensait vraiment ce qu'il venait de dire, il aurait mieux fait de se taire !

Il leva les mains dans un geste de feinte soumission.

— Je vous taquinais, c'est tout !

Elle se laissa retomber près de lui et il s'empara de sa main, dont il caressa le dos du bout du pouce.

— Qu'est-ce qui ne va pas, Lea ? insista-t-il.

— Rien du tout.

Elle tenta de se dégager mais il emprisonna ses doigts dans les siens.

— Vous feriez peut-être croire cela à un étranger, mais pas à moi. Allons, dites-moi franchement ce que vous avez sur le cœur.

Elle resta silencieuse un long moment avant de murmurer enfin :

— C'est… trop dangereux.

Il se tourna sur le côté pour lui caresser la joue. Elle avait le visage blême, fermé. Si seulement il pouvait lire dans ses pensées !

— Dangereux ? Pour qui, Lea ?

— Pour moi. Pour vous.

Elle leva les yeux vers lui.

— Nous n'éprouvons pas d'amour l'un pour l'autre ni la moindre tendresse. Il ne nous reste plus que la défiance, le mépris, et…

Elle déglutit avant d'achever :

— Et ceci.

Visiblement, elle était sincère en cet instant, s'il en croyait l'expression de ses yeux. Mais en même temps, il avait la nette impression qu'elle ne lui disait pas tout. Il y avait autre chose que cette absence d'amour qu'elle déplorait…

— Alors que voulez-vous que je fasse ?

Elle poussa un long soupir.

— Vous aviez raison l'autre jour. Nous devrions nous éviter. C'est certainement la meilleure solution. Pour tous les deux…

Il n'allait pas discuter avec elle sur ce point. Après tout, il n'était pas certain qu'elle n'ait pas raison. Peut-être était-ce vraiment mieux pour eux. Il avait besoin de temps pour réfléchir et ce n'était pas dans ce lit qu'il y parviendrait.

Il se leva et se rhabilla en un tournemain avant de s'arrêter un instant près de la couche. Lea détourna le visage et il vit la trace d'une larme briller sur sa joue. Il tendit la main pour l'essuyer du bout du doigt, puis quitta la chambre sans un mot.

Chapitre 10

Jared contemplait d'un œil vague le plafond de sa chambre. C'était étrange, mais jusque-là, ce lit ne lui avait jamais semblé aussi grand — ni aussi vide.

Quand Mathilde l'avait envoyé à Montreau, la seule chose à laquelle il avait pensé d'abord, c'était à la douce saveur de la vengeance. Il voulait que Lea souffre, qu'elle sente à son tour le poids du chagrin et du rejet. L'idée de tirer d'elle son plaisir puis de s'en aller sans un regard en arrière l'avait consumé pendant des nuits entières.

Il avait si souvent tout imaginé d'avance qu'il avait parfois l'impression d'avoir vraiment vécu cette scène : la réaction horrifiée de Lea et sa propre satisfaction.

Mais voilà qu'à présent, alors qu'il aurait dû se réjouir, la vengeance avait un goût amer et il était loin de ressentir la satisfaction tant attendue.

Pourtant, il ne l'aimait pas. Comment aurait-il pu l'aimer de nouveau ? Même dans ses rêves les plus insensés, il n'aurait pas manqué de lucidité au point de s'imaginer que le passé pourrait revivre.

Mais il n'en restait pas moins qu'elle avait raison. Ils partageaient encore une chose : leur désir effréné l'un pour l'autre.

Le désir… Depuis combien de siècles enseignait-on aux jeunes gens qu'il ne fallait pas se fier à lui ? Le désir n'avait rien de réel, et surtout, il était fugace. On ne pouvait pas bâtir un mariage sur cette seule base.

Même son père l'avait prévenu, afin qu'il soit sur ses gardes le jour où quelque beauté viendrait à lui tourner la tête.

Oui, peut-être. Mais son père n'était quand même pas le mieux placé pour lui faire la leçon, lui à qui il avait suffi d'une seule nuit pour se laisser prendre au sortilège de la passion. Une passion qui s'était transformée en amour et avait duré toute la vie…

Jared ne pouvait nier le fait qu'il ait trouvé Lea désirable dès le premier instant où il avait posé les yeux sur elle, quelque dix ans plus tôt.

La colère, l'outrage, la blessure, n'avaient rien changé à l'attrait qu'elle exerçait sur lui.

Depuis deux heures, il se tournait et retournait sur sa couche. Impossible de trouver le sommeil tant qu'il n'aurait pas débrouillé l'écheveau de ses propres sentiments et décidé de ce qu'il allait faire à présent.

Que voulait-il exactement ?

Une partie de lui, la partie amère qui habitait encore le fond de son cœur et que les années n'avaient pas apaisée, souhaitait encore faire souffrir Lea. Elle méritait de subir sa vengeance, d'une façon ou d'une autre.

Mais comment ? Qu'est-ce qui pourrait lui rendre la vie particulièrement misérable ?

En fait, il savait parfaitement ce qui pouvait lui faire le plus de mal. Mais si, par quelque coup de pouce du destin, il parvenait à mener à bien un plan pareil, comment pourrait-il ensuite se regarder dans un miroir ?

Il en était là de ses réflexions, quand la porte de sa chambre s'ouvrit à la volée.

— Milord ! cria la voix essoufflée de Rolfe.

Jared sentit son sang se figer dans ses veines. D'habitude, Rolfe n'entrait jamais dans cette pièce. Et sa voix ne vibrait ainsi que lorsqu'il avait une mauvaise nouvelle à lui annoncer.

— Que se passe-t-il ?

— L'un de nos drakkars est en feu !

— En feu ?

Jared avait du mal à en croire ses oreilles. Comment était-ce possible ? Il pleuvait depuis des jours et les embarcations de bois devaient être gonflées par l'humidité. Il aurait fallu que quelqu'un les enduise de graisse pour que le feu puisse y prendre !

Pour lui, cette attaque était bien pire qu'une invasion de Montreau. C'était sa flotte qui avait fait sa fortune. Les drakkars étaient aussi importants pour lui et pour l'avenir de Warehaven que les bateaux marchands.

Le profit qu'il tirait du transport des hommes et des marchandises était conséquent, certes. Mais ce que lui apportaient les drakkars était encore plus précieux — incalculable même. Ils lui permettaient de pénétrer dans les eaux ennemies ou d'en sortir sans se faire remarquer. Et ils étaient assez rapides pour qu'il ait pu s'esquiver rapidement les rares fois où il s'était fait repérer.

Il ne lui fallut que quelques secondes pour s'habiller et se ruer hors de la chambre en marmonnant une kyrielle de jurons.

Au nom du ciel, comment quelqu'un avait-il pu s'approcher assez longtemps de ses bateaux pour y mettre le feu ? C'était à n'y rien comprendre !

— Qui était de garde ? demanda-t-il à Rolfe en dévalant l'escalier quatre à quatre.

— Timothy et Samuel. Je ne sais pas ce qui s'est passé, milord. On les a retrouvés morts tous les deux.

Seigneur ! Jared sentit son sang se figer dans ses veines. La pauvre Marta, qu'il connaissait bien, allait être inconsolable de la perte de ses deux aînés.

— Comment ont-ils été tués ?

— D'une flèche. Des flèches rouges…

Ce détail éclaira Jared sur-le-champ. Il ne connaissait qu'une personne au monde qui se donnât la peine de rendre ses flèches aisément identifiables. La princesse Cassandra de Beille Isle ! Mais comment cette sorcière assoiffée de sang et sa bande de harpies avaient-elles réussi à le localiser ?

Cette femme n'avait cessé de lui causer des problèmes depuis qu'elle s'était enfuie de chez son père, le roi Ivan, pour se lancer dans la piraterie.

Des raisons secrètes avaient dû la pousser à ce choix et Jared avait d'abord ressenti une certaine curiosité à son égard. Jusqu'au jour où elle l'avait attaqué pour la première fois. Depuis, il se moquait bien de savoir pourquoi elle avait quitté le château de son père pour devenir pirate. Que d'autres s'en inquiètent s'ils voulaient !

Des flibustiers, il y en avait toujours eu, depuis que le premier navire contenant des biens de valeur avait quitté son port pour prendre la mer. Mais jamais il n'y avait eu fléau semblable à cette guerrière sanguinaire qui écumait les mers, terrorisant tous les équipages de bateaux.

Il aurait été heureux de pouvoir mettre un terme aux méfaits de cette virago. Malheureusement, son père tenait à la récupérer vivante.

Lea n'était pas toujours facile à gérer, certes. Mais ce n'était rien en comparaison. Il n'aurait pas voulu être à la place du roi Ivan !

Il s'engouffra dans la grande salle et réveilla ses gardes en les frappant du bout du pied.

— Debout ! Vite !

Les hommes se levèrent d'un bond, s'habillèrent en titubant et empoignèrent leurs armes avant de le suivre dans la cour.

Jared fut soulagé de trouver des chevaux déjà sellés qui n'attendaient plus qu'eux. Une épée supplémentaire, un arc et un carquois muni de flèches étaient attachés à la selle du sien.

Avant d'éperonner l'animal, il se tourna vers Rolfe.

— Rassemblez autant d'hommes que vous pourrez, les nôtres aussi bien que ceux de Montreau.

Certain que son lieutenant allait obtempérer et le rejoindre promptement, Jared dirigea son cheval vers la porte, suivi d'une petite cavalcade. Ensemble, ils allaient essayer de sauver ce qu'ils pouvaient de ses bateaux. Avec un peu de chance, cette maudite pirate serait encore dans les parages. Si c'était le cas, il s'efforcerait de ne pas la tuer. Mais dans l'état de colère où il était, il ne pouvait rien garantir.

Lancés au galop, les chevaux couvrirent rapidement la distance qui séparait le château de l'étroite bande boisée bordant les falaises.

Des branches venaient gifler son visage. Il serrait les dents et se contentait de baisser la tête en éperonnant sa monture.

Les égratignures pourraient être soignées plus tard, mais ses drakkars, eux, ne pouvaient pas attendre. Le feu allait dévorer les coques de bois s'il n'arrivait pas à temps. La vision des proues aux têtes de dragon en proie aux flammes lui tordit littéralement l'estomac. Pendant ces sept années, ses drakkars avaient été comme sa demeure. Il en prenait jalousement soin, comme de son cheval et de ses armes.

Il se laissa glisser à terre à l'instant même où son étalon déboucha sur la langue de terre rase à l'extrême bord de la falaise. Sans se soucier des hennissements frénétiques de l'animal, qui faisait mine de se cabrer, il détacha ses armes d'appoint de la selle, jeta les rênes à l'un de ses pages et descendit en toute hâte vers le rivage.

Parvenu au pied de la falaise, il s'arrêta net, le cœur déchiré par le spectacle qui s'offrait à sa vue. Sur un fond d'épais brouillard, son drakkar couleur d'améthyste était la proie des flammes.

Un cri jaillit du fond de sa gorge.

— Tu ne l'emporteras pas au paradis, Cassandra !

En réponse à sa malédiction, un long rire aigu déchira le brouillard, éveillant tous les échos de la baie.

— Hello, Warehaven ! Il semblerait que le feu soit en train de dévorer ton dragon !

— Tu paieras un jour, maudite !

La rage vibrait dans ses mots et le faisait trembler de la tête aux pieds.

Le rire dément s'éleva de nouveau.

— Tu n'es pas mon type, chéri !

Un bruit de rames frappant l'eau dans une gerbe d'éclaboussures apprit à Jared que l'odieuse fille et son équipe s'éloignaient du lieu de leur forfait.

Il tourna de nouveau son attention vers ses bateaux. Les flammes bondissaient du drakkar violet et menaçaient d'atteindre le bleu, pareilles à des prédatrices affamées. Les hommes de Jared le rejoignirent et s'arrêtèrent derrière lui, leur épée au clair dans une main, un seau dans l'autre.

— Détachez les bateaux ! ordonna-t-il.

Comme un imbécile, il avait pensé que la neutralité de Montreau suffirait à assurer la sécurité de ses navires. Aussi, après les avoir tirés sur la plage, les avait-il fait attacher ensemble par précaution, un bateau étant plus facile à voler que plusieurs. Funeste erreur de sa part ! A présent, le feu risquait de se propager d'un drakkar à l'autre.

Quelques-uns de ses hommes se précipitèrent pour couper les liens, esquivant les flammes avec force jurons sous la pluie de tisons qui s'abattait sur eux. Les autres se joignirent à Jared pour tirer et pousser les vaisseaux encore intacts vers l'eau salvatrice. Lorsque les deux embarcations furent arrimées dans la baie, ils allèrent prêter main-forte à ceux qui combattaient l'incendie.

Mais Jared craignait que ce ne soit un combat perdu d'avance. Le drakkar était presque entièrement englouti par les flammes. Impuissant, il regarda le dragon de la proue disparaître, dévoré par le brasier.

— Arrêtez ! ordonna-t-il enfin. Vous pouvez retourner au château.

Il était inutile de laisser les hommes s'escrimer en vain. Mais une douzaine d'entre eux restèrent tout de même sur la grève à combattre le feu, pendant que les autres reprenaient le chemin de Montreau.

Jared comprenait l'acharnement de ses hommes. Après tout, les bateaux étaient aussi leur gagne-pain. Mais la présence parmi eux de gardes de Montreau le surprit davantage. Il s'abstint pourtant de leur poser des questions. Il avait assez à faire pour comprendre ses propres actions sans se soucier encore des motivations des autres !

Perché sur un rocher, il fixa un instant le brasier. On pouvait lire l'avenir dans le feu, prétendaient certains devins. Dommage qu'il ne puisse pas y lire comment se comporter avec Lea ! Sa mère, elle, avait eu plus de chance, à ce qu'elle prétendait. Elle avait vu dans les flammes le visage de son futur mari, le père de Jared !

Rolfe le rejoignit à cet instant, une expression contrite sur le visage.

— J'ai commis une sottise. J'aurais dû rester ici pour maîtriser l'incendie.

Son air sombre et sa voix désolée reflétaient la sincérité de ses regrets. Mais Jared ne voulait pas qu'il se culpabilise ainsi. Ce n'était pas sa faute après tout.

— Et qui serait venu me prévenir ? argua-t-il.

Il ramassa machinalement une pierre qu'il lança en direction de l'eau.

— Vous n'auriez rien pu faire seul de toute façon. Il vous fallait du renfort.

— Possible… Mais qu'allez-vous faire pour la princesse Cassandra ? Elle a une dent contre vous, c'est certain.

Jared ignora la touche d'humour qui vibrait dans ces mots. D'autant plus que Rolfe avait raison — Cassandra de Beille Isle semblait se délecter à prendre pour cible les bateaux de Warehaven.

— Je ne peux rien faire pour le moment. Pas avant que Mathilde ne me rappelle de Montreau.

— Avez-vous une idée de la raison pour laquelle elle vous a envoyé ici ?

— Pas la moindre. Qui peut savoir ce que ma tante manigance ?

Un énorme craquement interrompit ses paroles. Jared

regarda la proue calcinée du dragon s'abattre sur la grève. Songeur, il fixa un instant les flammes qui dansaient dans la nuit. Se pouvait-il que sa mère ait joué un rôle dans tout ceci ? Elle avait pu souffler cette décision à l'impératrice... Aussi absurde que cela paraisse d'abord, il ne l'en croyait pas incapable.

Brigit de Warehaven voulait que son fils se marie. Et avec Lea. Plus d'une fois, elle l'avait tancé à ce sujet. Et son père était d'accord avec elle.

Bien entendu, il n'avait jamais montré à ses parents la missive qu'il avait reçue de Lea sept ans plus tôt et qu'il gardait toujours sur lui. Il n'aurait pas voulu leur infliger cette peine. Inutile qu'ils apprennent que Lea n'avait pu se résoudre à épouser le fils d'un bâtard.

Une excuse qui l'avait laissé abasourdi, tant elle était inattendue. Il soupçonnait que cette allégation ne soit qu'un simple prétexte pour ne pas se marier ni quitter le château de son père.

Etait-elle consciente de l'effet dévastateur que produiraient ses mots ? Jared était persuadé qu'elle les avait choisis exprès, sachant fort bien qu'il en serait terriblement blessé. De toute évidence, elle avait voulu s'assurer ainsi qu'il ne reviendrait pas.

Et cela avait marché.

Jusqu'à maintenant...

Il tourna les yeux vers Rolfe sans vraiment le voir, à travers la fumée de l'incendie et la brume de ses souvenirs.

— Mathilde nous a envoyés ici pour protéger Montreau, marmonna-t-il.

— C'est cela, ironisa Rolfe. A force de vous le répéter, vous finirez peut-être par y croire !

Il s'éloigna en riant pour rejoindre les autres. Jared ne s'en offusqua pas. Ils se connaissaient depuis trop longtemps, tous les deux. Rolfe disait toujours ce qu'il pensait, sur quelque sujet que ce soit.

Une chose était sûre, il ne pouvait rester là à se demander indéfiniment que faire. Cette incertitude ne lui ressemblait pas et le dégoûtait de lui-même. Il était un homme de décision et d'action, bonté divine !

Il fit quelques pas sur la plage, contournant de petits groupes d'hommes assemblés autour du brasier. Ils s'entretenaient à voix basse, mais Jared saisit au passage quelques bribes de conversation. Il y était question de Cassandra et de l'incendie. D'autres évoquaient le départ de Villaire, dont ils semblaient tous se réjouir.

Puis il entendit prononcer le nom de Lea et ralentit le pas.

— Il serait bien mieux que Villaire pour lady Lea.

Il ? De qui parlaient-ils donc ?

— Au moins, elle aurait enfin quelqu'un pour partager son lit.

Ce ne fut pas le commentaire en lui-même qui gêna Jared, mais le rire égrillard qui suivit cette remarque.

L'un des hommes l'aperçut alors et donna un coup de coude au garde de Montreau qui venait de s'exprimer en ces termes. Le groupe se dispersa aussitôt — trop vite au gré de Jared.

Etait-ce de lui qu'ils parlaient ? Si c'était le cas, il fallait qu'ils aient deviné que Lea et lui étaient plus que de simples connaissances. Quelqu'un avait-il eu vent de leurs ébats ?

Oui, apparemment.

Jared sentit son cœur sombrer dans sa poitrine. Seigneur, qu'avait-il fait ? Sa soif de vengeance, combinée à son désir pour elle, avait mis Lea dans une situation impossible. Si les gardes étaient au courant, cela signifiait que tout le monde au château devait l'être.

Lea allait passer pour une catin à leurs yeux. Elle serait l'objet de rumeurs et de commérages sans fin.

Et si elle tombait enceinte ?

Jared réprima un gémissement. Tout cela était sa faute et c'était à lui d'y remédier.

Instruit par sa douloureuse expérience passée, il avait depuis longtemps décidé de faire un mariage arrangé, où n'interviendraient pas les sentiments.

Lea ne remplissait-elle pas les conditions requises ?

La passion et le désir étaient une forme de sentiment, certes, mais peu utiles dans un mariage. Du moins cela leur donnerait-il quelque chose à partager, à défaut d'autre chose.

Exiger de Lea qu'elle l'épouse, ne serait-ce pas en outre la meilleure façon de se venger d'elle ? Elle serait si outragée et choquée !

Il tourna les yeux vers le sommet de la falaise. Pourquoi n'y avait-il pas pensé plus tôt ?

C'était un plan parfait, sans la moindre faille.

Dès demain, il l'informerait de sa décision.

Un brusque sourire éclaira son visage. Elle serait furieuse !

Chapitre 11

Lea se retourna sur le dos et gémit, nauséeuse. Son estomac faisait encore des siennes ! Elle ferma les yeux, incapable de se dissimuler plus longtemps la vérité.

Son vœu avait été exaucé.

Elle sentit son cœur battre la chamade. Mais à sa grande surprise, ce n'était pas de crainte. Le simple fait de regarder la vérité en face avait déchaîné en elle une soudaine vague de bonheur.

Bientôt, elle tiendrait un enfant — son enfant — dans ses bras. Et cette seule perspective suffisait à la rendre heureuse.

Elle ne se demandait plus avec inquiétude ce qui se passerait *si* elle attendait un enfant de Jared. La joyeuse fièvre de l'attente avait remplacé l'anxiété. A présent, elle pouvait concentrer son attention sur les changements qui allaient survenir.

Pas seulement dans son corps — elle espérait tout de même que les nausées ne seraient bientôt plus qu'un mauvais souvenir ! — mais dans sa vie, ses responsabilités et son avenir.

La porte de sa chambre s'ouvrit soudain et Lea s'assit dans son lit. Ce mouvement lui retourna un peu plus l'estomac et elle dut plaquer une main sur sa bouche.

— Lady Lea ?

Agatha s'avança vers elle, un pli d'inquiétude au front.

— Vous n'êtes pas bien ?

Lea secoua la tête et regretta aussitôt ce geste trop brusque.

Elle déglutit plusieurs fois, luttant contre ce nouvel accès de nausée.

— Tout va merveilleusement bien, au contraire.

— Ah bon ?

Agatha haussa les sourcils, incrédule.

— Vous avez l'air d'avoir l'estomac en capilotade et vous prétendez que tout est merveilleux ?

Elle toucha les joues de Lea.

— Pourtant, vous ne semblez pas avoir de f…

Elle s'arrêta à mi-phrase, la bouche grande ouverte.

— Par tous les saints, vous êtes enceinte !

Ce n'était pas une question et Lea ne se sentit pas tenue de répondre. Au lieu de cela, elle se leva et marcha jusqu'à la fenêtre. La brise fraîche qui précédait l'aube l'aida à calmer les spasmes de son estomac.

Elle prit une profonde inspiration… et fronça les sourcils. Une odeur de fumée flottait dans l'air. Quelque chose était en train de brûler !

Elle pencha le buste au-dehors, mais ne vit rien d'anormal.

— Agatha, où y a-t-il le feu ? s'enquit-elle en faisant volte-face.

— Sur la plage, répondit la chambrière, qui ne se laissa pas distraire pour autant. Etes-vous enceinte, oui ou non ?

Lea répondit à sa question par une autre.

— Et qu'est-ce qui brûle sur la plage ?

— Le drakkar de lord Jared. Est-ce que l'enfant est de Jared ?

Lea se retint pour ne pas hurler d'exaspération.

— Au nom du ciel, Agatha, dites-moi ce qui est arrivé sans que j'aie besoin de vous tirer les mots les uns après les autres !

La nourrice lui jeta le coup d'œil grondeur d'une mère à sa petite fille récalcitrante. Mais Lea soutint son regard sans ciller.

— Oh, très bien ! D'après ce que l'on m'a dit, un pirate

a incendié l'un des bateaux de lord Jared sur la grève. Les hommes ont reçu l'ordre d'aller aider à éteindre le feu.

— Quels hommes ?

— Ceux de lord Jared et les vôtres.

Certaine que ses oreilles lui jouaient des tours, Lea répéta sa question.

— Quels hommes ?

Ce qui déclencha l'inquiétude d'Agatha.

— Vous êtes sûre que vous vous sentez bien, ma chère enfant ?

— Agatha, bonté divine !

— Eh bien, les hommes de Warehaven et de Montreau, bien entendu.

Le sang de Lea ne fit qu'un tour. Sans lui demander son avis, ni même l'en avoir informée, Jared avait fait prendre des risques aux hommes de Montreau ?

Comment osait-il ?

— Milady ?

Lea leva une main pour imposer silence à sa chambrière. Elle avait besoin de réfléchir. Mais avant tout, il lui fallait se calmer.

Bien entendu, elle savait que Jared avait été dépêché à Montreau pour protéger le château et sa propriétaire. Et s'il en avait pris si aisément le contrôle, c'était parce qu'elle n'avait pas fait grand-chose pour l'en empêcher, il lui fallait bien le reconnaître aussi.

Mais tout de même, c'étaient *ses* hommes à elle ! Ils devaient allégeance à Montreau. Et celle qui incarnait l'autorité du lieu, c'était elle.

Oh, ce n'était pas eux qu'elle blâmait. Ils avaient dû tout naturellement penser qu'elle avait donné les pleins pouvoirs à Jared et avaient obéi à ses ordres sans même se poser de questions.

Non, le seul responsable, c'était Jared… et sa faiblesse à elle.

Elle brûlait de s'habiller pour se ruer vers la plage et

affronter Jared en lui jetant ses quatre vérités à la face. Mais une pensée l'arrêta.

L'enfant qu'elle portait était de lui.

Si, emportée par la colère et le ressentiment, elle faisait ou disait la moindre chose qui puisse lui laisser supposer qu'elle attendait un bébé, il prendrait immédiatement le contrôle de sa vie, en plus de son château.

Or, elle ne voulait pas l'épouser. Elle se moquait bien de ce que penseraient ou diraient les gens quand la vérité deviendrait évidente.

Elle n'épouserait *pas* Jared de Warehaven.

Les rumeurs iraient bon train, bien entendu, personne ne pourrait l'empêcher. Mais il y avait une chose qu'elle pouvait faire pour tuer dans l'œuf les commérages — s'en tenir à son plan initial et prétendre que le bébé était de Charles. Tant pis si c'était un mensonge !

Elle porta les mains à ses tempes douloureuses. La seule pensée de commettre une action aussi vile la rendait littéralement malade. Mais avait-elle le choix ? Elle savait sans le moindre doute possible que Jared finirait par deviner la vérité, même si elle niait désespérément.

Et une fois qu'il saurait, il essaierait à tout prix de l'épouser.

Lea sentit ses jambes trembler sous elle et se rassit sur le lit.

Elle ne pouvait pas épouser Jared, elle ne le voulait pas. Mais il tenterait de la persuader et elle craignait qu'il ne la fasse changer d'avis à l'usure. Peut-être même ne serait-ce pas si long…

Jared n'était pas obtus, il comprendrait vite que la colère n'était pas efficace. C'était alors qu'il deviendrait dangereux. Elle connaissait d'avance sa tactique.

Pire, elle savait qu'elle ne lui résisterait pas. Alors elle serait perdue. Prisonnière d'un mariage sans amour. Liée à un guerrier qui ferait toujours passer la bataille et le carnage avant elle et leur enfant. Un homme qui mettrait en danger la neutralité si chèrement gagnée de Montreau…

A présent que ses craintes avaient pris corps, elle ne pouvait plus arrêter le flot d'images qui déferlaient dans sa tête.

Des visions d'hommes de Montreau morts ou mourants sur le champ de bataille — des hommes qu'elle connaissait depuis toujours.

Et pire que tout, celle de son propre fils périssant un jour de la même manière.

Elle poussa une exclamation d'horreur. Non, elle ne laisserait pas cela arriver. Sinon, elle ne pourrait jamais se le pardonner.

Elle sursauta en sentant la main d'Agatha se poser sur son épaule.

— Qu'est-ce qui ne va pas, Lea ? Quelque chose vous a fait peur, je l'ai bien vu.

Lea respira à fond avant de chuchoter d'une voix tremblante :

— Il faut que nous partions. Tout de suite.

Agatha s'assit près d'elle sur le lit.

— Quitter Montreau ?

— Oui, répondit-elle en se levant d'un bond. Maintenant. Il faut nous en aller.

— Mais où irons-nous, bonté divine ? Et pourquoi devons-nous partir ?

Prise d'une impatience quasi frénétique, Lea ignora la question.

— Où est Jared ? Sur la plage ?

Agatha se releva aussi.

— Oui, pour autant que je sache, dit-elle en se tordant les mains. Voulez-vous que je l'envoie chercher ?

— Non, surtout pas ! s'écria Lea.

Elle respira à fond, pour obliger son cœur à se calmer.

— Il est bien la dernière personne que je voudrais voir en cet instant !

Elle ouvrit le coffre au pied de son lit et en sortit deux sacs de voyage. Puis elle glissa la main tout au fond du meuble et en retira les lettres de Mathilde et d'Etienne.

Où aller à présent ?

Montreau était neutre, certes. Mais elle ne faisait confiance ni au roi ni à l'impératrice.

Si elle se réfugiait auprès d'Etienne, il risquait de prendre cela comme un aveu de faiblesse et d'accorder à Villaire la garde du château. Ce scélérat l'obligerait alors à épouser Blackstone avant la fin de la journée.

Si elle demandait asile à l'impératrice, Lea savait d'avance ce qui se passerait. Mathilde aimait beaucoup Jared. Elle lui accorderait la permission d'épouser l'héritière de Montreau en moins de temps qu'il n'en fallait pour le dire.

Alors où diriger ses pas ? Qui était assez fort pour tenir à distance à la fois Mathilde et Etienne ?

Tout ce dont elle avait besoin, c'était d'un peu de temps pour réfléchir à ce qu'elle allait faire ensuite. Qui connaissait-elle assez pour lui demander aide et protection ?

Elle eut tout à coup une idée et un flot de soulagement déferla en elle.

— Agatha, nous allons nous rendre auprès du roi David.

Occupée à remplir l'un des sacs de vêtements, la nourrice releva la tête.

— Mais pourquoi, mon enfant ?

Lea n'hésita qu'une fraction de seconde. Agatha lui était indéfectiblement loyale et elle n'avait aucune raison de lui mentir.

— Parce que je porte l'enfant de Jared !

La servante exhala un soupir.

— Alors vous n'avez pas besoin de vous enfuir. Je le connais, il ne demandera pas mieux que de vous épouser quand il saura.

— Mais je ne veux pas qu'il l'apprenne !

Agatha écarquilla les yeux.

— Pourquoi, au nom du ciel ?

— Parce que je ne veux pas abandonner le contrôle de

Montreau à un guerrier. Et je ne veux pas non plus qu'un guerrier soit le père de mon enfant.

La chambrière se renfrogna.

— Pardonnez-moi de vous dire cela, mais vous auriez dû y penser avant de l'accueillir dans votre lit !

Lea lui arracha le sac des mains et lui tendit celui qui était vide.

— Prenez ce dont vous avez besoin et assez de nourriture pour que nous tenions un jour ou deux. Je veux être partie lorsque Jared et ses hommes remonteront de la plage.

Agatha jeta le sac sur le lit en protestant.

— Lady Lea, vous ne pouvez pas faire cela !

Lea releva le menton. Elle pouvait faire tout ce qui lui chantait et personne n'avait rien à y redire !

— Si vous ne voulez pas m'accompagner, libre à vous. Mais moi, je m'en vais.

— Je ne comprends pas. Vous ne voulez pas de cet enfant ?

Ne pas vouloir du bébé ? D'où Agatha sortait-elle cette idée ? Bien sûr qu'elle le voulait !

— Qu'est-ce qui peut vous faire penser une chose pareille ?

— Eh bien, comme il est de Lord Jared, j'ai cru que vous ne…

Lea l'interrompit aussitôt.

— Je le veux d'autant plus, bonté divine !

Penchée sur le coffre, Agatha secoua la tête.

— Comment pourriez-vous vouloir le bébé *d'autant plus*, quand vous ne voulez pas de l'homme qui l'a engendré ?

Elle était sincèrement perplexe et Lea ne pouvait lui en vouloir. Ses propres sentiments étaient si confus ! Pourquoi était-elle à la fois si heureuse et si terrifiée de porter l'enfant de Jared ?

Et pourquoi la perspective de le fuir ainsi lui semblait-elle soudain si mal ?

Elle essaya de s'expliquer.

— Ce n'est pas que je ne veuille pas de lui.

En fait, il y avait des années qu'elle le voulait…

— C'est plutôt que je ne peux pas accepter ni partager sa façon de vivre.

— C'est un homme, Lea. L'homme de l'impératrice Mathilde. Comment pouvez-vous attendre de lui qu'il soit autre chose que ce qu'il est ?

— Je n'attends pas cela. Et c'est pourquoi je dois m'en aller. Il finira par se rendre compte que j'ai raison — un mariage entre nous n'est pas envisageable. Et puis il va retourner à Warehaven.

— Et si ce n'est pas le cas ?

— J'espère bien que si. Sinon, il faudra que je trouve une solution pendant que nous serons chez le roi David.

Agatha la dévisagea, dubitative. Puis elle secoua de nouveau la tête en s'abstenant toutefois du moindre commentaire. Au lieu de cela, elle se leva et prit l'un des sacs.

— Est-ce que nous allons voyager seules ?

— Grands dieux, non ! Je vais demander à quelques-uns de nos hommes de nous escorter. Rejoignez-moi aux écuries aussi vite que vous pourrez. Et surtout, pas un mot à qui que ce soit !

Après qu'Agatha eut quitté la chambre, Lea enfila une chaude robe de laine, dont l'étoffe solide conviendrait parfaitement pour le voyage. Elle devrait se montrer prudente. Bien que Montreau soit neutre dans cette guerre, elle ignorait ce qui pourrait se passer à la cour du roi David. Avec un peu de chance, il ne la rejetterait pas. Elle savait qu'elle prenait un risque en se rendant à sa cour. Après tout, il était vaguement apparenté à Jared et il pouvait fort bien la contraindre à un mariage qu'elle n'était pas du tout sûre de vouloir.

Mais le roi David et son propre père avaient toujours été dans les meilleurs termes. A la mort de son père, David lui avait enjoint de ne pas hésiter à venir le voir si elle avait besoin de quoi que ce soit. Jusqu'à maintenant, elle n'avait pas profité de cette offre.

Elle descendit l'escalier aussi silencieusement que possible, en priant pour ne réveiller aucun de ceux qui dormaient encore dans la grande salle.

Lorsqu'elle y parvint, elle fut surprise de trouver la pièce vide. Jared avait-il emmené tous les hommes sur la plage ?

Elle se glissa hors du donjon en drapant sa cape plus étroitement sur ses épaules, surprise par la fraîcheur de l'air en ces instants qui précédaient l'aube. Pourvu que le soleil brille aujourd'hui ! La pluie rendrait leur voyage encore plus difficile.

Elle trouva trois hommes dans les écuries. L'odeur de fumée qui imprégnait leurs vêtements lui apprit qu'ils revenaient tout juste de la plage.

Ils avaient sans doute peu dormi cette nuit-là, mais elle n'y pouvait rien, hélas. Elle ne pouvait pas laisser passer cette opportunité, qui ne se représenterait peut-être plus. Jared n'était pas si souvent absent du château.

— Simon, sellez cinq des chevaux et préparez-vous à partir.

L'homme la regarda, perplexe.

— Milady ?

Elle forgea promptement un mensonge.

— Le roi David a besoin de moi et je voudrais me mettre en route avant le lever du soleil.

— Dois-je aller chercher lord Jared ?

Lea se raidit. Pourquoi fallait-il que ce soit toujours la première question qu'on lui pose, au nom du ciel ?

— Non. Montreau est sous sa responsabilité. Il ne peut être en deux endroits à la fois.

Dieu merci, Simon et les deux autres se hâtèrent d'obtempérer sans émettre de commentaires.

Mais ils eurent beau faire diligence, elle eut l'impression que les préparatifs n'en finissaient pas. Anxieuse, elle jetait des coups d'œil vers la cour, craignant de voir Jared et ses hommes apparaître d'un instant à l'autre.

S'il la surprenait maintenant, elle serait bien incapable

de lui expliquer pourquoi elle quittait Montreau alors qu'il faisait encore nuit. Il n'accepterait pas son mensonge aussi aisément que les gardes et cela suffirait à éveiller ses soupçons.

Agatha arriva aux écuries au moment où les hommes achevaient de seller les chevaux.

Dieu merci, personne d'autre n'était encore rentré quand ils franchirent les portes. Au grand soulagement de Lea, les sentinelles étaient des hommes de Montreau. Ils les laissèrent passer sans leur poser de questions, dès qu'ils virent que leur dame faisait partie de la cavalcade.

Le pont-levis franchi, Lea se retourna pour jeter un dernier coup d'œil sur le château. Elle s'était rarement éloignée de Montreau ces dernières années. Une partie d'elle-même se sentait tout excitée, comme une enfant qui se met en route pour un voyage longtemps attendu.

Mais une autre partie se sentait coupable à l'idée de ce qu'elle était en train de faire, non seulement à Jared mais à ses gens.

Bientôt, elle allait être obligée de leur mentir à tous. A son retour, elle n'aurait pas d'autre choix que de faire passer l'enfant qu'elle portait pour celui de Charles.

Elle se détourna pour regarder droit devant elle par-dessus la tête du cheval. Un frisson lui parcourut le dos.

— Seigneur, pardonnez-moi !

Chapitre 12

Jared jeta la serviette mouillée sur la banquette de sa chambre. Il aurait voulu prendre un bain pour se débarrasser de l'odeur de fumée dont il était imprégné, mais il n'y avait pas assez d'eau chaude et il avait dû se contenter de rapides ablutions. Tant pis !

Le drakkar avait mis une éternité à se consumer. Chaque heure lui avait semblé durer cent ans. Comme ses hommes, Jared était épuisé bien avant que les derniers morceaux de bois ne soient réduits en cendres. Les premières lueurs de l'aube brillaient déjà dans le ciel quand ils avaient enfin repris la direction du château.

La fatigue l'accablait, mais avant d'aller dormir deux heures, il voulait parler à Lea.

Elle allait discuter, bien entendu. Avec véhémence. Epouser le fils d'un bâtard, c'était à ses yeux une déchéance à laquelle elle n'avait pu se résoudre huit ans plus tôt. Et il doutait qu'elle ait changé d'avis sur ce point.

Mais mieux valait un tel mariage que de passer pour une catin auprès de sa propre maisonnée. Peut-être finirait-elle par le comprendre ?

Aussi éreinté qu'il soit, il ferait mieux d'avoir cette conversation tout de suite avec elle. Fourbu comme il était, il serait moins enclin à la patience. Il saurait couper court aux raisonnements de Lea ainsi qu'à ses récriminations, et n'hésiterait pas à lui intimer de l'épouser sans autre forme de procès.

Et si les ordres n'y faisaient rien, il y avait d'autres façons, bien plus agréables, de lui faire entendre raison...

Oui, elle allait être furieuse. Et les premiers temps de leur mariage risquaient fort d'être tempétueux, Dieu en serait témoin. Du moins ne s'ennuieraient-ils pas !

Quant à l'impératrice Mathilde, elle lui en voudrait peut-être de la mettre ainsi devant le fait accompli. Mais il était prêt à parier que cela faisait partie du plan de la souveraine. Il connaissait sa tante ! Même si elle serait d'abord furibonde, elle finirait par se réjouir hautement, en proclamant à qui voudrait l'entendre combien elle était heureuse d'avoir si bien marié son neveu...

Jared acheva de s'habiller et passa un peigne dans ses cheveux mouillés, ignorant le léger tremblement de sa main. L'entrevue houleuse qui l'attendait ne l'inquiétait pas le moins du monde. Lea était peut-être irascible, mais il était parfaitement capable de lui tenir tête. Les colères de la dame n'étaient rien comparées aux siennes !

Des doutes le hantaient encore cependant. Et s'il commettait une erreur ? Si un jour — demain ou dans quelques mois — il rencontrait une femme qui ferait pour lui une bien meilleure épouse que Lea ?

Non. Il secoua la tête pour chasser cette pensée de son esprit. Ce n'était qu'une hésitation passagère, qui n'allait certainement pas le dissuader d'agir.

Il avait toujours fait confiance à son instinct et n'avait jamais eu lieu de s'en repentir. Ce n'était pas maintenant qu'il allait changer de tactique.

Lea était l'obstination même. Lui forcer la main était la seule chose à faire.

De toute façon, il ne voulait pas d'un attachement sentimental. Avec elle, au moins, il n'avait rien à redouter sur ce plan. Et puis il voulait une femme accoutumée à gérer un château. Lea n'aurait pas besoin de leçons pour accomplir cette tâche, dont elle s'acquittait déjà à merveille.

Il voulait aussi une épouse à qui l'acte de chair n'inspire ni timidité ni répulsion. Au lit, Lea était loin de se montrer timorée. En fait, elle était largement aussi sensuelle que lui. De ce côté-là, aucun des deux n'aurait sujet de se plaindre, il en était persuadé.

Alors pourquoi restait-il là sans bouger, à regarder la porte ? Et quelle était cette petite voix insidieuse qui lui chuchotait qu'épouser Lea n'était peut-être pas aussi anodin qu'il voulait le croire ?

Au diable les tergiversations !

D'un geste brusque, il ouvrit la porte de sa chambre, couvrit en quelques enjambées la courte distance qui la séparait de celle de Lea et frappa au panneau de chêne.

Comme nul ne répondait, il actionna le loquet.

— Lea ?

Il entra dans la pièce et referma la porte derrière lui. Inutile que tout le château écoute leur conversation... Puis il écarta les courtines du lit et fronça les sourcils. Personne !

L'alcôve à côté était également vide, ce qui accrut son inquiétude. Où diable était-elle ? En rentrant au château, il ne l'avait aperçue ni dans la cour ni dans la grande salle. Elle n'était pas non plus passée devant sa chambre pendant qu'il se lavait et s'habillait. Il avait l'oreille aux aguets et n'aurait pas manqué de l'entendre.

Alors où se cachait-elle ?

Il sortit en trombe de la chambre et descendit dans la grande salle, où il avisa l'un des gardes de Montreau.

— Où est votre dame ?

— Je ne sais pas, milord. Elle n'est donc pas dans sa chambre ?

Jared n'aima pas du tout le ton désinvolte de la question. C'était la preuve que des rumeurs avaient déjà commencé à courir sur sa relation avec Lea. Une nouvelle raison d'en finir promptement avec ce mariage.

— Non. Trouvez-la, voulez-vous ?

Tandis que l'homme quittait la salle, Jared se dirigea vers les cuisines. Non seulement il n'y vit pas trace de Lea, mais sa servante Agatha était également introuvable.

Quelque chose n'allait pas.

Cette fois, on ne pouvait imputer sa disparition à Villaire ou Blackstone. Aucun des deux ne possédait assez de courage pour revenir à Montreau. Il s'était montré clair avec eux — s'ils se présentaient de nouveau céans, ils mettraient leur vie en danger. Les deux hommes étaient retors et cupides, mais pas idiots. Ils avaient parfaitement compris.

— Quelque chose ne va pas, milord ? lui demanda Rolfe en le voyant approcher.

— En effet. Lady Lea et sa chambrière ont disparu. Allez voir dans la cour, pendant que je finis de les chercher à l'intérieur.

Mais ses investigations furent vaines et il se sentit bientôt à bout de patience.

Où diable était-elle allée ? Et pourquoi ?

Sa curiosité s'était déjà transformée en inquiétude. A présent, elle tournait à la frustration. A quel jeu jouait-elle, au nom du ciel ?

Rolfe rentra plus vite qu'il ne s'y attendait, hors d'haleine.

— La dame, sa chambrière et trois gardes ont quitté Montreau avant notre retour de la plage.

— Quitté Montreau ? A-t-elle dit où elle allait et pourquoi ?

Son lieutenant secoua la tête.

— Non. Les sentinelles assurent qu'elle est partie sans un mot.

La colère s'empara de Jared, qui gravit l'escalier en égrenant un chapelet de jurons. Décidé à trouver un indice qui lui apprendrait où elle était allée, il se précipita dans la chambre de Lea, Rolfe sur les talons.

— Que cherchons-nous ? s'enquit ce dernier.

— N'importe quoi, grogna Jared, hors de lui.

D'un brusque mouvement du bras, il balaya les objets

disposés sur une petite table. Des bijoux, un miroir de métal poli, un peigne aux larges dents, de petites fioles de parfums exotiques et une lampe à huile tombèrent sur le sol. Une jarre remplie d'herbes aromatiques se brisa, répandant une fraîche odeur de lavande.

En temps normal, ce doux parfum aurait apaisé Jared. Mais il était si furieux que cela ne fit qu'accroître sa colère, tandis qu'il écrasait les tiges odorantes sous ses bottes.

Qu'avait-elle fui cette fois ?

Lui ? De nouveau ?

Et comme elle n'avait plus son père pour lui délivrer des excuses à sa place, elle avait tout bonnement pris la poudre d'escampette.

La question était de savoir pourquoi.

Non, se reprit-il aussitôt. Les raisons de Lea lui importaient peu. La vraie question, c'était de savoir où elle était allée.

Elle avait eu trop peu de temps pour que ce voyage ait pu être planifié à l'avance.

La plupart de ses vêtements étaient restés accrochés à leurs patères, donnant l'impression qu'elle avait fait ses bagages en toute hâte. Elle avait même laissé ses objets personnels, tels son miroir, son peigne et ses parfums.

Il était peu crédible qu'elle ait pu aller loin.

Rolfe fouilla l'alcôve, regarda sous le lit et dans les coins, au cas où quelque chose n'aurait pas été à sa place. Ne trouvant rien, il pointa le doigt vers le coffre de bois au pied du lit.

— Et là-dedans ?

Jared souleva le meuble et le renversa, répandant son contenu sur le lit. Un tube de cuir, destiné à contenir des documents, était vide. Il secoua des vêtements, des bas, une chemise et une robe usée. Rien ne tomba de l'étoffe.

Ecartant de menus objets — sans doute des souvenirs d'enfance — il trouva enfin deux missives froissées. Il jeta celle de sa tante sur le lit. Inutile de la relire, elle ne lui apprendrait rien de plus.

Mais la seconde, où il reconnut le sceau du roi Etienne, ne laissa pas de le surprendre. Lea ne lui avait jamais dit qu'elle avait reçu un message du roi. Il prit le parchemin et s'approcha de la fenêtre pour déchiffrer son contenu à la lumière.

Le sens du message lui parut d'abord sibyllin, jusqu'à ce qu'il comprenne qu'il avait été envoyé après la noyade de Charles Villaire.

Il cilla, n'en croyant pas ses yeux. Etienne ne manquait pas d'audace ! Si Lea ne mettait pas un héritier au monde dans les quelques mois à venir, elle serait sommée d'épouser l'un des partisans du roi.

Ce qui ferait tomber Montreau et ses richesses tout droit dans l'escarcelle d'Etienne. Il saignerait le domaine à blanc, comme il l'avait fait avec les biens de ses autres partisans.

Et bien entendu, Mathilde riposterait en envoyant son armée dans le Nord pour dévaster les terres ainsi acquises et les rendre stériles.

Pourquoi Lea ne lui en avait-elle pas parlé ? Et comment croyait-elle éviter ce désastre ? Il aurait fallu un miracle pour qu'elle soit enceinte de Charles Villaire. L'homme était mort, bonté divine !

Jared fronça les sourcils. Mort, certes, mais depuis quelques semaines seulement. Il n'était pas impossible qu'il l'ait fécondée avant sa disparition.

A moins que…

Les bribes de conversation glanées ici et là lui revinrent à la mémoire. Charles ne faisait pas chambre commune avec sa femme. S'il en croyait ce qu'il avait entendu, les époux Villaire partageaient rarement le même lit — peut-être même jamais. Si c'était vrai, comment aurait-elle pu être enceinte de Charles ?

Et même si elle décidait de mentir au roi, elle ne pourrait pas le faire indéfiniment. Etienne ne se priverait pas d'envoyer ses espions au château. Que ferait Lea lorsque son corps trahirait visiblement son mensonge ? Elle ne pourrait tout de même pas faire semblant d'être enceinte…

Jared tressaillit. Les mots de la lettre se brouillèrent devant ses yeux.

Non.

Elle ne pouvait pas être aussi fausse…

Il chercha du pied le banc qu'il avait vu là un instant plus tôt et s'y laissa tomber.

— Milord ? s'inquiéta Rolfe.

Mais Jared le congédia d'un geste. Il avait besoin de quelques instants pour digérer ce que son cœur se refusait à admettre.

Non, même une Lea de Montreau ne pouvait être aussi retorse, aussi froidement calculatrice.

Ou peut-être que si ?

Après tout, huit ans s'étaient écoulés depuis leur première rencontre. Elle était alors une toute jeune fille inexpérimentée. Ses manigances de l'époque étaient presque comiques, tant elles étaient cousues de fil blanc.

Mais les choses avaient changé. Tout changeait avec le temps. Peut-être en avait-il été ainsi pour elle.

Il sentit son estomac se nouer.

Il ne pouvait nier le fait qu'elle n'ait pas résisté à ses avances. S'il se rappelait bien, elle s'était effrontément offerte à lui le soir même de son arrivée.

Comme un imbécile, il avait été incapable de combattre le désir qu'elle avait fort bien vu monter en lui et il avait succombé à ses propositions.

Même si elle n'avait pas été enceinte à la mort de son époux, elle pouvait fort bien l'être à présent.

Mais pas de Villaire.

Les mains tremblantes de rage, il écrasa le parchemin dans son poing.

La femme qui n'avait pu se résoudre à épouser le fils d'un

bâtard porterait à présent son fils ? Et elle aurait conçu ce bébé intentionnellement ?

Décidément, il n'y avait pas de limites à sa turpitude !

Avait-elle donc tant de haine et de mépris à son service pour qu'elle se serve de lui d'une si abominable façon ?

Il eut tout à coup l'impression d'avoir la tête serrée dans un étau. Une douleur lancinante lui martelait les tempes.

Il se leva, luttant contre le tourbillon d'émotions qui l'assaillait.

— Faites seller mon cheval, ordonna-t-il à Rolfe. Et dites à deux des gardes — *mes* gardes — de se préparer à me suivre.

Rolfe se mit aussitôt au garde-à-vous.

— Je suis prêt.

— Non, pas vous. Je veux que vous restiez ici avec les hommes, pour le cas où il arriverait quoi que ce soit en mon absence.

Rolfe se rembrunit, mécontent de ne pouvoir se joindre à lui. Mais il n'insista pas.

— Où allez-vous ? s'enquit-il seulement.

Jared hésita. Où il allait ? Il fallait d'abord qu'il sache où cette…

Il trébucha sur le mot, incapable d'en trouver un assez cinglant pour exprimer ce qu'il pensait de Lea en cet instant.

Où avait-elle bien pu s'enfuir ?

Sûrement pas auprès d'Etienne. Elle n'aurait pas pris le risque de lui laisser croire un seul instant que Montreau pouvait avoir besoin d'un gardien. Surtout quand elle n'ignorait pas que le gardien qu'on lui proposerait serait sûrement Markam Villaire ! Et elle n'aurait pas risqué non plus de se voir forcée à épouser Blackstone.

Avait-elle rejoint Mathilde ? Non. Si elle était vraiment enceinte de lui, c'était bien le dernier endroit où elle serait allée se jeter.

Elle n'avait plus de famille. Alors que restait-il ?

Incapable de réfléchir clairement avec cet incessant bruit de marteau dans les tempes, il fit signe à Rolfe de le suivre et regagna sa propre chambre.

Parvenu là, il retira d'un sac de selle le rouleau de cuir où il rangeait ses cartes et y enfonça à la place le parchemin roulé en boule. Il déroula ensuite la carte sur le lit et la fixa un instant sans la voir.

Puis il poussa un juron.

— Concentre-toi, bon sang ! marmonna-t-il pour lui-même.

Il posa l'index sur le point qui représentait Montreau.

— Robert est trop loin pour lui être d'une aide quelconque, observa-t-il à voix haute

Quant au comte de Gloucester, un autre des bâtards de son grand-père, il était loyal à Mathilde et soutiendrait la neutralité de Montreau, ne serait-ce que parce que Lea avait été autrefois fiancée à Jared. Mais lui aussi résidait fort loin d'ici.

— Si elle a pris seulement trois hommes avec elle, elle ne se risquera jamais à traverser les terres d'York pour gagner Lincoln.

Le comte d'York contrôlait son territoire d'une main de fer. Il avait le statut de roi sur ses domaines et personne ne pouvait les traverser sans qu'il le sache. Lea de Montreau serait pour lui une prise de choix, si jamais il mettait la main sur elle.

Il ne restait donc plus que le roi David. Se rendre près de lui ne nécessitait qu'un petit voyage qu'elle pouvait entreprendre avec une escorte réduite.

— Où se trouve David en ce moment ?

— La dernière fois que j'ai entendu parler de lui, il était encore à Bamburgh avec son fils. Il était censé se rendre ensuite à New Castle et Roxburgh avant de regagner Carlisle.

— Il y a combien de temps de cela ?

Rolfe haussa les épaules.

— C'était juste avant notre départ de la cour.

Ce qui faisait plus d'un mois... Jared réfléchit. David avait dû quitter Bamburgh à présent. Mais il ne pensait pas qu'il soit déjà retourné à Carlisle.

Ce qui laissait New Castle ou Roxburgh.

— Je vais d'abord me rendre à New Castle, puisque c'est le plus près, décida-t-il. Si Lea ne s'y trouve pas, je traverserai la frontière et j'irai voir à Roxburgh.

— Quand partez-vous ?

— Tout de suite. Allez me chercher deux de nos meilleurs hommes d'armes. Prévenez-les que nous dormirons sur la route. Et trouvez-en un autre pour apporter un message à ma tante.

— Quel message ?

Avant de se mettre à la recherche de Lea, il avait eu encore un moment de doute. Il était sûr de lui à présent et n'hésita pas une seconde.

— Dites-lui que j'épouse Lea de Montreau.

Rolfe en resta bouche bée. Mais il se reprit vite pour demander :

— En êtes-vous certain ?

— Oui.

En fait, il était surtout sûr d'une chose : Lea allait payer pour tous ses mensonges. La forcer à l'épouser, c'était s'assurer qu'elle paierait longtemps.

Très longtemps.

Et si sa tante n'appréciait pas le procédé, le temps qu'elle reçoive le message, il serait trop tard pour qu'elle empêche quoi que ce soit.

Rolf sortit de la chambre pour prévenir les hommes et faire préparer les montures. Resté seul, Jared entassa quelques vêtements dans son sac de selle.

Après avoir passé toute la nuit sur la grève à regarder brûler son bateau, il ne désirait qu'une chose, se laisser tomber dans son lit. Mais ce voyage ne pouvait pas attendre — il n'aimait pas savoir Lea sur les routes sans une escorte plus fournie pour la protéger.

En ces temps de guerre, beaucoup d'hommes avaient rejoint les armées de Mathilde ou d'Etienne, laissant toutes sortes de bandits et d'assassins courir sur les routes. Lea portait très probablement son enfant. Il ne laisserait personne faire de mal au bébé.

La dernière fois qu'elle avait mis fin à leur relation, il l'avait laissée aller. Peu désireux d'entendre de sa bouche ce qu'elle avait à dire, il avait accepté sans broncher les explications de son père. Puis il était parti à la guerre, laissant la colère et la souffrance prendre le dessus en lui, jusqu'à ce que d'autres paient de leur vie l'erreur qu'il avait commise.

Pas cette fois.

Lea avait peut-être changé, mais lui aussi. Elle ne lui échapperait pas aussi facilement. Il surmonterait sa fureur, et c'était à elle qu'il infligerait sa vengeance, à personne d'autre.

Si elle avait l'intention de mettre son enfant au monde en le faisant passer pour celui d'un autre, il faudrait qu'elle lui passe d'abord sur le corps.

Les parents de Jared avaient coutume de dire que si leur mariage avait tenu bon dans la difficulté, c'était à cause de l'amour vrai qu'ils éprouvaient l'un pour l'autre.

Jared, lui, ne connaissait rien de l'amour. Et il n'avait pas envie d'apprendre.

Quand Lea l'avait abandonné la première fois, il avait décidé qu'il n'avait que faire de l'amour. Elle venait de lui prouver à quel point il avait eu raison.

A présent, ils allaient découvrir ensemble jusqu'où un mariage pouvait tenir, quand il était basé sur la haine et le désir.

Chapitre 13

Trempée jusqu'aux os et frissonnante, Lea baissait la tête pour résister aux bourrasques de vent.

— Je suis désolée, dit-elle à ses compagnons.

Comme elle s'y attendait, les gardes accueillirent ces excuses d'un silence poli. A aucun moment ils ne s'étaient plaints des déplorables conditions de ce voyage. Mais elle était tout de même navrée de les avoir mis dans cette situation.

Si elle avait pu se mettre en route aux premières lueurs de l'aube, ils seraient arrivés dès le deuxième jour à la cour du roi David. Mais les nausées qui accompagnaient son réveil étaient de plus en plus longues à se calmer. Ce matin, il lui avait fallu attendre des heures avant de pouvoir s'asseoir sur un cheval sans être immédiatement malade. Et au moment où ils commençaient à rattraper enfin leur retard, elle avait été prise d'une brusque fringale qui les avait obligés à s'arrêter pour se restaurer.

Après trois journées entières sur les routes, Agatha et les deux hommes devaient en avoir plus qu'assez de ce voyage — et de leur maîtresse par la même occasion !

Lea coula un regard vers sa nourrice. Peu habituée à chevaucher si longtemps de suite, Agatha avait l'air éreintée et plus que misérable.

Lea tenta de lui redonner courage.

— Nous serons à New Castle aujourd'hui, je vous le promets.

La servante se contenta de hocher la tête et Lea exhala un soupir. Tout cela avait été une monumentale erreur. Elle n'aurait jamais dû fuir comme une lâche — même si c'était exactement ce qu'elle était.

Une lâche. Tout simplement.

Elle aurait dû ravaler ses craintes et ses appréhensions et aller parler à Jared.

Le problème, c'était qu'il aurait insisté pour l'épouser. Et elle n'aurait pas réussi à le convaincre qu'ils n'étaient pas faits l'un pour l'autre.

Elle ne pouvait pas l'épouser. Pas lui.

Un guerrier — un chevalier au service de son suzerain — n'était pas l'homme qui lui convenait. Ni à elle, ni à Montreau. Elle ne voulait pas voir ses gens entraînés dans cette absurde guerre.

Elle jeta un coup d'œil vers les trois hommes qui chevauchaient devant elle. Deux d'entre eux étaient très jeunes — à peine assez âgés pour qu'un soupçon de barbe ombre leurs joues.

Comment expliquerait-elle leur mort à leur mère s'il leur arrivait quoi que ce soit ?

Quant au troisième, il avait une épouse et deux jeunes fils. Qu'arriverait-il à sa famille s'il devait périr au combat ? Qui les nourrirait, les protégerait ? Et comment supporteraient-ils leur terrible chagrin ?

La peine qu'elle avait éprouvée en perdant son frère Phillip la poignait encore au plus profond de son cœur. Elle n'était pas sûre de pouvoir en guérir un jour.

Non, jamais elle n'épouserait un guerrier !

Mais qui, alors ? Un homme sous la coupe de Villaire ? Un couard avide et brutal qui ne penserait à rien d'autre qu'à lui-même ?

Ou un dévot qui passerait son temps en prières ?

Préférait-elle épouser un homme faible et craintif qui resterait embusqué dans le château en attendant le pire ?

Elle serra les rênes entre ses doigts crispés. Comment

s'étonner après cela que ce soit généralement les parents et les suzerains qui arrangent les fiançailles des jeunes filles ?

Si elle, une femme adulte, n'arrivait pas à décider quel genre d'homme ferait un bon mari pour elle et un bon seigneur pour Montreau, comment pouvait-on s'attendre à ce qu'une gamine ingénue en soit capable ?

— Qu'est-ce qui vous préoccupe ainsi ? s'enquit tout à coup Agatha.

Surprise, Lea n'eut pas le réflexe d'éluder la question.

— Il me faut un mari. Mais je ne sais pas quelle sorte d'homme conviendrait le mieux.

— Vous auriez pu y penser avant, non ?

Lea ralentit son cheval pour mettre un peu de distance entre les gardes et elle. Elle faisait déjà l'objet de commérages à Montreau, il était inutile d'en rajouter.

Certaine que les hommes ne pouvaient plus l'entendre, elle répondit enfin :

— A vrai dire, je pensais que je pourrais me débrouiller toute seule.

Agatha sursauta, visiblement outrée.

— Vous débrouiller pour quoi ? Pour élever un enfant ? Ou pour vivre votre vie ? Vous n'avez tout de même pas cru un seul instant que vous n'auriez jamais à vous remarier !

— Pour les deux, je suppose.

— Lady Lea ! gronda Agatha.

Elle exhala un lourd soupir avant de poursuivre :

— Parfois, je me dis qu'on vous a laissé trop longtemps la bride sur le cou…

— La bride sur le cou ?

Lea chercha un argument solide pour contrer cette affirmation, et surtout échapper à la leçon de morale qu'elle sentait venir.

— Ce n'est pas comme si on m'avait permis de faire mes propres choix. J'ai d'abord dû obéir à mon père, puis à mon mari…

— Un mari que vous avez choisi, si mes souvenirs sont bons. Comme vous avez choisi ce qui nous arrive maintenant…

— C'est mon père qui a choisi Charles, pas moi.

— Seulement parce que vous aviez rompu vos fiançailles avec Warehaven !

Lea n'avait pas la moindre envie de discuter sur ce point.

— Je ne peux pas changer le passé, alors à quoi bon en parler ? Ce qui me soucie à présent, c'est l'avenir.

— Vous avez obtenu ce que vous vouliez, non ? A présent que vous avez mené votre plan à bien et que vous pouvez remplir la condition que vous avait imposée le roi Etienne pour garder Montreau, qu'est-ce qui vous inquiète encore ?

Lea fronça les sourcils. Son plan ? Parlons-en ! Comment avait-elle jamais pu croire qu'elle pourrait être aussi froide et calculatrice ? Elle aurait dû comprendre qu'après avoir effectivement conçu un enfant, ses projets mal ficelés ne tiendraient plus devant la force de ses sentiments.

— Je n'ai pas dû assez réfléchir…

— Quand vous est-il arrivé de réfléchir suffisamment ? grogna la chambrière. Je n'arrive pas à m'en souvenir !

Lea se rembrunit, blessée par cette repartie acerbe. Au nom du ciel, elle n'était plus une enfant pour se laisser morigéner ainsi !

Agatha parut lire dans ses pensées.

— Pardonnez-moi, je suis allée trop loin, lady Lea. Mais il y a des moments où votre impulsivité vous met en péril.

— Je ne suis pas impulsive.

— Ah non ?

Agatha haussa les sourcils.

— Et quand ne l'avez-vous pas été, pouvez-vous me le dire ? Est-ce quand Phillip est mort et que votre premier mouvement a été de rompre vos fiançailles avec Warehaven ? Est-ce quand vous avez cru que Charles Villaire se laisserait facilement mener par le bout du nez et que vous avez quasiment demandé à votre père de hâter le mariage ?

Elle plissa le front et fit mine de chercher d'autres exemples.

— Ou peut-être quand vous avez pensé que concevoir un enfant et le faire passer pour celui de Villaire résoudrait tous vos problèmes ?

Cette fois, c'en était trop ! Lea n'appréciait pas qu'Agatha lui rappelle ainsi ce qu'elle essayait d'oublier.

— Vous dépassez les bornes, l'avertit-elle sèchement.

— Vraiment ?

Agatha désigna la route devant elles.

— Et ce voyage ? Si ce n'est pas le résultat d'une impulsion ! Combien de temps avez-vous réfléchi avant de prendre votre décision ?

— Au lieu de me réprimander pour des choses auxquelles je ne peux plus rien changer, dites-moi plutôt ce que je peux faire maintenant.

— Ce n'est pas mon rôle. Et de toute façon, vous n'aimeriez pas ma réponse.

Lea se renfrogna de nouveau.

— Allez-y tout de même. Vous ne pouvez pas me rendre plus furieuse que je ne le suis déjà.

— Très bien !

Agatha redressa le dos, les yeux fixés droit devant elle.

— Rebroussez chemin et allez avouer à Warehaven tout ce que vous aviez mijoté. Il arrangera tout.

Elle tourna la tête vers Lea.

— Il ne sera pas content, vous vous en doutez bien. Mais il fera son devoir envers vous.

— C'est cela votre réponse ? Vous voulez que je le force à m'épouser ?

— Comment voulez-vous élever un enfant seule, gérer Montreau et garder un œil sur les événements politiques toujours changeants qui pourraient menacer votre neutralité ?

— Je ne sais pas. Mais avec votre aide…

Agatha l'interrompit d'un brusque éclat de rire.

— Mon aide ? Etant donné que je ne peux pas garder un

œil sur les événements politiques ni gérer Montreau, il me reste à m'occuper du bébé. Vous ne pensez pas que je suis un peu vieille pour ça maintenant ?

— Vieille ? Non. Irascible, peut-être, mais pas vieille !

— Lady Lea, je vais sur mes cinquante-six ans et j'aime faire des nuits complètes à présent. Si vous me trouvez déjà irascible, attendez un peu que je doive déambuler toute la nuit avec un bébé vagissant dans les bras !

Lea la regarda, surprise.

— Mais je croyais que vous aimiez les enfants ?

Agatha hocha la tête.

— Oui, beaucoup. Lorsqu'ils sont à quelqu'un d'autre.

Elle coula à sa maîtresse un regard de côté.

— Vous ne pensiez tout de même pas que votre responsabilité n'allait pas plus loin que la conception de l'enfant ?

— Non, bien sûr, protesta Lea.

En fait, elle n'avait pas beaucoup réfléchi aux autres aspects de la question.

— Aviez-vous l'intention de mettre un enfant au monde et de le confier ensuite à quelqu'un d'autre ?

Lea sentit son estomac se nouer, mais cette fois, ce n'était pas à cause de ses nausées matinales. La seule idée d'abandonner la vie qu'elle portait en elle la rendait littéralement malade.

C'était son bébé, et elle n'allait certainement pas le donner à une autre.

Comme la plupart des femmes de son âge, elle avait rêvé d'avoir un enfant. De le tenir dans ses bras. De l'aimer et de veiller sur cette petite vie innocente. En fait, elle avait même envisagé de faire les choses d'une façon toute différente de celle de ses parents.

Au lieu de laisser une nurse élever l'enfant, elle avait souvent pensé qu'il serait divin de surveiller elle-même ses premiers pas chancelants, ou d'entendre les premiers mots prononcés. Elle voulait être celle qui le borderait pour la nuit avant de déposer un tendre baiser sur son front et de lui chuchoter une promesse d'amour éternel.

Sa poitrine se serra de chagrin à l'idée de tout ce qu'elle ne pourrait jamais faire. Si elle n'avait pas de mari à son côté, Montreau serait toujours sa première responsabilité. C'était leur abri, leur sécurité à tous. Sans le château, ils n'auraient plus qu'à vivre dans les bois comme des animaux sauvages.

Et pendant qu'elle se consacrerait à la gestion et à la sécurité de Montreau, quelqu'un d'autre élèverait son enfant. Quelqu'un d'autre lui offrirait le réconfort de ses bras. D'autres mains que les siennes le borderaient dans son berceau. D'autres yeux verraient ses premiers pas et d'autres oreilles entendraient ses premiers balbutiements.

Ces pensées la blessaient affreusement, mais que pouvait-elle faire d'autre ?

Elle n'avait pas le choix.

— Non, je n'ai jamais projeté cela. Mais je dois veiller à notre sécurité. C'est-à-dire m'occuper de Montreau…

— Un mari pourrait le faire à votre place, Lea. Vous n'aurez jamais la liberté d'aller et venir comme vous l'entendez. Vous êtes la dame de Montreau et vous le resterez. Mais vous n'avez pas besoin de porter tout le fardeau sur vos épaules. Ne serait-ce pas assez si vous veillez à l'organisation du quotidien, pendant qu'un autre s'occupe de la sécurité de Montreau et de toutes les terres qui en dépendent ?

Lea eut une moue dubitative.

— Comme faisaient mes parents ?

Même en se partageant ainsi la tâche, ils n'avaient eu que peu de temps à consacrer à leurs enfants.

— Bah !

Agatha émit un bruit qui ressemblait fort à un ricanement de dédain.

— Vos parents se détestaient cordialement. Chacun d'eux faisait ce qu'il pouvait pour donner le plus de travail possible à l'autre et lui compliquer la vie. Il n'est pas indispensable qu'il en soit ainsi. Il y a des hommes qui se sentiraient honorés d'être votre partenaire à part entière, Lea.

— Des partenaires ? Allons donc ! Ils seraient surtout honorés de mettre la main sur mes biens.

— Depuis quand faites-vous si peu confiance aux autres ?

— Depuis le jour où mon frère a été assassiné.

— Cela fait des années, Lea ! Phillip s'est trouvé au mauvais endroit sans le savoir, voilà tout. Vous ne pouvez pas reprocher sa mort à tous ceux qui portent une épée.

— Non, sans doute. Mais ce n'est pas pour autant que je dois laisser un guerrier sacrifier la vie des hommes de Montreau.

Les épaules d'Agatha s'affaissèrent, signe qu'elle était lasse de cette joute. Lea espérait qu'elle laisserait tomber la conversation. Mais il n'en fut rien.

— Si vous ne voulez pas d'un guerrier, alors quel genre d'homme voulez-vous ?

Lea plissa le front.

— Je n'en sais trop rien, c'est là le problème.

Elle venait justement de se poser la question et n'avait toujours pas de réponse à sa disposition.

— Pas un homme comme Charles, en tout cas.

— Dieu soit loué ! Vous ne voulez pas non plus d'un homme uniquement intéressé par vos biens. Ni d'un ambitieux assoiffé de pouvoir. Alors que cherchez-vous, Lea ? Quelqu'un qui vous adorera à genoux, obéira à vos ordres et bondira sur ses pieds pour accomplir votre moindre désir ?

— Il doit tout de même exister un milieu entre ces deux extrêmes !

— Non. Et même s'il y en avait un, vous vous lasseriez vite de tant de perfection.

— Puisqu'il semblerait que je doive me remarier, je serais heureuse d'avoir près de moi un homme qui me désire avant tout. Qui soit capable d'assurer la sécurité de Montreau et son avenir. Et qui n'ait pas peur d'affronter Etienne ou Mathilde le cas échéant.

Elle s'arrêta en voyant sa compagne la dévisager, bouche bée.

— Qu'y a-t-il ? J'ai dit une sottise ?

Agatha secoua la tête.

— Je crois que cette grossesse vous rend idiote, mon enfant.

Lea ne comprenait pas.

— Ai-je tort de vouloir ces choses ?

— Je n'ai pas dit cela. J'ai dit que vous étiez stupide.

— Pourquoi ?

Agatha réitéra son geste, en balançant ses nattes grises.

— C'est à vous de trouver la réponse, ma petite. J'espère seulement que cela ne vous prendra pas trop de temps !

Il n'y avait que Lea pour mettre trois jours à parcourir une distance qui demandait un seul jour de chevauchée !

Si l'éclaireur qu'il avait envoyé n'y avait pris garde, Jared et ses hommes auraient rattrapé Lea et son escorte quelques heures à peine après leur départ de Montreau. S'obliger à rester derrière eux pour ne pas être vus était devenu une contrainte particulièrement ennuyeuse. Sans cela, Jared aurait pu atteindre New Castle le soir même !

Cette lenteur avait du moins un bon côté — elle lui permettait d'observer Lea. A chaque étape, il lui était facile de laisser son cheval à ses hommes et de se glisser près du petit groupe de Montreau pour épier ce qui s'y passait. Ensuite, il rejoignait les siens sans s'être fait remarquer. Si seulement les reconnaissances qu'il lui était arrivé de faire à la guerre avaient été aussi faciles !

D'abord, il avait pensé que Lea s'interrogeait peut-être sur le bien-fondé de sa décision et hésitait à tourner bride pour regagner le château. Mais non ! Il comprit le lendemain matin que si elle lambinait ainsi, c'était tout simplement parce qu'elle était malade.

Il était sur le point de se montrer et de lui ordonner de rentrer tout droit à Montreau, lorsqu'elle avait enfin donné à son escorte le signal du départ. Le cortège s'était mis en route, mais pas pour longtemps. Quelques heures plus tard, elle s'était derechef arrêtée pour se restaurer.

Une surprise ! Elle lui avait semblé si mal en point à son réveil ! Ce rétablissement si rapide confirma ses soupçons. Lea devait effectivement être enceinte !

Il était assez âgé pour se souvenir de l'époque où sa mère attendait son dernier enfant. Elle aussi se levait malade le matin et allait nettement mieux quelques heures plus tard. Et elle ne semblait capable de vaquer à ses devoirs que lorsque son père lui avait apporté un repas léger, qu'elle prenait généralement au lit.

C'était d'ailleurs devenu entre eux un sujet de plaisanterie. Sa mère avait coutume de dire qu'elle était prête à concevoir un nouvel enfant chaque année, pour avoir le plaisir d'être servie au lit tous les matins. Et son père de feindre l'horreur à l'idée d'être définitivement transformé en chambrière !

Agatha et Lea ignoraient-elles ce remède ? Ou cela ne marchait-il pas pour toutes les femmes ?

Il revint à lui brusquement. Au nom du ciel, qu'est-ce que cela pouvait lui faire que Lea soit malade ou non ? Tout ce qui importait, c'était qu'elle avait dû s'enfuir dès qu'elle avait découvert son état. Un indice de plus que l'enfant était probablement de lui…

Elle ne s'imaginait tout de même pas qu'il lui laisserait mettre au monde un petit bâtard !

Comme ils avaient négligé de prendre des précautions, la faute lui en incombait autant qu'à elle. En fait, il se sentait même complètement responsable. Il s'était pourtant juré de ne jamais laisser arriver une chose pareille. Mais le désir insensé qui l'avait entraîné vers Lea lui avait fait perdre tout bon sens.

Même si elle niait que l'enfant soit de lui, il n'allait pas passer le reste de sa vie à se demander si elle mentait. Seul un mariage entre eux — qu'elle soit consentante ou pas — résoudrait la question.

— Milord ?

Jared dévisagea le garde à travers le rideau de pluie.

— Ne me dites pas qu'elle s'est encore arrêtée ?

L'homme n'eut même pas besoin de répondre. Son expression maussade et ses doigts crispés sur les rênes parlaient pour lui. Lea venait d'ordonner une nouvelle halte !

Jared haussa les épaules, luttant contre l'exaspération qui montait en lui.

Puis il congédia l'homme d'un geste.

— Essayez de trouver un abri où nous serons à peu près au sec, intima-t-il.

Tout ce qu'il lui restait à espérer, c'était qu'Agatha sache jouer les sages-femmes le cas échéant. Car au rythme où voyageait Lea, son bébé allait finir par naître sur la route !

Chapitre 14

Au grand dam de Lea, le roi David l'attendait dans la cour de son château. Elle qui avait espéré prendre un bon bain chaud et enfiler des vêtements secs avant de demander une audience ! Il ne lui restait plus qu'à arborer son plus beau sourire, ce qu'elle s'efforça de faire.

Après avoir mis pied à terre, elle voulut s'incliner devant le roi, mais David l'arrêta en lui saisissant la main.

— Nous pouvons nous passer de ces formalités, déclara-t-il d'un ton affable. Qu'est-ce qui vous amène à New Castle, lady Lea ?

La jeune femme jeta un bref regard autour d'elle. New Castle, nouveau château… Le lieu mériterait bientôt son nom, à en juger par la véritable armée d'ouvriers qui s'affairaient alentour. Même lorsque son père avait rebâti Montreau, elle n'avait pas vu autant de maçons et menuisiers à l'œuvre.

Elle inclina la tête d'un geste respectueux, mais dut presque crier pour se faire entendre par-dessus le vacarme des marteaux et des scies.

— Majesté, je vous prie humblement de nous accorder votre protection, à moi et à mes compagnons de voyage.

David ordonna à ses lads de prendre soin des chevaux et confia les gardes à l'un de ses pages. Puis il posa la main de Lea dans le creux de son coude pour escorter la visiteuse jusqu'au donjon.

— Ma protection ? Quelqu'un chercherait-il à vous faire du mal ?

Agatha leur emboîta le pas vers le château et Lea l'entendit grommeler entre ses dents.

— Le mot était mal choisi, sire. « Répit » conviendrait sans doute mieux.

Un nouveau chapelet de grognements se fit entendre derrière elle et elle se retourna une seconde pour jeter un regard incendiaire à sa nourrice.

— Vous devez avoir une raison politique pour chercher refuge auprès de moi, plutôt que de demander asile à l'Eglise. Je me trompe ?

Elle aurait dû s'attendre à cette remarque. On disait le roi David aussi pieux que l'avait été sa mère. Pour lui, c'était à l'Eglise qu'elle aurait dû s'adresser en pareil cas. Mais ce que recherchait Lea, ce n'était pas la consolation de son âme.

— Politique ? C'est un peu le cas, admit-elle.

David lui tapota la main.

— A présent que votre père n'est plus de ce monde, je suis heureux que vous soyez venu à moi.

— Mon père vous a toujours accordé sa confiance, sire. Je ne me serais adressée à personne d'autre.

Lorsqu'ils eurent pénétré dans le donjon, un serviteur escorta Agatha dans l'un des appartements de l'étage, pendant que David et Lea s'asseyaient sur des chaires disposées devant un bon feu.

— Eh bien, ma chère ? s'enquit le roi, lorsqu'ils furent installés. Que s'est-il passé de si grave que vous ayez dû quitter Montreau ?

Elle aurait dû s'attendre aussi à cette question. Ne l'aurait-elle pas posée elle-même si quelqu'un lui avait rendu visite inopinément ?

Le problème, c'était qu'elle n'avait pas la moindre réponse plausible sous la main — et elle ne pouvait se permettre de révéler la vérité.

Dans l'urgence, elle se rabattit sur des généralités sans danger.

— J'avais besoin de quelques jours de tranquillité loin de Montreau pour… hum… pour réfléchir.

La surprise se peignait sur le visage du roi. Elle se hâta d'ajouter :

— Depuis la mort de Charles, je suis tiraillée de tous les côtés. Comment faire les meilleurs choix pour Montreau, quand je dois à la fois gérer le domaine et repousser les propositions incongrues ?

David hocha la tête d'un air entendu.

— Oui, j'ai entendu dire que votre beau-frère avait tenté de devenir votre tuteur.

Ce fut au tour de Lea d'être surprise. Les nouvelles voyageaient plus vite qu'elle ne l'aurait pensé !

— C'est exact. Dieu merci, il a changé d'avis.

— Est-ce vous qui l'avez dissuadé, ou le neveu de Mathilde ?

Elle le regarda, bouche bée. Avait-il placé des espions à Montreau ? Peut-être songeait-il lui aussi à s'accaparer ses terres ?

Avant qu'elle n'ait eu le temps de répondre à sa propre question, il se pencha vers elle pour expliquer :

— N'allez pas le répéter à Warehaven, mais ma nièce l'impératrice n'était pas certaine que son arrivée à Montreau ne déclencherait pas de troubles dans la région. Aussi m'a-t-elle envoyé un message me demandant d'être prêt à les défendre, Montreau et lui, si c'était nécessaire.

— Ah…

Lea se sentit soulagée d'un grand poids. Elle aurait dû deviner que Mathilde demanderait à son oncle de prêter main-forte à Jared le cas échéant. Tous trois étaient apparentés, que ce soit par le sang ou par alliance.

— Je comprends.

— Alors, ma chère, quel est le sujet de vos angoisses ?

Elle hésita, mal à l'aise. Elle avait l'étrange impression de sentir le poids d'un regard sur sa nuque, comme si quelqu'un les observait en cachette et écoutait leur conversation. Mais un rapide regard sur la salle déserte lui fit douter de cette sensation.

Elle baissa tout de même la voix pour répondre :

— Mon problème ? Savoir si je dois me remarier ou prolonger indéfiniment mon veuvage.

David éclata de rire.

— Je m'étonne que vous n'ayez pas déjà une demi-douzaine de prétendants en train de camper au pied de vos remparts.

— Villaire et sa proposition étaient déjà bien assez pour moi, merci !

— Et quel était son candidat ?

— Un certain John Blackstone.

David plissa le front un instant, puis secoua la tête.

— Je ne le connais pas.

— Oh, ce n'était qu'un pion dans le jeu de Villaire. Il espérait contrôler Montreau à travers lui. Ce que je crains maintenant, c'est que Markam n'ait couru tout droit chez le roi Etienne pour lui demander le commandement de Montreau.

— Je ne pense pas que vous deviez vous inquiéter à ce sujet. Etienne change souvent d'avis, c'est un fait. Mais je crois que s'il souhaitait confier Montreau à Villaire, ce serait déjà chose faite.

Elle espérait que David avait raison. La seule idée qu'Etienne puisse disposer de Montreau de quelque façon que ce soit la mettait littéralement hors d'elle.

— J'espère que vous vous rendez compte que vous ne pourrez rester longtemps veuve, même si tel est votre souhait ? reprit le roi au bout d'un instant.

Lea frissonna. Une fois de plus, elle avait l'impression aiguë d'être observée. Pourtant, ils étaient seuls — d'après ce qu'elle voyait.

— Lea ?

Chassant son inexplicable sentiment de malaise, elle tourna derechef son attention vers le roi.

— On ne vous permettra pas de rester veuve, répéta-t-il.

— Je sais.

Il avait raison, elle en était bien consciente. Qu'elle veuille se remarier ou pas importait peu. On se moquait bien de son avis ! Tout ce qui comptait à leurs yeux à tous, c'était Montreau.

— Vous pourriez vous faciliter les choses, mon enfant.

— Mais comment ?

Elle avait étudié tous les aspects de la question, et aucune des solutions envisagées ne lui avait semblé facile.

— En choisissant.

— Que voulez-vous dire ?

David leva les yeux au plafond, comme s'il attendait un conseil du Très-Haut.

— Un camp, Lea. Choisissez un camp ! Alors votre suzerain vous trouvera un homme convenable à épouser.

Elle sentit son estomac se nouer.

— Non. Je ne peux pas faire cela. La neutralité de Montreau est le seul rempart qui puisse protéger mes hommes de cette guerre et préserver leur vie.

David posa une main sur son épaule.

— Je ne dis pas cela par cruauté, Lea. Je sais quelle perte vous avez subie et ce genre de chagrin ne m'est pas étranger, Dieu seul le sait. Mais vous entretenez votre souffrance avec vos craintes.

— Je n'ai rien à craindre tant que mon château et mes gens restent en dehors de cette guerre.

— Phillip n'a pas été tué sur le champ de bataille, Lea. Et participer au combat ne veut pas dire forcément qu'on y laissera la vie.

Elle se dégagea doucement.

— Peut-être. Mais lancer des hommes armés les uns contre les autres accroît tout de même leurs chances de se faire tuer, non ?

David secoua lentement la tête.

— Votre père ne vous a pas rendu service avec son amour excessif.

La remarque la laissa perplexe.

— Que voulez-vous dire ?

— Il aurait dû vous marier à un guerrier chevronné avant que vous n'ayez eu le temps de vous faire des idées aussi étranges sur l'existence.

— Ainsi, j'aurais été habituée à voir des hommes se battre et mourir, c'est cela ?

David lui lança un regard sévère.

— Personne ne s'habitue jamais à cela. Mais on apprend vite que c'est la loi de la vie. Si on veut préserver ses possessions, il faut se battre pour elles.

— Et moi, c'est grâce à sa neutralité que je préserve Montreau !

— Bon sang, ne comprenez-vous pas ? Ni Etienne ni Mathilde ne sont disposés à vous concéder cela plus longtemps. Ils sont tous les deux à court d'argent et ont besoin d'hommes et de vivres.

— Vous vous trompez. J'ai des engagements officiels de leur part. Ils ne…

Mais David l'interrompit d'un geste.

— Ecoutez-moi, Lea. Un beau jour — et peut-être plus tôt que vous ne pensez — vous trouverez l'une ou l'autre des deux armées au pied de vos remparts. Ils prendront par la force ce que vous pensez garder par des moyens pacifiques. Et si Mathilde arrive la première ? Je suis son allié, vous le savez. Ce sera peut-être ma propre armée que vous découvrirez à vos portes. Alors que ferez-vous, hein ?

Il l'effrayait en évoquant ainsi la chute de Montreau. Elle déglutit.

— Vous étiez le plus puissant allié de mon père. Pourquoi feriez-vous une chose pareille ?

— Vous n'êtes pas votre père, Lea. Vous ne pouvez diriger votre château sans un homme pour veiller à sa défense.

— Et vous ? Cela ne vous dérangera pas de tuer des hommes que vous avez accueillis à votre table ? Vous nous attaqueriez, moi et les miens, sous le seul prétexte que je n'ai pas de mari ?

Il lui jeta un regard étincelant de colère avant de se passer la main sur le front, songeur.

— Sans doute pas, soupira-t-il enfin. J'essaierais d'abord d'engager des pourparlers avec Mathilde et avec vous. Mais tous les seigneurs de guerre ne se montreront pas aussi conciliants. J'en connais plus d'un qui n'attend qu'un ordre de son suzerain pour vous prendre Montreau.

Elle exhala un soupir de soulagement.

— Merci pour ce conseil, sire. Bien que je n'aie pas la moindre envie de me remarier, je me rends compte à présent que Montreau a besoin d'un bras solide pour le défendre.

— Avez-vous au moins une idée de la personne qui pourrait vous convenir ?

— Je n'y ai pas encore réfléchi. J'espérais trouver ici un jour ou deux de tranquillité pour y réfléchir.

— Je vais rester ici encore une quinzaine. Prenez tout le temps dont vous avez besoin.

Quinze jours ? Elle espérait bien trouver une solution avant cela.

— Merci, murmura-t-elle.

David fit signe à une servante.

— Je crois que vous apprécierez un bain et un peu de repos avant le dîner, déclara-t-il.

Lea se leva aussitôt, impatiente de détendre ses muscles raidis dans un bon bain chaud.

— Ce sera divin, fit-elle en inclinant la tête. A tout à l'heure, sire.

Dissimulé dans l'ombre d'une alcôve, Jared la regarda disparaître dans l'escalier. Puis il sortit de sa cachette et s'avança vers le roi.

— Intéressant, commenta-t-il.

David lui désigna la chaire qu'avait occupée Lea.

— Intéressant ? C'est tout ce que cela vous inspire ?

Jared appuya sa tête contre le dossier du siège et étendit ses longues jambes vers le feu.

— Que voulez-vous que je dise d'autre ?

— Vous pourriez au moins m'expliquer ce qui se passe sous mon toit. Pourquoi tous ces secrets ?

— Lady Lea vient de vous le dire. Elle est ici pour réfléchir aux décisions qu'elle doit prendre.

La réponse était plutôt évasive et Jared s'attendait à quelque acerbe repartie. Mais au lieu de cela, le roi lui tendit un hanap rempli de bière.

— Je n'ai pas cru un seul instant à ses prétendues raisons. Il y a autre chose.

Il prit une longue gorgée avant d'ajouter :

— Si je laissais parler mon intuition, je dirais qu'elle a fui quelqu'un…

Il darda sur Jared un regard sévère.

— Vous, très probablement !

Jared réfléchit à ce qu'il devait répondre. S'il jouait l'indifférence, David risquait de ne pas l'appuyer auprès de Lea, même s'il apprenait qu'elle était enceinte. Mais lui dire la vérité n'était pas sans danger. Que faire si le roi leur imposait un mariage immédiat ? Avant de prendre la moindre décision, il convenait de s'assurer qu'elle attendait bien un enfant.

— Cessez d'atermoyer, Warehaven ! J'attends une réponse.

Jared opta pour une vérité partielle, dans l'espoir que leur lien de parenté inciterait David à lui apporter son soutien.

— Eh bien, oui, je pense qu'elle essaie de me fuir.

— Que diable lui avez-vous fait ? Avez-vous attaqué son château, occis ses hommes ou tenté de la violenter ?

Jared fut surpris et outragé par la question.

— Pour quel genre d'homme me prenez-vous ? s'insurgea-t-il.

David lui coula un regard oblique.

— Quand il s'agit d'amour — surtout un amour rejeté comme dans ce cas — on est parfois tenté d'oublier les lois de l'honneur.

— L'amour ?

Jared haussa les épaules. Plaise au ciel qu'il ne soit plus jamais assez fou pour croire en un sentiment aussi vain !

— Il n'y a pas d'amour entre nous. Et même si c'était le cas, je ne m'abaisserais jamais à une aussi vile vengeance.

— Alors pourquoi vous fuit-elle ?

— Hem... Il n'est pas impossible qu'elle attende un enfant.

David cilla.

— De qui ?

Jared hésita, prudent. Si Lea s'était rendue tout droit chez le roi David, c'était parce qu'elle était certaine qu'il lui accorderait sa protection. Sinon, elle n'aurait jamais pris ce risque. De toute évidence, les deux familles étaient unies par un traité d'alliance. Il ferait bien de s'en souvenir s'il ne voulait pas mettre sa propre vie en danger.

— J'ai toutes les raisons de penser que c'est le mien, répondit-il en pesant soigneusement ses mots.

Il redoutait un peu la réaction de David. Allait-il appeler ses gardes pour le faire arrêter sur-le-champ ?

Mais le roi se contenta de le foudroyer du regard. Heureusement pour lui, les yeux n'avaient pas le pouvoir de tuer !

— Je ne vous félicite pas. Est-ce là votre façon de vous venger d'elle ?

Habitué aux éclats de colère royaux, Jared s'efforça de garder son calme.

— Soyez certain que je n'ai pas usé de la force, sire.

Sa réponse parut apaiser David... du moins en partie. L'homme affichait encore l'expression d'un père outragé.

— Et qu'avez-vous l'intention de faire ?

— Je voudrais d'abord m'assurer qu'elle est bien enceinte. Et si elle l'est, elle deviendra ma femme.

— Vous ne croyez pas qu'elle a tout de même son mot à dire ?

— Peut-être, mais je m'en moque, rétorqua Jared.

S'il avait jugé bon de dire une partie de la vérité à David, il ne pipa mot de la missive d'Etienne à Lea. Le roi David était un ami de Montreau. Il n'allait pas mettre cette alliance en danger en lui montrant Lea sous son plus mauvais jour — une menteuse doublée d'une catin. Le roi n'avait pas besoin de savoir qu'elle avait voulu se faire faire un enfant dans un but bien précis — probablement pour déjouer les desseins d'Etienne en faisant passer le bébé pour celui de Charles.

En tout cas, David avait raison sur un point : Lea devait choisir un camp. Sinon, elle allait se retrouver prise au beau milieu d'une lutte sans merci pour le contrôle de Montreau.

— Comment cela, vous vous en moquez ? réagit David. Ce n'est pas une bonne façon de commencer un mariage.

Jared haussa les épaules.

— Chaque chose en son temps ! Pour le moment, je dois m'assurer qu'elle est vraiment enceinte. Elle a quitté Montreau sur un coup de tête. Pendant que je la filais, j'ai pu remarquer qu'elle était malade le matin et allait mieux quelques heures plus tard. Ma mère avait les mêmes symptômes pendant sa grossesse.

David plissa le front.

— Qu'attendez-vous de moi ?

— Que vous me permettiez de la surveiller à son insu, jusqu'à ce que j'obtienne une certitude sur son état. Ensuite, je lui parlerai ouvertement.

— Et si elle nie ?

— En ce cas, je m'arrangerai pour que ma tante me laisse sur place pendant les six prochains mois.

David éclata de rire.

— Et si elle reconnaît qu'elle est enceinte ?

— Mon enfant ne sera pas un bâtard, j'en fais le serment.

— Bah, vous accordez trop d'importance à un simple mot. Votre père était lui-même un fils illégitime et cela n'a jamais été un problème pour lui.

Jared ne pouvait le nier. Mais les circonstances étaient différentes.

— Mon père était le bâtard du roi et a été élevé à la cour. Personne n'aurait osé formuler la moindre remarque désobligeante à son encontre en présence du roi Henry.

David hocha la tête.

— Mais cela n'a pas été aussi facile pour vous, n'est-ce pas ?

— Non, admit simplement Jared.

Lui avait grandi à Warehaven et il avait souffert bien des fois de s'entendre traiter de « fils de bâtard ». En fin de compte, c'était sur lui qu'était retombée l'opprobre, plus que sur son père.

Mais la blessure la plus douloureuse lui avait été infligée par Lea, quand elle s'était servie de ce prétexte pour ne pas l'épouser.

David se leva de son siège.

— D'accord, Warehaven, je ne vous mettrai pas de bâtons dans les roues. Je ferai même mon possible pour vous aider. Mais si les choses en viennent au mariage, j'exige qu'elle soit consentante.

Jared regarda un instant le fond de sa timbale avant de se lever à son tour.

— Oh, elle le sera. Faites-moi confiance !

Chapitre 15

Lea redoutait le moment de descendre dans la grande salle. Il y avait pourtant quatre jours déjà que le roi David l'avait aimablement accueillie à sa cour, ainsi qu'elle l'avait espéré. Et pourtant, elle sentait que quelque chose n'allait pas.

Au lieu de se concentrer sur les affaires en cours — la reconstruction du château et les difficultés qu'il éprouvait à faire nommer son chancelier William Comyn évêque de Durham —, David passait son temps à s'inquiéter de son confort comme si elle avait été en sucre.

Si elle n'avait su que c'était impossible, elle aurait pensé que le roi était au courant de son état. Mais comment aurait-il deviné ?

Non, ses attentions devaient avoir une autre cause. Mais laquelle ?

David avait toujours été un excellent ami de son père, et il était sans doute normal qu'il étende sa sollicitude jusqu'à elle. Mais tout de même, c'était un homme. Et si elle en croyait son expérience, les hommes ne se donnaient pas tant de tracas pour une femme, sauf s'ils voulaient obtenir quelque chose ou avaient une idée derrière la tête.

Et comme David n'avait rien à attendre d'elle, elle en était réduite à se demander ce qu'il mijotait. Plus il se montrait gentil, plus elle s'inquiétait. Elle ne savait pas ce qu'il complotait, mais elle n'aimait décidément pas cela !

Elle sentit monter une nausée et s'efforça de surmonter les prémices du malaise. David se montrait prévenant parce qu'il compatissait à son récent veuvage, voilà tout. En tout cas, c'était la seule explication rationnelle qui lui venait à l'esprit.

Malheureusement, il y avait aussi la question des trois gardes de Montreau — ou plutôt de leur disparition. Ils s'étaient volatilisés le lendemain même de leur arrivée, sans même prendre congé d'elle. Qu'est-ce que cela signifiait ?

Lorsqu'elle s'était informée d'eux auprès du roi, celui-ci s'était contenté de balayer la question d'un geste.

— Vous sentiriez-vous en insécurité à ma cour, par hasard ?

Comment aurait-elle pu répondre oui sans l'offenser ?

— N... non, bien entendu.

— Alors tout va bien !

Elle n'était pas plus avancée après cela et ne savait toujours pas où se trouvaient ses hommes. Mais le roi, lui, ne l'ignorait pas, c'était évident. Tout ce qu'elle pouvait supposer — et espérer — c'était qu'on les avait tout bonnement renvoyés à Montreau.

Enfin, pour mettre le comble à son malaise, le sentiment d'être constamment épiée ne l'avait pas quittée depuis son arrivée. En fait, il s'était même accru. Qu'elle soit à l'intérieur ou en dehors du château, elle sentait une présence invisible derrière elle. Quelqu'un surveillait tous ses gestes, elle en aurait mis sa main à couper.

Elle était venue ici pour avoir la paix, la solitude, et un peu de temps pour réfléchir. Au lieu de cela, elle se sentait encore plus mal qu'à Montreau.

Peut-être était-il temps qu'elle prenne le chemin du retour.

Le problème, c'était que Jared était sans doute encore là-bas.

Il n'avait d'ailleurs pas cherché à la ramener de force. Cette absence de réaction de sa part inquiétait Lea bien plus encore que la gentillesse excessive de David, la disparition de son escorte ou la constante sensation d'être épiée.

En même temps, il n'avait pas non plus tenté de la revoir quand elle avait rompu leurs fiançailles huit ans plus tôt. Mais à présent, c'était différent. Il était responsable de la sécurité de Montreau, ce qui l'incluait elle-même. Elle s'était à demi attendue à ce qu'il l'arrête avant qu'elle n'atteigne New Castle.

Et une part d'elle-même — une part insensée qu'elle essayait désespérément d'ignorer — en était presque déçue. Les implications de ce sentiment malvenu lui semblaient trop effrayantes pour être envisagées.

Qu'aurait-elle fait, s'il avait essayé de la ramener de force à Montreau ?

Elle secoua la tête, irritée contre elle-même. A quoi bon s'inquiéter de quelque chose qui n'arriverait jamais ? Jared ne se donnerait pas cette peine. Il se souciait trop peu d'elle pour cela. Pourquoi perdrait-il son temps à se mettre à sa recherche ?

En outre, ce n'était pas comme s'il avait eu le moindre droit sur elle.

Elle posa une main sur son ventre, comme pour protéger l'enfant qu'elle portait. Ce qu'elle venait de penser n'était pas exact. Pour être plus précise, Jared ne savait pas encore qu'il avait bel et bien un droit sur elle.

Aussi longtemps qu'il ignorerait son état, il n'aurait aucun moyen de pression — aucun argument pour la forcer à se plier à ses volontés.

Mais quand cela changerait…

Une angoisse soudaine la traversa et elle eut l'impression que son cœur sombrait dans sa poitrine.

Oh, Seigneur, qu'avait-elle fait ?

Elle se mit à arpenter la pièce à pas pressés, en essayant de calmer sa respiration précipitée et le début de migraine qui lui martelait les tempes.

Pourquoi n'y avait-elle pas pensé avant de quitter Montreau, au nom du ciel ?

Plus elle s'attarderait à la cour de David, plus Jared prolongerait son propre séjour à Montreau. Et si elle restait trop longtemps à New Castle, son état serait visible de tous lorsqu'elle retournerait chez elle.

Elle se laissa tomber sur le lit, accablée. Son cœur battait la chamade et son estomac faisait de nouveau des siennes. Elle avait l'impression d'être prise dans une toile d'araignée. Une toile qu'elle avait elle-même tissée…

— Lady Lea ?

Agatha passa la tête dans l'entrebâillement de la porte.

— On vous attend à table.

Lea fronça les sourcils. La seule idée de manger la rendait malade. Mais elle n'avait pas pris de petit déjeuner et son estomac vide réclamait sa pitance.

Elle se leva et défripa les plis de sa robe, en essayant de maîtriser le tremblement de ses mains.

— Vous ne vous sentez pas bien ?

On lui posait si souvent la question ces derniers jours qu'elle dut se retenir pour ne pas émettre un gémissement excédé.

— Je vais très bien.

Agatha jeta un coup d'œil derrière elle, puis pénétra dans la chambre en refermant soigneusement la porte.

— Comme vous me l'aviez demandé, j'ai cherché à me renseigner à propos de nos gardes.

— Très bien ! Qu'avez-vous appris ?

— Vous aviez raison. On les a renvoyés tous les trois à Montreau.

Lea plissa le front.

— Pourquoi David aurait-il fait cela sans au moins m'en informer ?

— Ce n'est pas lui qui a donné l'ordre.

Décidément, il y avait trop de contradictions !

— Si ce n'est ni lui ni moi, alors qui ?

Elle devina la réponse à l'instant même où les mots franchirent ses lèvres.

— Mais bien sûr… Seigneur, comme j'ai été aveugle ! Ce doit être Warehaven.

— Comment serait-ce possible, milady ? Il n'est pas à New Castle, n'est-ce pas ?

— Non, Dieu merci. Il a dû envoyer un message à David pour le prier de renvoyer nos hommes à Montreau. Mais oui, c'est cela !

Agatha parut sceptique.

— Et vous laisser seule ici ? Comment rentrerons-nous à Montreau sans escorte ?

— Si vous croyez qu'il s'en préoccupe !

— Il devrait pourtant. Dans votre état…

Lea secoua la tête. Elle savait qu'Agatha la réprouvait toujours de n'avoir pas révélé à Jared qu'elle était enceinte. Mais elles n'allaient tout de même pas recommencer à en débattre !

— Ne craignez rien. Le moment venu, David veillera à ce que nous puissions rentrer en toute sécurité.

Elle n'ajouta pas que le moment viendrait sans doute plus vite qu'elle ne l'avait escompté.

Agatha hocha la tête.

— Vous avez raison, je suppose. C'est seulement que je trouvais cela un peu étrange…

Lea était bien d'accord sur ce point. Tout était étrange ! Mais elle n'en essaya pas moins de rassurer sa compagne.

— Je suis sûre que c'est l'œuvre de Jared. Ce ne serait pas la première fois qu'il donne des ordres derrière mon dos, vous le savez bien !

Des pas se firent entendre dans le corridor et Agatha fit un geste dans cette direction.

— Je crois qu'ils s'impatientent, marmonna-t-elle.

Ce matin-là, Lea avait capté des effluves de compote chaude et de cannelle. Connaissant le faible de David pour les tartes aux pommes, elle n'était pas surprise qu'il lui délègue un messager pour l'inviter à passer à table. Il devait se languir de savourer son dessert préféré !

Après avoir donné une dernière chiquenaude à sa jupe, elle se dirigea vers la porte.

— Dès demain, je parlerai au roi de notre retour à Montreau, décida-t-elle.

Elle entendit Agatha exhaler derrière elle un long soupir de soulagement. Mais ce léger son fut bientôt relayé par le brouhaha de voix et de rires qui filtraient de la grande salle.

Lea s'arrêta en haut de l'escalier, saisie tout à coup par une incontrôlable appréhension. Qu'est-ce qui l'attendait en bas ?

Elle tâcha de calmer cette soudaine nervosité.

— Tu es stupide, il n'y a rien du tout ! s'encouragea-t-elle dans un murmure.

Elle descendit les marches raides, certaine que son esprit enfiévré lui jouait de mauvais tours.

Installé au haut bout de la longue table disposée au centre de la salle, David se leva à son entrée.

— Ah, la voici !

Il lui désigna une place vide sur le banc qui flanquait la table.

— Nous vous attendions, ma chère.

Lea hâta le pas, la tête respectueusement inclinée.

— Je vous présente mes excuses, sire.

Elle se glissa entre les sièges pour aller prendre place près de son voisin de table, qui lui prit la main pour l'aider à s'asseoir.

Le toucher n'était que trop familier et elle sentit un frisson glacé lui parcourir le dos. Abasourdie et craignant ce qu'elle allait découvrir, elle tourna les yeux vers l'homme.

Non, c'était impossible !

— Je suis sûr qu'il n'était pas dans les intentions de lady Villaire de nous priver d'un repas, fit la voix railleuse de Jared.

D'une petite secousse, il l'obligea à se poser près de lui sur le banc. Elle sentit sa hanche contre la sienne et voulut s'écarter. Mais il se pressa plus fermement contre elle.

— Inutile, belle dame. Aussi loin que vous alliez, je serai toujours à votre côté.

Il n'y avait pas le moindre soupçon d'humour dans la

remarque et elle s'abstint de répliquer, la gorge nouée par le désarroi.

Que faisait Jared ici, au nom du ciel ?

La tête baissée vers le tranchoir à pain disposé devant elle, elle hasarda une œillade vers le roi. Mais David ignora sa muette supplication et se contenta de hausser les épaules avant de tourner son attention vers son repas.

Sa réaction — ou plutôt son absence de réaction — parlait d'elle-même. De toute évidence, il avait aidé Jared à lui ménager cette petite surprise.

— Ce n'est pas auprès du roi que vous trouverez de l'aide, la prévint Jared.

— De l'aide ?

Elle avança la main vers le petit morceau de viande qu'il venait de découper pour elle. D'une façon ou d'une autre, il lui fallait trouver la force de surmonter l'épreuve de ce repas.

— Je n'ai pas besoin de l'aide de quiconque !

Jared eut un petit rire qui la fit frissonner de la tête aux pieds. Puis il se pencha à son oreille pour lui susurrer :

— Ma chère, je ne connais personne qui ait autant besoin d'aide que vous.

La nourriture qu'elle mâchait parut soudain se coller à son palais, tant elle avait la bouche sèche. Elle voulut saisir un gobelet de vin, mais Jared prévint son geste et porta lui-même le hanap à ses lèvres.

Puis il attendit qu'elle boive, le regard plongé dans le sien. Lea entendit vaguement une femme pouffer de l'autre côté de la table. Si elle ne trouvait pas quelque chose pour échapper aux attentions intempestives de Jared, tout le monde allait penser qu'ils étaient amants !

Elle détourna la tête et saisit le pied du hanap.

— Merci, je peux boire seule.

Même ainsi, il fut long à desserrer son étreinte et, lorsqu'il le fit enfin, ce fut pour lui frôler la main du bout du doigt. Elle lâcha brusquement le gobelet, obligeant Jared à le rattraper pour ne pas laisser son contenu se répandre sur la table.

— Oh, mon Dieu ! Veuillez m'excuser, je suis si maladroite…

— Il n'y a pas de mal.

Avec un sourire, il reposa le hanap sur la table.

— Vous devriez avoir honte ! jeta-t-elle entre ses dents.

Elle sentit une main ferme se poser sur sa cuisse.

— Prenez garde ! Si vous faites une scène, je ne serai pas en reste. Il y a bien des choses que cette honorable assemblée serait ravie d'apprendre…

Elle doutait fort qu'il mette sa menace à exécution, mais préféra ne pas prendre le risque. Au lieu de cela, elle saisit son couteau à découper et en joua ostensiblement.

— Ôtez votre main de là !

— Ou bien ?

Il resserra son étreinte sur sa jambe.

— Vous voulez me poignarder ?

Le poignarder ? Ce n'était pas l'envie qui lui en manquait tant elle était furieuse. Mais elle savait bien qu'elle serait incapable de passer à l'acte.

Avec un soupir, elle reposa le couteau près de son tranchoir.

— S'il vous plaît, lâchez-moi !

Il obtempéra aussitôt.

— Finissez de manger, intima-t-il. Il faut que nous parlions.

Avoir une conversation avec Jared était bien la dernière chose dont elle eût envie ! Il ne savait pas discuter. Pour lui, parler consistait à la houspiller et à lui donner des ordres.

— Nous n'avons rien à nous dire.

— C'est ce que vous croyez.

Il la laissa avaler quelques bouchées avant de questionner :

— Pourquoi êtes-vous venue ici, Lea ?

— Pour y trouver un peu de tranquillité et de solitude !

— Et vous ne pouviez pas attendre que quelqu'un vous escorte ?

— Nous avions des gardes. Je suppose que c'est vous qui les avez renvoyés à Montreau.

— Vous appelez cela une escorte ?

Il avait beau arborer un soupçon de sourire, elle voyait bien qu'il était de méchante humeur.

— Je n'ai rien à leur reprocher. Ils m'ont bien servie jusqu'au moment où vous avez jugé bon de les congédier.

— Hum... Depuis combien de temps n'aviez-vous pas quitté Montreau, dites-moi ?

Lea fronça les sourcils. Pareille à la plupart des femmes, elle n'avait pas souvent l'occasion de quitter son château. Et comme Charles ne rendait jamais visite à personne, elle restait à Montreau avec lui. Mais cela ne concernait en rien Jared ! De quoi se mêlait-il, au nom du ciel ?

— Un certain temps..., répondit-elle du bout des lèvres.

— C'est-à-dire ?

— Eh bien, mettons quelques années.

— Vos domestiques prétendent que vous n'avez pas quitté le château depuis votre dernière visite à Warehaven. Cela remonte à loin.

Elle se renfrogna. Décidément, il n'y avait rien qu'il n'ignorait.

— C'est possible, fit-elle avec dédain.

— Et pendant toutes ces années, vous n'avez pas changé de gardes ?

Elle haussa les épaules. Bien sûr que si ! Après la mort de son père, certains étaient partis parce qu'ils refusaient de servir Charles. D'autres, parmi les plus âgés, étaient morts. Elle ne comprenait toujours pas où il voulait en venir.

— Si, bien entendu.

— Et qui a entraîné les nouveaux ? Vous, Lea ?

— C'était Charles qui s'en chargeait.

Jared fut pris d'un bel accès de rire, qu'il apaisa en avalant une longue gorgée de vin. Ce qui n'éteignit pas la lueur railleuse qu'elle voyait briller dans ses yeux...

— Moquez-vous tant que vous voudrez, Warehaven. Montreau n'a pas besoin d'une armée, vous le savez fort bien.

Il reposa sa coupe sur la table.

— C'est vrai, j'oubliais. Vous êtes neutre ! Ce qui veut dire, bien entendu, que personne n'attaquera jamais votre château.

Il n'avait pas tort, bien entendu. Mais elle serait morte plutôt que d'en convenir devant lui.

— Personne ne l'a fait jusqu'ici.

— Montreau et vous êtes sous ma responsabilité. Dorénavant, vous ne quitterez pas le château sans une escorte d'hommes d'armes expérimentés. Est-ce clair ?

Lea haussa les sourcils.

— Dois-je en conclure que je peux aller et venir à ma guise ?

Etre libre de ses faits et gestes, quel rêve ! Si tel était le cas, elle pourrait peut-être échapper à ses futurs ennuis.

Jared lui caressa la joue du dos de la main.

— Pourquoi cette lueur d'espoir dans vos yeux, mon cœur ?

Il baissa la voix pour ajouter :

— Si vous projetez de m'échapper de nouveau, n'y comptez pas. J'aurai l'œil sur vous, je vous préviens.

Lea se dégagea dans un sursaut, avec l'impression d'avoir reçu un coup à l'estomac.

— Suis-je donc votre prisonnière ?

— Pas le moins du monde. Qu'allez-vous chercher là ?

Il traça du bout du doigt le contour de sa mâchoire avant de se tourner vers son repas.

Lea se sentait incapable d'avaler une bouchée de plus.

— J'ai fini, annonça-t-elle.

Elle voulut se lever, mais Jared enlaça sa jambe à la sienne, l'empêchant ainsi de bouger.

— Restez assise, je n'ai pas encore terminé.

— Qu'est-ce que cela peut me faire ? Je n'ai plus faim, je retourne dans ma chambre.

— Je crains que vous ne m'ayez mal compris. Vous ne m'échapperez plus, Lea, répéta-t-il en détachant bien les syllabes. Jamais !

— Quoi ?

Il avala une autre gorgée de vin, puis s'adressa au roi.

— Merci pour ce délicieux repas, sire.

David écarquilla les yeux.

— Comment, vous avez déjà terminé ? Mais vous n'avez pas pris de dessert !

— Je crains de manquer un peu d'appétit... ces derniers temps.

Toute la tablée s'esclaffa, comme s'il venait de proférer quelque plaisanterie salace. Lea fronça les sourcils. Les imbéciles ! Ils ne croyaient tout de même pas que Jared se consumait pour elle au point de ne plus pouvoir manger ?

David hocha la tête.

— Je comprends parfaitement, assura-t-il.

Jared se leva et prit la main de Lea pour l'obliger à faire de même.

— Si vous voulez bien nous excuser, sire...

Pressé d'enfourner la généreuse part de tarte aux pommes disposée devant lui, David leur accorda la permission d'un geste.

— Allez, allez...

Lea se contint jusqu'à ce qu'ils atteignent le palier de l'étage supérieur. Mais dès qu'elle fut sûre d'être hors de vue, elle se dégagea d'un geste brusque.

— Maintenant que vous avez réussi à les persuader tous que nous sommes amants, peut-être me ferez-vous la grâce de me lâcher enfin ?

Il salua la remarque d'un éclat de rire et lui posa la main au creux des reins avant de se pencher vers elle.

— Il faut que nous parlions, lui rappela-t-il.

Parler ? Elle cilla, troublée malgré elle par la chaleur insidieuse de son toucher. A table, il s'était comporté avec la brutale grossièreté d'un homme des bois. Elle aurait dû crier, le repousser, appeler à l'aide.

Alors pourquoi la pénombre la poussait-elle à vouloir s'appuyer contre lui ? Et pourquoi le contact de sa main lui semblait-il si agréable, au lieu de la révulser ?

Elle prit sur elle pour s'écarter, rompant l'étrange charme qui l'avait momentanément alanguie.

— Vous vous trompez, Jared.

Elle tourna la tête pour le regarder droit dans les yeux.

— Nous n'avons rien à nous dire.

Il se rapprocha d'elle jusqu'à ce qu'elle se retrouve acculée contre le mur.

— Ah, non ? murmura-t-il, les lèvres à quelques centimètres à peine des siennes.

Elle secoua la tête.

— Non. Rien du tout.

Il lui posa une main sur le ventre.

— Et si nous parlions de mon enfant ? Je crois qu'il est grand temps…

Chapitre 16

Comment avait-il deviné ?

Lea secoua la tête, incrédule. Il se doutait peut-être qu'elle était enceinte, mais il ne pouvait pas en être certain. C'était un bluff destiné à lui faire avouer qu'elle portait son enfant. Si elle persistait à nier, il ne pourrait rien prouver.

Elle prit une profonde inspiration.

— Vous avez bu trop de vin ! lança-t-elle d'un ton réprobateur.

— Oh, vraiment ?

Il lui reprit la main et l'entraîna vers sa chambre, dont il referma la porte derrière eux.

— Que faites-vous ? s'insurgea-t-elle. Vous n'avez aucun droit d'être ici !

— Ah oui ? Et qui m'en empêchera, s'il vous plaît ?

Il s'appuya contre le panneau de chêne, lui ôtant ainsi toute possibilité de fuite.

— Je vais crier !

Il eut un geste d'insouciance.

— Allez-y. Si cela peut vous faire plaisir !

Ses paroles étaient légères mais son ton trop mesuré, comme s'il pesait chacun de ses mots. Elle l'observa, tâchant de deviner son humeur. Une exclamation lui échappa lorsqu'elle vit la flamme de colère qui incendiait son regard. Elle recula, effrayée.

Jared ne cilla pas. Il était bel et bien furieux. Il aurait voulu pouvoir la secouer jusqu'à ce que ses dents s'entrechoquent.

Mais cela n'aurait rien résolu. Si elle croyait qu'elle allait s'en sortir par un mensonge, elle se trompait grandement !

Il l'avait observée de près ces derniers jours. Qui croyait-elle leurrer ? N'avait-elle pas entendu ce qui se chuchotait dans la grande salle ? Ne voyait-elle pas les regards quand elle entrait dans une pièce ?

— Abandonnez, Lea. Je sais que vous attendez un enfant et qu'il est de moi.

Elle secoua la tête.

— Vous vous trompez, Jared.

— Sur quoi ? Sur votre état ? Ou sur le fait que l'enfant soit le mien ?

Il eut un rire amer.

— Vous préférez essayer de me convaincre que vous êtes une catin, plutôt que d'admettre la vérité ?

— Il n'y a pas de vérité à admettre !

Jared se contint à grand-peine. Cette femme dépassait les bornes ! Il ne connaissait pas beaucoup de guerriers qui auraient osé se tenir ainsi devant lui et lui mentir obstinément à la figure. Lea, elle, n'hésitait pas à le faire, le défiant avec une effronterie qui le laissait pantois.

A un autre moment, il aurait peut-être été intrigué par cette attitude. Mais pas maintenant. Tout ce qu'il attendait d'elle en cet instant, c'était la vérité. Rien d'autre.

— Ma mère était toujours malade le matin quand elle était enceinte de ma sœur, Isabella, répondit-il en s'efforçant de garder son calme. Et elle allait invariablement mieux quelques heures plus tard. Cela ne vous rappelle rien ?

— Je ne…

— Taisez-vous ! lui intima-t-il d'un ton furieux.

Il traversa la chambre en trombe et se campa devant elle.

— Qu'est-ce que cela vous fait de porter un bâtard, hein ?

— Mais que…

— Pas un mot de plus, vous dis-je !

Il en avait assez de ses mensonges.

— Ecoutez-moi bien, dit-il en l'empoignant par les bras. Je sais que vous êtes enceinte. Et je sais que le bébé est de moi.

Elle tenta de se dégager, mais il l'enlaça pour l'attirer vers lui.

— Vous vous jugiez trop bien pour épouser le fils d'un bâtard, mais cela ne vous fait rien d'en porter un à présent ?

Elle voulut protester.

— Je n'ai jamais…

— Jamais quoi, Lea ? Jamais eu l'intention de m'épouser ? Jamais voulu que les choses aillent si loin ?

Elle se débattit en criant.

— Mais de quoi parlez-vous, au nom du ciel ? Je vous aimais. Je ne demandais pas mieux que de passer ma vie avec vous.

— Oui, j'en sais quelque chose ! ironisa-t-il.

Le souvenir de la terrible blessure qu'elle lui avait infligée jadis déferlait de nouveau en lui. Même s'il l'avait voulu, il n'aurait pas pu empêcher cette note sarcastique de vibrer dans sa voix.

— C'était particulièrement évident le jour où vous avez tout brisé…

— Je ne pouvais pas vous épouser. Je vous ai expliqué pourquoi.

— Oh, oui, je me souviens. J'ai été sidéré de découvrir ce jour-là qu'après avoir accueilli mes avances pendant près de deux ans, vous aviez découvert tout à coup que vous ne pourriez vous résoudre à épouser le fils d'un bâtard !

— Mais je n'ai pas…

Il posa la paume de sa main sur sa joue et arrêta ses protestations en pressant son pouce sur ses lèvres.

— Et nous voilà de nouveau ensemble dans la même situation. Sauf que cette fois, nous sommes tous les deux stigmatisés. Le sang d'un bâtard coule dans mes veines. Mais vous, vous en portez un dans le ventre !

Elle se raidit et un flot d'insultes lui monta aux lèvres.

Mais quelque chose dans le regard de Jared l'arrêta — un indéfinissable sentiment enfoui sous la colère.

— Je ne porte pas de bâtard, murmura-t-elle. Le père de l'enfant est mort, voilà tout.

Il s'écarta d'elle, incrédule.

— Vous préférez mentir plutôt que me laisser donner mon nom à mon enfant ? Cela le souillerait, à votre avis ?

Cette question brutale la désarçonna. Elle l'avait aimé autrefois — de tout son cœur. Et à moins que son imagination ne lui joue des tours, ce qu'elle voyait luire à présent dans les yeux de Jared, derrière la flamme du courroux, c'était la douleur.

Que ce guerrier endurci campé devant elle puisse souffrir lui semblait incroyable. Elle ne savait pas quoi dire ni quoi faire. L'avait-elle donc tant blessé jadis qu'il ait ressassé sa colère et sa peine pendant toutes ces années ? Elle avait l'esprit en proie à un tourbillon de questions.

Voyant qu'elle ne répondait pas, Jared la foudroya du regard.

— Je ne vous laisserai pas faire cela, fulmina-t-il. Nous allons nous marier dès demain. Et cette fois, votre père ne sera pas là pour me délivrer votre vénéneuse missive.

Vénéneuse missive ? Elle lui avait vidé son cœur dans cette lettre, et chaque mot lui avait infligé la pire des tortures. Elle y avait multiplié les excuses, essayant désespérément de lui faire comprendre les raisons qui la poussaient à rompre leurs fiançailles.

Elle tendit la main vers lui, mais la laissa retomber lorsqu'elle le vit s'écarter d'un geste brusque.

— Je ne comprends pas de quoi vous parlez, Jared. Je ne vous ai jamais envoyé de missive qui puisse être qualifiée ainsi.

Elle se souvenait si bien de ce jour déjà lointain… En fait, elle s'était attendue à ce qu'il se précipite à Montreau en la suppliant de l'épouser malgré ses doutes. Mais il n'en avait rien fait et elle en avait conclu qu'il ne l'aimait sans doute pas autant qu'il l'avait si souvent proclamé.

— Ah bon ? Comment appelleriez-vous cela, Lea ? Une lettre d'amour ? De tendres adieux ?

Elle ne se rappelait plus exactement la teneur de cette lettre. Mais elle n'avait pas oublié l'essentiel — le motif de sa décision.

— Phillip venait d'être tué, murmura-t-elle. J'étais encore sous le coup du chagrin et de l'horreur. La seule pensée de devoir revivre un jour cela m'était insupportable. Et si je vous avais épousé, c'est ce qui serait inévitablement arrivé.

Il fronça les sourcils.

— Qu'est-ce que la mort de Phillip a à voir là-dedans, par tous les saints ?

Lea ne se contint plus.

— Ce qu'elle a à voir ? Mais tout, bonté divine ! Vous ne comprenez donc pas ? Après cela, je n'ai pas pu me résoudre à épouser un guerrier.

Elle déglutit, luttant pour retrouver un semblant de calme. Tout cela était si insensé !

— Je n'ai pas pu, Jared, et Dieu sait pourtant que je vous aimais. Lorsque j'ai vu que vous ne veniez pas réclamer d'explications, j'ai pensé que vous aviez compris, et que cela ne vous affectait pas trop en fin de compte.

Il se frotta le front.

— Venir à Montreau ? Comment l'aurais-je fait, quand vous m'ordonniez expressément de ne jamais essayer de vous revoir ?

Elle secoua la tête.

— Non, Jared. Je n'ai jamais écrit une chose pareille !

— Ah non ?

Il sortit de la chambre avant d'y revenir quelques minutes plus tard. Il tenait une lettre à la main. Une lettre en lambeaux tant elle avait été souvent parcourue…

— Comment pouvez-vous mentir ainsi lorsque j'ai la

preuve de ce que j'affirme ? Il n'y a pas un seul mot dans cette missive qui se rapporte à votre frère !

Elle prit le message et jeta un coup d'œil sur l'écriture. Le sol parut basculer sous elle et elle chercha un siège à l'aveuglette. Elle ne trouva que le bord du lit et s'y laissa tomber.

Les jambages familiers de son père dansaient devant elle. Elle les fixa un instant, incrédule. Puis elle lut et relut la lettre, n'en croyant toujours pas ses yeux.

Son père n'avait pas donné à Jared la lettre qu'elle avait écrite. Jared n'avait jamais lu ses mots à elle, ses arguments. Il n'avait jamais su à quel point elle l'avait aimé. Ni pourquoi il lui avait été impossible de l'épouser. Pendant toutes ces années, il avait cru tout simplement qu'elle l'avait méprisé, dédaigné.

La gorge serrée, elle lutta contre les larmes qui lui brouillaient la vue. Oh, comment son père avait-il pu faire cela ? Avait-il réfléchi une seconde aux conséquences de son acte ?

Elle exhala un soupir. Non, il n'avait pas réfléchi. Il était tellement accablé par le chagrin d'avoir perdu son unique fils que son esprit n'était pas assez clair pour penser à quoi que ce soit, excepté une chose — que sa seule enfant encore en vie n'épouse pas un guerrier !

Et elle était alors tellement submergée par sa propre douleur qu'elle n'avait pas compris à quel point son père était dévasté ni ce qu'il avait fait.

— Oh, mon Dieu…

Jared la dévisagea, perplexe. Quelque chose n'allait pas. Lea semblait sincèrement abasourdie par cette lettre. Les larmes qui brillaient dans ses yeux n'étaient pas feintes.

— Ce n'est pas moi qui ai écrit cela.

Elle posa le parchemin usé sur le lit et croisa les mains dans son giron.

— Cette lettre a été écrite par mon père, pas par moi.

Jared haussa les épaules. Pendant tant d'années il avait été persuadé que ces mots étaient de Lea…

Trop d'années. Il ne pouvait plus croire autre chose à présent.

— Quelle différence cela fait-il ? Il les a écrits pour vous, voilà tout.

— Je n'ai jamais eu besoin de mon père pour écrire à ma place ! Ce n'est pas moi qui lui ai dicté cela. Ce ne sont ni mes paroles ni ma pensée.

— Comment pourrais-je vous croire ?

— Je ne sais pas.

Elle baissa les yeux vers ses mains crispées.

— M'avez-vous jamais entendue dire quoi que ce soit sur la naissance de votre père ? Ai-je fait la moindre chose qui ait pu vous laisser penser que cela avait de l'importance pour moi ?

Sa voix était douce, ses questions presque inaudibles. Incertain, Jared marcha jusqu'à la fenêtre et jeta un regard sur le ciel assombri par l'approche de la nuit.

— Cette lettre était assez parlante en soi, vous ne trouvez pas ?

— Mais avant cela, ai-je dit ou fait quelque chose qui aille en ce sens ?

— Non, admit-il. Mais vous avez pu y penser sans le dire.

— Jared, je vous en prie ! Je vous dis la vérité.

Au fond de lui, quelque chose dans son cœur la croyait. Mais son esprit s'accrochait encore à sa conviction.

— Comment le saurais-je, Lea ? Cette lettre, c'est tout ce que j'ai. La seule preuve concrète dont je dispose.

— C'est un mensonge forgé par mon père !

— Comment puis-je savoir si c'est vrai ou faux ?

— Je n'ai jamais écrit ce billet. Ces mots sont ceux d'un père fou de chagrin. Mais vous avez raison, je n'ai aucun moyen de le prouver. Tout ce que je peux vous donner, c'est ma parole, Jared.

— Votre parole ?

Il se passa la main dans les cheveux avant de tirer de sa tunique un autre parchemin.

— Comment pourrais-je vous faire confiance ? Il n'y a pas dix minutes, vous affirmiez que votre enfant était de Villaire !

Elle ouvrait la bouche pour répliquer, mais il lui imposa le silence d'un geste.

— Non, laissez-moi finir !

A son grand étonnement, Lea obtempéra sans protester. Il traversa la chambre et vint se camper devant elle pour observer l'expression de son visage et ne rien perdre de sa réponse.

— Vous étiez prête à me mentir et à tromper tout le monde à propos du père de l'enfant. Pourquoi ? Si ce que vous dites est vrai et si votre père a menti dans la lettre, alors pourquoi voulez-vous me dénier la paternité de cet enfant ?

— Parce que je ne peux pas vous épouser.

Il eut beau la scruter, il ne détecta pas le moindre subterfuge dans cette réplique toute simple. Même si elle raisonnait mal, elle croyait ce qu'elle disait, en toute honnêteté.

— Vous n'avez plus le choix, mais c'est une autre question. Comment puis-je accorder la moindre confiance à votre parole, quand vous voulez condamner notre enfant à une vie de mensonge ?

Lea secoua la tête, désolée. Elle aurait voulu pouvoir s'allonger sur le lit et sangloter. Que pouvait-elle répondre, au nom du ciel ? Quoi qu'elle dise, cela paraîtrait incroyable ou stupide.

Et quelle importance à présent ?

— Vous ne trouvez rien à dire, hein ? Mais cela ne fait rien. J'ai déjà la réponse.

Il jeta une autre lettre dans le giron de Lea, qui comprit aussitôt. Un seul regard lui suffit pour savoir quelle maudite preuve il venait de sortir de sa manche. Elle ferma les yeux, laissant la lettre du roi Etienne voleter vers le sol.

A quoi bon nier à présent ? Elle releva les paupières et le regarda bien en face.

— C'est exact. J'avais projeté de me servir de vous pour garder Montreau.

— Seulement *projeté* ?

Elle lut un tel dégoût sur son visage qu'elle détourna les yeux, accablée de honte.

— Vous avez fait plus que projeter, c'est évident.

— Vous vous trompez. J'ai changé d'avis en cours de route. En fait, j'espérais que l'impératrice vous rappellerait bientôt et que cela me laisserait le temps de chercher quelqu'un d'autre pour me faire un enfant.

— Et le faire passer pour celui de Villaire ?

— Oui.

Jared secoua la tête.

— Je ne vous crois pas. C'est trop absurde. Pourquoi auriez-vous couché avec un étranger au risque de vous mettre en danger, plutôt qu'avec un homme dont vous saviez qu'il ne vous ferait pas de mal ?

Pas de mal ? Elle cilla. Il ne savait pas à quel point il avait le pouvoir de la blesser. Oh, pas physiquement, bien sûr ! Elle savait qu'il ne lèverait jamais la main sur elle. Mais la souffrance qu'il pouvait lui causer était bien pire que n'importe quelle blessure physique.

— Allez-vous me répondre à la fin ?

Son ton cinglant avertit Lea que sa patience était à bout. Elle se leva et le contourna pour aller vers la fenêtre. Elle en avait assez de rester là sur ce lit à se déchirer le cœur.

— J'ai toujours rêvé d'avoir un enfant de vous.

Elle s'arrêta un instant pour regarder les premières étoiles scintiller dans le ciel.

— Un enfant né de l'amour, qui aurait fait de nous une famille.

Elle se retourna pour lui jeter un bref regard avant d'arpenter l'extrémité de la chambre. Curieusement, il ne semblait pas surpris par ses paroles.

— Vos parents étaient la vivante preuve que tous les mariages n'étaient pas comme celui de mon père et de ma mère, reprit-elle sans cesser de marcher. Je voulais le même genre de mariage, une famille pareille à la vôtre.

A son grand soulagement, Jared resta silencieux.

— Mais je savais que c'était désormais impossible.

Elle leva une main pour prévenir toute remarque de sa part.

— Par ma faute, je le sais ! Mais quand j'ai reçu la menace d'Etienne, j'ai compris que la seule solution pour que je garde Montreau sans être forcée de conclure un mariage qui répéterait ce que j'avais vécu avec Charles, c'était de mettre au monde un héritier.

Elle déglutit.

— Au début, j'ai cru que je pourrais obtenir ce que je voulais de vous par la ruse.

Il la suivit des yeux, amer.

— Et cela a marché, n'est-ce pas, Lea ?

— Non. Dès que vous êtes arrivé ici, j'ai su que je ne pourrais pas m'y résoudre.

— Vous l'avez pourtant fait !

— Non, Jared, c'est faux.

Elle s'arrêta de déambuler pour se tourner vers lui.

— Le fait de vous toucher, de vous embrasser, m'a fait prendre conscience que ce que j'avais planifié était mal. Je ne pouvais pas faire un enfant avec vous — pas de cette façon. Pas sans amour, ajouta-t-elle dans un murmure.

Il haussa un sourcil.

— Je ne crois pas que vous ayez pris la moindre précaution pour ne pas concevoir !

— Ni vous !

Elle sentit ses joues s'empourprer mais n'en ajouta pas moins :

— Disons le désir nous en a empêché !

— Peu importe à présent. Tout ce qui compte, c'est que vous êtes bel et bien enceinte.

Il lui agrippa le poignet pour l'attirer vers lui.

— Enceinte de mon enfant. Et vous allez m'épouser, Lea, ne vous en déplaise.

— Non.

Elle enfouit le visage contre sa poitrine.

— Vous ne comprenez donc pas ? Je ne *peux* pas vous épouser !

— Vous étiez prête à vous prostituer pour garder un château — un simple amas de pierres — et vous refusez de vous marier honnêtement pour assurer le bonheur d'un enfant ?

Il lui tira une mèche de cheveux pour l'obliger à le regarder.

— Depuis quand êtes-vous devenue si matérialiste, Lea ? Vous n'étiez pas ainsi autrefois.

— Montreau est tout ce qu'il me reste. Vous ne pouvez donc pas essayer de comprendre ?

Il la regarda, un rictus aux lèvres.

— Est-ce cela que vous direz un jour à notre enfant, quand il vous posera des questions sur son père ? Que Montreau était si important pour vous que vous avez couché avec le premier venu pour pouvoir le garder ?

Lea poussa un cri comme s'il l'avait frappée. Oui, elle avait eu raison — cet homme pouvait la blesser avec de simples mots plus douloureusement qu'un autre avec ses poings.

Elle tenta de le repousser.

— Lâchez-moi ! intima-t-elle.

Jared obéit aussitôt.

— La vérité vous gêne, n'est-ce pas ? Peut-être avez-vous honte de vous-même ?

Il attendit qu'elle réponde et, comme rien ne venait, il ajouta dans un murmure :

— Vous devriez en tout cas.

Elle se redressa, piquée au vif.

— Comment osez-vous ? Vous ne savez rien de moi ni de ma vie.

— J'oserais bien plus, dès lors qu'il s'agit de la mère de mon enfant.

— *Votre* enfant ? Ce n'est pas vous qui le portez, que je sache !

— Ainsi, vous admettez que vous êtes enceinte. Il aura fallu du temps…

Ce n'était pas vraiment une question et elle ne se sentit pas tenue de répondre. Il ne lui avait pas demandé non plus pourquoi elle ne pouvait pas l'épouser. Apparemment, il se souciait peu de ses raisons.

— Cela ne vous regarde pas. Vous n'êtes ni mon mari ni mon tuteur.

— Pas encore, mais cela ne va pas tarder.

Il tira un anneau de sa poche et lui saisit la main. Elle lutta pour se dégager et, voyant que c'était impossible, elle serra le poing. En vain. Elle n'eut pas la force de l'empêcher de déplier son annulaire gauche.

— Non, Jared, ne faites pas cela. Je ne vais pas vous épouser !

Ignorant la protestation, il lui glissa au doigt la chevalière aux armes des Warehaven.

— Je serai votre époux dès demain, Lea, que vous le vouliez ou non.

— Comment pouvez-vous ? Vous ne…

Il coupa court à son indignation.

— Je crains que vous n'ayez pas vraiment le choix, ma chère. Ou vous m'épousez, ou je prendrai l'enfant dès sa naissance et je vous chasserai de Montreau. Que préférez-vous ?

Elle resta bouche bée, stupéfaite qu'il puisse seulement envisager un projet aussi cruel.

Tirant sur son poignet, il l'attira plus près et effleura ses lèvres d'un baiser.

— Vous pourrez vendre vos charmes pour survivre. Je suis sûr que vous adorerez cela.

Elle se dégagea d'une secousse, arracha l'anneau de son doigt et le lui jeta au visage.

— Sortez de ma chambre ! ordonna-t-elle d'une voix haletante.

Il se croisa les bras sur la poitrine et secoua la tête.

— *Notre* chambre ! corrigea-t-il.

Elle le regarda, la vision brouillée par la colère.

— En ce cas, c'est moi qui vais sortir !

Et comme il n'esquissait pas un geste, elle se rua vers la porte.

— Je ne veux pas rester une seconde de plus dans cette pièce avec vous !

Chapitre 17

Lea ouvrit la porte à la volée et voulut s'élancer dans le couloir, mais elle n'eut pas fait un pas qu'elle se heurta au roi David.

— Vous allez quelque part, lady Lea ?

— Oui. Je rentre chez moi, à Montreau !

Il la saisit par les épaules pour l'obliger à se retourner et la poussa doucement dans la chambre.

— Vous retournerez à Montreau quand votre mari vous le permettra.

Elle n'en crut pas ses oreilles. Devenait-il fou lui aussi ?

— Je ne suis pas mariée, que je sache !

— Vous le serez dès demain, ma chère enfant.

Elle fit volte-face pour le regarder dans les yeux.

— Ah, ça, auriez-vous reçu un coup sur la tête, tous les deux ? Il semblerait que vous ayez perdu l'esprit en même temps !

David referma la porte derrière lui. Lorsqu'il reporta son attention sur elle, une flamme de colère brillait dans ses yeux et elle prit sur elle pour ne pas reculer, effrayée par l'expression de son visage.

Mais qu'importait ? Elle s'était montrée insolente, c'était un fait. Toutefois, il pouvait tempêter autant qu'il voulait, ce n'était pas cela qui allait la faire changer d'avis.

Elle ne pouvait pas — elle ne *voulait* pas mettre en danger la sécurité de Montreau en épousant un guerrier, fût-ce pour les meilleures raisons du monde.

Si cela leur plaisait de la traiter de catin parce qu'elle essayait de protéger ses gens et son château, grand bien leur fasse !

— Si votre cher père était encore en vie, la chose n'aurait même pas besoin d'être discutée, déclara David d'une voix sévère.

Il n'attendit pas sa réponse pour enfoncer le clou :

— S'il savait que vous attendez un enfant en dehors du mariage, il serait hors de lui. Et il aurait honte de vous, ma fille, je vous le dis.

Lea se retint de hausser les épaules. C'était peut-être vrai, mais elle n'était plus une petite fille qui doit obéissance à son père.

— Il s'assurerait que vous épousiez séance tenante le géniteur, que cela vous plaise ou non, continua le souverain en accentuant le froncement de ses sourcils. Comme il n'est plus là, hélas, c'est à moi d'assumer son rôle en ces circonstances, conclut-il.

Espérait-il la soumettre en arborant cette mine menaçante ?

Lea déglutit.

— Pardonnez-moi ma franchise, sire, mais vous semblez oublier quelque chose. L'Eglise stipule que l'épouse doit être consentante.

Elle soutint son regard sans ciller.

— Et consentante, je ne le serai jamais ! lança-t-elle en détachant bien ses mots.

— En ce cas, vous ne sortirez *jamais* de cette chambre, c'est bien simple.

— Vous ne pouvez pas me retenir prisonnière !

David se redressa de toute sa taille.

— C'est vous qui oubliez quelque chose à présent. Ici, je suis le roi. Je peux faire ce qu'il me plaît, quand cela me plaît.

Il se tourna vers Jared.

— Aucun de vous deux ne sortira de cette pièce tant qu'elle n'aura pas donné son consentement.

Jared hocha la tête, restant silencieux. Il n'appréciait guère l'injonction mais mieux valait se plier à la volonté du roi.

— Ce sera chose faite demain matin, assura-t-il.

David se dirigea vers la porte, puis s'arrêta sur le seuil pour se tourner vers Lea.

— N'essayez pas de vous échapper, vous perdriez votre temps. Mes hommes resteront postés à chaque bout du corridor.

Il actionna le loquet, non sans ajouter :

— C'est vous qui vous êtes mise dans ce pétrin, Lea. Je vous conseille de faire contre mauvaise fortune bon cœur, à présent.

Hébétée, elle regarda la porte se refermer sur lui. La colère, l'incompréhension et l'effroi se succédaient sur son visage.

Certain que la nuit allait être longue, Jared se disposa à prendre ses aises et s'assit sur le bord du lit pour retirer ses bottes.

— Abandonnez, Lea ! Vous avez perdu cette bataille, convenez-en.

Elle se retourna pour lui lancer un regard furibond.

— Je n'ai pas la moindre intention de dormir avec vous, soyez-en sûr !

Je n'ai pas l'intention semblaient être ses mots favoris ces derniers temps, songea-t-il avec lassitude. Il y avait tant de choses qu'elle était certaine de ne pas vouloir faire ! Mais en fin de compte, elle n'aurait pas le choix…

En attendant, il était fatigué de discuter et avait bien l'intention de se coucher.

— Dormez où vous voulez, Lea. Pourvu que ce soit dans cette chambre…

Il fit le tour de la pièce et sentit son regard le suivre avec méfiance tandis qu'il éteignait les chandelles, posait la lampe à huile sur la table de chevet et commençait à se déshabiller.

Elle détourna pudiquement les yeux quand son dernier vêtement tomba sur le sol et il faillit rire tout haut.

Elle avait été mariée, tout de même ! Comment pouvait-elle encore se sentir gênée par ces choses ?

Lorsqu'il fut étendu sous les couvertures, il tapota le matelas à côté de lui.

— Venez vous coucher, Lea, c'est stupide !

Au lieu d'obtempérer, elle poussa un banc vers l'extrémité opposée de la chambre et s'assit dessus, le dos calé contre le mur et les jambes étendues devant elle.

— Vous ne pouvez pas dormir ainsi, voyons ! Vous allez être toute courbaturée.

Pour toute réponse, elle croisa les bras sur sa poitrine et ferma les yeux.

Bon sang, cette femme était plus qu'impossible ! S'il en avait eu le loisir, il l'aurait tout bonnement laissée à son humeur maussade. Elle pouvait bien rester assise dans son coin et y bouder des jours entiers, pour ce qu'il s'en souciait.

Mais le problème, c'était qu'il n'avait pas le temps. Il ne pouvait pas se permettre de rester si longtemps loin de Montreau.

Il rejeta les couvertures en poussant un juron.

— Au diable, espèce de tête de mule ! J'ai eu mon content de votre obstination pour ce soir !

Surprise, elle rouvrit les yeux et bondit de son siège. Mais Jared traversa la chambre avant qu'elle n'ait eu le temps de se réfugier derrière un meuble.

Sans hésiter, il la souleva dans ses bras et la porta jusqu'au lit avant de la laisser tomber sur le matelas.

— Si vous me touchez, je crie !

— C'est cela, essayez.

— Jared, je suis sérieuse. Ne vous avisez pas de poser la main sur moi !

Il l'enjamba pour se coucher de l'autre côté du lit et tira les couvertures jusqu'à sa poitrine. Mais au lieu de rester étendu sur le dos, il se tourna sur le flanc pour lui faire face.

— Que croyez-vous qu'il se passera si vous criez ? Vous

vous imaginez peut-être que les hommes de David vont voler à votre secours ?

Elle s'écarta de lui aussi loin qu'elle put et croisa étroitement les bras sur ses seins.

— Est-ce pour cela que vous avez renvoyé mes gardes à Montreau ?

— Pour les empêcher de vous protéger ? Non, certes. Cela aurait été leur devoir, s'ils en avaient été capables. Malheureusement, ils sont mal préparés pour cela. Et ce n'était pas leur affaire de vous accompagner dans cette équipée insensée. Surtout sans ma permission !

Elle monta aussitôt sur ses grands chevaux.

— *Votre* permission ?

— Nous n'allons pas nous disputer aussi à ce sujet ! Vous ne trouvez pas que nous avons déjà eu assez de sujets de discussion pour aujourd'hui ?

— Ce sont *mes* hommes, Warehaven !

— Certes. Et ils le resteront, n'ayez crainte. Mais c'est à moi qu'ils doivent répondre de tout ce qui concerne votre sécurité.

Elle crispa les mâchoires mais demeura silencieuse — trop silencieuse. Il entendit sa respiration inégale, vit sa gorge palpiter et comprit qu'elle se retenait désespérément de pleurer.

Du bout de l'index, il essuya la première larme qui glissa sur sa joue.

— Lea, non…

Ignorant ses faibles protestations, il l'attira contre lui et lui caressa le visage.

— Pourquoi me combattez-vous ainsi ? Vous rendez les choses si difficiles et si terriblement absurdes…

— J'aurais pu… vous aimer tellement.

Cet aveu chuchoté d'une voix rauque lui coupa littéralement le souffle. Son cœur se serra d'une douleur dont il ne pouvait pas — ne voulait pas comprendre la cause en cet instant.

Demain, elle serait sa femme. Bien qu'elle ne soit pas son ennemie, il devait lui appliquer la même règle — ne jamais lui montrer le moindre signe de faiblesse. Sinon, il commettrait une erreur qu'il ne pourrait peut-être jamais rattraper.

Il se pencha sur elle et prit son visage dans ses mains.

— C'est vous qui avez rejeté cette chance autrefois, lui rappela-t-il. Pas moi.

Il frôla ses lèvres d'un baiser.

— Que voulez-vous que je fasse à présent, Lea ? Ce n'était pas ma faute. Alors que puis-je vous dire ?

Elle appuya sur ses épaules pour le repousser.

— Laissez-moi, Jared. Je ne vous demande rien d'autre. Laissez-moi tranquille !

Il fronça les sourcils, conscient que s'il obtempérait, il serait encore plus difficile ensuite de briser la barrière dressée entre eux.

Du reste, il ne comprenait pas ses arguments. Et il n'était pas sûr d'avoir envie d'essayer.

— Vous laisser ? Jamais ! Vous allez être ma femme, aussi sûr que le soleil se lèvera demain.

— Je ne peux pas vous épouser. Je ne veux pas ! Pourquoi faut-il que vous insistiez ?

Jared se tut, s'efforçant de rester patient. Les femmes volontaires aux opinions bien arrêtées n'étaient pas pour lui déplaire. En fait, il préférait discuter avec une tête de mule passionnée plutôt que de subir un seul instant la compagnie d'une insipide et vertueuse jouvencelle.

Il avait passé sa vie au milieu de femmes à forte personnalité, qui n'hésitaient jamais à se battre pour ce en quoi elles croyaient. Mais en fait d'arrogance, Lea dépassait même sa tante, l'impératrice Mathilde. Dans son cas, ce n'était plus seulement de la volonté, c'était de l'égoïsme à l'état brut, prêt à imposer ses vues coûte que coûte.

Depuis quand était-elle devenue aussi méchante et opiniâtre ? Qu'est-ce qui avait changé sa patience d'antan en colère irraisonnée ? Autrefois, elle était toujours prête à considérer les deux aspects d'une question et à prendre en compte les arguments de son adversaire. A présent, elle ne voyait plus que son avis à elle.

— Vous n'êtes pas une pauvre paysanne dépourvue de terres, Lea, fit-il en essuyant doucement ses larmes. Votre vie ne vous appartient pas. Elle ne vous a jamais appartenu.

La lueur vacillante de la lampe à huile se reflétait dans ses prunelles. Jared y vit briller aussi la flamme du ressentiment et sut qu'elle l'avait entendu, même si elle ne bronchait pas.

— Vous avez des devoirs à remplir. Vous ferez ce qu'on vous demande et vous le ferez avec toute la dignité qui convient à la dame de Montreau et de Warehaven.

— Ne me parlez pas comme si j'étais une enfant ! se rebiffa-t-elle.

— Alors cessez de vous conduire comme si vous en étiez une !

Elle écarquilla les yeux, stupéfaite. Apparemment, il y avait déjà un certain temps que personne n'avait osé lui donner des ordres.

— Mais vous ne…

Jared l'interrompit d'un baiser. Le goût salé de ses larmes déclencha en lui un furtif sentiment de culpabilité. Mais la douceur des courbes et des rondeurs qu'il sentait sous lui eurent vite fait de dissiper ce sentiment.

Incapable de trouver la force de résister davantage, Lea l'entoura de ses bras et capitula dans un sanglot.

Que pouvait-elle faire d'autre, de toute façon ? Il avait raison, hélas. Aussi douloureuse que soit cette pensée, elle n'avait plus le choix et il lui faudrait bien se résoudre à ce mariage.

Oui, son destin était tout tracé. Elle allait épouser son amour d'enfance et elle porterait son fils, ou sa fille. Et un jour, elle apprendrait qu'il avait péri sur quelque champ de bataille lointain et son cœur en serait brisé à jamais.

On lui dirait qu'il était mort en héros et on lui décrirait ses derniers moments, associés à quelque grande et inutile victoire. Un jour, peut-être, quelque nigaud de troubadour en ferait une ballade où il chanterait les hauts faits de lord Jared.

Elle n'aurait même pas de corps à enterrer, rien pour l'aider à faire son travail de deuil. Seulement un insupportable vide qui la tuerait à petit feu.

Si elle avait rompu jadis leurs fiançailles, c'était pour éviter cela — la terrible perspective de devoir le perdre un jour. Mais le destin était cruel. A partir de cette nuit, elle vivrait dans l'appréhension de ce jour qui ne manquerait pas de survenir.

Quand Phillip avait été tué, elle avait mis des années à s'en remettre. La seule chose qui avait quelque peu apaisé ses craintes, c'était la neutralité de Montreau.

Et maintenant, on allait lui ôter même cela.

Les deuils à venir ne seraient pas seulement les siens. Les femmes et les enfants de Montreau allaient aussi souffrir affreusement. Elle disposait d'une petite armée qui allait être jetée dans la mêlée, et Dieu savait ce qu'il adviendrait de ses hommes.

En ce qui la concernait, un nouveau veuvage ne mettrait pas sa vie gravement en danger — seulement son âme.

Mais pour les villageois, perdre l'homme de la famille, c'était devenir une proie facile pour quiconque voudrait leur faire du mal. Ils perdraient non seulement leur protecteur, mais aussi toute possibilité de gagner assez d'argent pour se nourrir et pour vivre.

Et ce serait à elle, le moment venu, de leur apporter l'épouvantable nouvelle…

Elle étouffa un sanglot, le souffle court. Un nuage froid et noir tourbillonnait autour d'elle, obscurcissant sa vision. Elle ne pouvait plus penser, plus respirer…

Jared rompit leur baiser et se laissa rouler sur le côté avant de l'attirer contre lui.

— Que se passe-t-il, Lea ? Au nom du ciel, dites-moi ce qui ne va pas !

— Que… que vais-je faire quand vous mourrez ?

Sa voix se brisa, mais elle n'avait pu retenir la question, qui avait franchi ses lèvres dans un hoquet de détresse.

— Je… je ne pourrai pas supporter cette souffrance de nouveau.

Il exhala un soupir puis resserra son étreinte autour d'elle, le menton posé dans ses cheveux.

— C'est donc cela, le problème ?

Incapable de parler, elle acquiesça de la tête.

— Je ne suis pas votre frère, Lea. Je n'ai pas été élevé pour rester dans un château à gérer des terres. Depuis que je suis en âge de tenir une épée, j'ai été éduqué pour devenir un combattant, un meneur d'hommes. Pendant des années, je me suis entraîné intensément et sans répit. Je réussirai dans mes entreprises, vous pouvez me croire.

— Comment pouvez-vous en être certain ?

— Vous insinuez que je ne suis ni assez fort, ni assez expérimenté et habile pour protéger mes hommes et me protéger moi-même ?

Ce n'était pas ce qu'elle avait voulu dire.

— Une flèche peut survenir de n'importe où, argua-t-elle dans un hoquet.

— Mais elle aura du mal à pénétrer à travers ma cotte de mailles !

— Vous… vous ne pouvez surveiller toutes les directions à la fois. Ni vous défendre si vos ennemis sont plus nombreux.

— C'est pourquoi je veillerai à ce que cela n'arrive jamais.

Elle n'avait pas besoin de voir son visage pour savoir qu'il était à bout de patience. Son irritation était perceptible dans le ton de sa voix et le rythme précipité de son cœur, qu'elle entendait palpiter tout près de son oreille.

— Ma peur n'est peut-être pas rationnelle, admit-elle. Mais je suis terriblement effrayée.

— Ne me dites pas que pendant toutes vos années de mariage, Villaire n'a jamais eu à affronter un seul ennemi ?

Lea se raidit à ce nom. Charles, affronter un ennemi ? Ce lourdaud n'aurait même pas été capable de repousser une fille de cuisine, si elle s'était avisée de l'attaquer !

— Mon père l'a choisi précisément parce qu'il lui a paru évident depuis le début que Charles n'amènerait jamais la guerre à Montreau.

Jared lui caressa machinalement les cheveux.

— Etes-vous en train de me dire que votre cher défunt était un couard ?

— Je dirais plutôt que c'était une brute.

Il fronça les sourcils.

— J'avoue que je ne vois pas bien la différence.

— Une brute n'a pas de scrupules à envoyer quelqu'un d'autre exercer des sévices à sa place, quand il en veut à quelqu'un…

Jared s'écarta brusquement et fixa sur elle un regard interrogateur.

— Soyez plus claire, Lea. Qu'êtes-vous en train de me dire exactement ?

Elle haussa les épaules.

— Que certains à Montreau n'ont pas dû beaucoup le pleurer. Les cicatrices sur leur dos ou leurs membres brisés ont dû tout à coup leur faire un peu moins mal quand ils ont appris sa mort.

Pendant quelques instants, Jared resta muet, le visage de plus en plus sombre.

— Et vous ? demanda-t-il enfin. Avez-vous déploré sa mort ?

— Non. Mais pas pour les raisons que vous croyez. Il ne m'a jamais brutalisée — il m'a seulement menacée de le faire. Je pense qu'il se méfiait de moi et redoutait que je ne me venge. Il me croyait parfaitement capable de me glisser dans sa chambre et de le poignarder dans son sommeil !

Jared ne put contenir plus longtemps sa colère.

— Pourquoi n'avez-vous jamais rien dit, bonté divine ? Vous auriez pu demander de l'aide. Croyez-vous que je vous aurais laissée à la merci des caprices de ce monstre, si j'avais su ?

Elle détourna un instant les yeux, cherchant des mots qui ne déclencheraient pas une nouvelle querelle.

Incapable de les trouver, elle lui caressa la joue pour adoucir sa réponse.

— Vous voulez savoir la vérité ? Eh bien, j'avais bien plus peur de vous que de lui !

Chapitre 18

Jared s'écarta d'un geste brusque.

— C'est maintenant que vous devriez me craindre, rétorqua-t-il sèchement. A vous entendre, je suis devenu dangereux...

En fait, ce n'était pas la peur qu'il voulait susciter en elle. Jamais il n'avait voulu cela, même au temps où son désir de vengeance le rendait presque fou.

— Vous déformez mes paroles.

— Ah bon ?

Il se souleva, en appui sur les coudes, puis se pencha vers elle et lui passa la main dans les cheveux.

— Vous venez de dire à un guerrier que vous ne lui faisiez pas confiance pour se défendre ni protéger ses hommes. Vous avez même admis que vous préfériez être la victime d'une brute épaisse plutôt que de souffrir ma présence.

Car c'était un fait. Elle avait mieux aimé endurer les humiliations infligées par son butor de mari que d'avoir recours à son aide. Et il avait beau faire, cela l'ulcérait. Il n'avait pas connu Charles Villaire, mais il connaissait Markam. Si Charles ressemblait à son frère, il n'était pas difficile d'imaginer son comportement.

— Vous m'avez mal comprise. Je...

Il tira légèrement sur l'une de ses mèches.

— J'ai entendu ce que vous avez dit. Si vous ne voulez pas créer de malentendu entre nous à l'avenir, vous feriez mieux de peser un peu plus vos paroles.

Mais trêve de mots ! Il en avait assez de ces stériles disputes. Il y avait des choses plus intéressantes à faire dans un lit !

Il tira de nouveau sur une boucle noire et Lea tourna la tête, dévoilant une étendue de peau nacrée sous son oreille. Le spectacle était si incitateur qu'il posa immédiatement les lèvres dans son cou. Elle était si douce sous sa bouche, si fondante… Il sentait battre son pouls sous la caresse de sa langue.

— J'en ai assez de vos plaintes, chuchota-t-il. Ayez peur de moi si cela vous chante. Cela n'empêchera pas que vous serez ma femme dès demain.

Elle se contenta de soupirer, tandis qu'il laissait errer sa langue sur le contour de sa joue. Il s'arrêta à un souffle de sa bouche pour murmurer :

— M'avez-vous bien compris ?

Il sentit sa poitrine se soulever et la chaleur de sa respiration lui effleura le visage.

— Oh, oui…

— Peut-être que notre union ne sera jamais facile. Et il n'est pas sûr que nous découvrions jamais l'amour. Mais nous avons au moins ceci à partager, Lea…

Elle s'abandonna à son baiser et, cette fois, il n'y eut ni sanglot étouffé, ni larmes, Dieu merci. Elle haussa le buste pour lui passer les bras autour du cou avec un gémissement rauque et il lâcha ses cheveux pour mieux caresser ses courbes voluptueuses.

Il le savait depuis des années : il désirerait toujours Lea. Même quand elle aurait les cheveux gris et des rides autour des yeux, il la trouverait aussi belle que maintenant. Il l'avait dans le sang, littéralement, pareille à une maladie. Mais une maladie dont il ne voulait jamais guérir.

Impatient de se débarrasser des épaisseurs d'étoffe qui séparaient leurs corps, il délaça sa robe et la jeta sur le sol.

Elle protesta entre deux baisers.

— Que faites-vous ? C'est la seule robe convenable que je possède ! Que mettrai-je demain à notre mariage ?

— Bah, je vous en trouverai une autre.

Il s'extasia de la voir frissonner lorsqu'il lui caressa le cou avec une savante lenteur.

— Mais celle-ci me plaît !

Elle s'interrompit pour exhaler un petit soupir, tandis qu'il explorait la zone si sensible derrière son oreille. Pareil à un chant de sirène, un appel à aller plus loin encore sur le chemin de la passion. Il brûlait de se perdre en elle, de lui faire partager ce feu qui lui incendiait le corps.

— Vous vous souciez fort peu de ce mariage, non ?

Un léger parfum de lavande émanait de sa poitrine et il en suivit le sillon odorant.

— Alors qu'est-ce que cela peut bien vous faire de porter une robe plutôt qu'une autre ?

Il prit un sein dans sa paume et en taquina la pointe sensible.

Elle se récria.

— Vous m'imaginez dans une loque sale et déchirée ? Tout le monde va s'imaginer que vous épousez une mendiante.

Sa remarque haletante qui méritait une réponse… Il traça une longue ligne sur son buste du bout de l'index, puis réitéra l'exercice avec sa langue. Elle avait la peau si crémeuse, si douce au toucher !

— Vous pourriez vous marier nue que cela me serait bien égal. Au contraire.

Il posa la joue sur son ventre. La présence de l'enfant était-elle déjà perceptible ? Non, sans doute. Combien de temps faudrait-il pour qu'il le sente bouger ?

— Vous peut-être. Mais le roi David n'en dirait pas autant.

Il épousa de la main la courbe sinueuse de ses hanches, regrettant tout à coup qu'elles soient si minces. Ne disait-on pas que les femmes au large bassin souffraient moins en mettant les enfants au monde ?

— Vous ne m'écoutez pas ! se plaignit-elle.

Il prit un air coupable. Entraîner une demi-douzaine d'hommes était un jeu d'enfant. Se défendre contre des ennemis une pure routine. Mais entretenir une conversation pendant que son esprit et son corps se consumaient de désir constituait une épreuve bien plus difficile pour lui !

Il sema un sillon de baisers sur l'une de ses hanches, puis l'autre, avant de s'arrêter pour lever sur elle un regard brûlant.

— Vous préféreriez que nous parlions ?

— Que nous parlions ?

— Eh bien, oui.

Il laissa glisser sa main plus bas, jusqu'au triangle soyeux et chaud entre ses cuisses.

— Nous pourrions parler de la pluie et du beau temps, par exemple. Ce serait peut-être plus… excitant !

Elle s'arqua sous son toucher.

— Peut-être…

Il se laissa basculer sur elle pour capturer l'impertinente bouche dans la sienne. Elle se souleva vers lui, exigeante, impérieuse — une réclamation tacite qu'il se hâta de remplir.

Leurs gémissements se répondirent en un voluptueux écho. Il aurait été impossible de dire lequel des deux désirait davantage l'autre, lequel brûlait le plus fort, tandis qu'ils s'entrelaçaient l'un à l'autre dans la fièvre de leur passion enfin satisfaite.

— Jared… Maintenant ! demanda-t-elle avec une note d'imploration frénétique dans la voix.

Il bougea juste assez pour glisser les mains sous elle et lui souleva les reins pour la pénétrer plus profondément, jusqu'à ce qu'elle atteigne enfin le sommet de son plaisir, les ongles enfoncés dans ses épaules.

Sa propre jouissance ne se fit pas attendre, le laissant haletant et comblé. Il la reprit contre lui et exhala un petit rire dans ses cheveux.

— Que disiez-vous à propos de votre robe ?

— Quelle robe ? pouffa-t-elle, la poitrine secouée par un fou rire.

Il se laissa rouler à côté d'elle et tira les couvertures sur eux, tandis qu'elle se blottissait contre son flanc.

— En fin de compte, il y a peut-être du bon dans cette histoire de mariage.

— Malheureusement, je ne partagerai pas votre lit toutes les nuits, lui rappela-t-il.

Elle lui posa une main sur la bouche pour le faire taire.

— Jared, s'il vous plaît, ne gâchez pas ce moment. Contentez-vous de dormir… et laissez-moi rêver.

— D'accord, Lea.

Il déposa un baiser dans ses cheveux et la tint serrée contre lui jusqu'à ce que sa respiration régulière lui apprenne qu'elle avait glissé dans le sommeil.

— Je voudrais bien que les choses soient toujours aussi simples, Lea…

A travers les brumes du sommeil, Lea perçut de légers bruits. Quelqu'un marchait dans la chambre. Avec un gémissement, elle repoussa les couvertures, les yeux encore clos. Ce n'était tout de même pas déjà le matin ?

— Attendez !

Le lit se creusa quand Jared s'assit sur le bord et lui mit quelque chose dans la main.

— Mangez ceci avant de vous asseoir.

Elle ouvrit un œil, intriguée.

— Qu'est-ce donc ? Oh, des croûtes de pain…

— Mangez-les, ordonna-t-il.

Il attendit qu'elle se fût exécutée pour intimer :

— A présent, asseyez-vous et buvez ceci.

Elle prit la tasse qu'il lui tendait et en renifla le contenu. Du gingembre ! Un remède idéal contre la nausée. Comment n'y avait-elle pas pensé elle-même ? Elle sirota l'infusion chaude dont elle sentit aussitôt les bienfaits.

— Merci.

Jared hocha la tête, puis se leva du lit pour lui tendre une robe et des bas.

— Habillez-vous. David nous attend.

Lea examina l'étoffe brillante aux magnifiques reflets d'émeraude. Les broderies de feuillages et de fleurs qui ornaient les manches et l'encolure étaient parsemées de pierres précieuses. Un travail de patience, d'une incroyable délicatesse. C'était bien plus beau que tout ce qu'elle avait jamais brodé elle-même !

— Mais ce n'est pas à moi, objecta-t-elle.

— Bien sûr que si, elle est à vous.

— Mais où avez-vous pu…

Il balaya la question d'un geste.

— C'est sans importance. Elle vous appartient, c'est l'essentiel.

Si elle n'avait craint que le geste ne la rende malade, elle se serait précipitée vers lui pour se jeter à son cou.

— Elle est superbe, Jared. Merci.

Il haussa les épaules d'un air penaud.

— Je ne pouvais tout de même pas vous laisser prononcer les paroles sacrées toute nue. Même si j'aurais adoré ce spectacle…

Elle sourit. Ainsi, il l'avait tout de même écoutée la veille…

Elle cilla, refoulant ses larmes.

— C'est… c'est la plus belle robe que j'aie jamais eue. Une merveille !

Il la dévisagea, soupçonneux.

— Vous pleurez ?

Elle s'esclaffa, d'un rire d'abord un peu forcé, espérant dissiper la mélancolie de l'instant.

— Toutes les femmes pleurent le jour de leur mariage, non ?

— Comment le saurais-je ? C'est la première fois que je me marie !

Elle reprit son sérieux et examina Jared, inquiète de lui voir les traits tirés et l'expression si grave. Quelque chose n'allait pas, c'était évident.

— Jared, je...

Elle s'arrêta brusquement. Non, il n'était pas en colère. C'était autre chose. Et soudain, elle comprit. Il était nerveux, tout simplement, comme n'importe quel fiancé au matin de ses noces. Et rester là à l'attendre sans rien faire ne devait pas arranger les choses !

— Allez dire au roi que je descends tout de suite.

Jared secoua la tête.

— Il n'y a pas d'urgence, prenez votre temps.

Il désigna de la main le plateau disposé sur la table de chevet.

— S'il y a autre chose que vous désiriez manger, n'hésitez pas à me le dire.

Elle jeta un coup d'œil sur la nourriture. Du pain, du fromage, des fruits, du bouillon, une tourte à la viande...

— Je vais avoir de la compagnie, on dirait ?

Il parut enfin se détendre et se dirigea vers la porte en riant.

— Non. Mais comme je ne savais pas ce que vous vouliez, j'ai choisi un peu de tout ce qui m'a semblé susceptible de ne pas vous rendre malade.

Stupéfaite, elle le regarda quitter la chambre, puis considéra tour à tour le plateau débordant de mets et la robe chatoyante qu'elle tenait encore entre ses mains.

Jamais de toute sa vie elle ne s'était vu manifester tant de sollicitude. Non content de lui trouver une toilette de rêve, Jared lui avait apporté le petit déjeuner au lit et avait réussi à prévenir ses nausées matinales en lui choisissant la nourriture et le breuvage appropriés.

Qu'avait-elle fait pour mériter tant de gentillesse et d'attentions ?

Rien.

Oh non ! Elle n'allait pas se remettre à pleurer !

Elle s'efforça de contrôler sa respiration. Elle ne verserait pas de larmes sur la tendresse inattendue qu'il avait déployée pour elle ce matin. Ni sur ce qui aurait pu être, si seulement les choses avaient tourné autrement.

Et encore moins sur cet amour qu'elle avait jadis éprouvé pour lui.

Et aujourd'hui, qu'en était-il ?

Elle posa sur la robe un regard embué et sentit sa poitrine se serrer.

Elle était perdue. Irrémédiablement perdue…

— Vous n'allez tout de même pas porter cela pour votre mariage ? dit Rolfe en pénétrant dans la chambre.

Jared salua son lieutenant d'un bref signe de tête.

— Il semblerait que si, répondit-il en enfilant une tunique verte par-dessus sa cotte de mailles. Je n'étais pas sûr que vous viendriez, ajouta-t-il.

— J'ai fait aussi vite que j'ai pu. Vous auriez pu me prévenir plus tôt tout de même !

— Je vous ai envoyé un message dès que j'ai su que j'aurais besoin de vous. Vous avez eu largement le temps, non ?

Rolfe leva les bras au ciel.

— Le temps ! Vous m'avez laissé une journée pour accomplir un voyage qui en demande deux.

— Allons, allons… Voilà que vous geignez comme une vieille femme, railla Jared, avant d'ajouter : Merci d'être venu.

— Rien n'aurait pu m'empêcher d'assister à cela. Un spectacle incroyable ! Vous voir engager votre foi à une femme — surtout cette femme-là !

— Allons donc ! Dites plutôt que vous avez eu peur que mes parents ne fassent de votre tête un trophée pour orner les portes de leur château si vous manquiez l'événement.

Rolfe hocha la tête.

— Il y a un peu de cela, admit-il.

Il tendit à Jared son baudrier.

— Je suppose que vous avez l'intention d'y aller en armes ?

— Cela dépend. Avez-vous trouvé l'anneau et l'épée des seigneurs de Montreau ?

Rolfe lui tendit la chevalière aux armes de Montreau et alla chercher l'épée qu'il avait déposée à la porte.

— Je l'ai retrouvée dans la salle d'armes, au sous-sol du donjon. Je l'ai fourbie et transportée avec autant de précaution que si c'était un enfant, selon vos ordres.

Sans répondre, Jared examina l'épée. La poignée, finement sculptée et ornée de pierres précieuses, donnait à cette arme un air de jouet. Le cuir et l'or qui enveloppaient la garde devaient blesser la paume de la main après un certain temps. Et le fait que le pommeau soit d'or pur n'était pas d'une grande utilité dans la bataille !

Avec ses bords au tranchant émoussé, cette épée de cérémonie ne serait guère efficace s'il devait se défendre. Jared la soupesa et secoua la tête. Il avait raison, le bout de la lame était plus lourd que la poignée.

— Et le fourreau ?

Rolfe écarquilla les yeux.

— Vous voulez aussi le fourreau ?

— Pas la peine. Je vais me servir de votre gorge comme étui.

Rolfe roula des yeux et finit par retrouver la gaine de cuir parmi les bagages qu'il avait entassés près du seuil.

Il la tendit à Jared.

— Vous n'êtes pas de bonne humeur, on dirait.

— Je suis sur le point de lier tout mon avenir à celui d'une femme qui craint la guerre et déteste les guerriers. Vous voudriez que je saute de joie ?

— Et vous avez choisi d'assister en armes à la cérémonie ?

Rolfe se gratta la tête.

— Etes-vous vraiment sûr que ce soit une bonne idée ?

Jared accrocha le fourreau au baudrier, puis assujettit la large bande de cuir très bas autour de ses hanches.

— Oui. Il faut qu'elle s'habitue à la vue d'un équipement de guerre.

— En somme, vous voulez la traiter comme l'un de vos pages.

Jared fronça les sourcils. Exprimée ainsi, l'idée semblait plutôt stupide en effet. Mais il ne voyait vraiment pas d'autre moyen.

— J'ai essayé de lui parler. Cela n'a pas marché. Ce n'est pas avec des mots que je lui ferai changer d'avis.

— Vous allez la terroriser, la pauvre petite !

— Eh bien, tant mieux. Il faut qu'elle s'habitue à la peur, sinon elle ne la surmontera jamais. En outre, ce n'est pas une *pauvre petite.* Elle devient seulement irrationnelle quand elle entend prononcer le mot bataille.

— Tout de même, si j'étais vous…

Jared poussa un juron.

— Vous n'êtes pas moi. Et je n'ai pas le temps de l'accoutumer doucement à la réalité. Mathilde peut nous rappeler à n'importe quel moment. Devrai-je laisser ma femme malade d'angoisse quand j'irai accomplir mon devoir ?

— Vous oubliez qu'elle n'a plus de famille pour la protéger. Elle sera morte de peur les premières fois, quoi que vous fassiez.

Jared leva les mains en un geste excédé.

— Alors que suggérez-vous, au nom du ciel ? Ou vous m'aidez à l'endurcir, ou vous resterez près d'elle quand j'irai me battre. Il n'y a pas d'autre alternative. Choisissez à présent !

La menace porta. Pour toute réponse, Rolfe saisit le heaume qu'il avait ôté en entrant dans la pièce et l'enfonça sur sa tête.

— Et des éperons, hein ? Ils compléteraient bien votre tenue. Songez un peu au bruit qu'ils feront sur le sol dallé de la chapelle ! Cela éveillera des échos à glacer le sang.

Jared tapa du talon contre le sol et un cliquetis de métal résonna dans la chambre.

— J'y ai déjà pensé, figurez-vous !

Lea faisait les cent pas devant la chapelle privée du roi David. Aussi réticente qu'elle fût à accepter ce mariage, il lui fallait bien admettre que Jared avait raison. Quel autre choix avait-elle ?

Elle avait beau réfléchir, elle n'en voyait aucun.

Maintes fois, elle avait tenté d'imaginer ce que pourrait être son avenir avec Jared. Tous ces scénarios avaient un point commun — jamais ils ne vieillissaient ensemble.

Et tous s'achevaient sur la désolante image de leur enfant, orphelin de père bien avant d'avoir atteint l'âge adulte.

Et l'on voulait qu'elle vive jour après jour avec cette angoisse dans le cœur ?

Comment y parviendrait-elle, au nom du ciel ?

D'abord, elle devrait s'assurer que ce mariage n'entraînerait pas Montreau dans la guerre insensée qui opposait Etienne et Mathilde. Ensuite, il lui faudrait trouver un moyen de garder Jared auprès d'elle.

Mais elle avait beau faire, elle savait qu'elle avait peu de chances de réussir. Jared lui avait dit lui-même qu'il n'avait pas été élevé pour gérer des terres. Il avait été éduqué et entraîné pour la guerre. Combien de temps s'écoulerait-il avant qu'il ne s'ennuie à Montreau ?

Le temps qu'ils allaient passer ensemble risquait d'être très court. L'alternative qui s'offrait à elle était évidente : ou elle se donnait à lui corps et âme, en sachant qu'un jour prochain sa mort la briserait à jamais ; ou elle fermait son cœur, renonçait à l'amour et refusait la douleur que cette union ne manquerait pas de lui apporter.

Curieusement, aucune de ces deux solutions ne lui semblait satisfaisante.

Pourtant, il fallait bien qu'elle en choisisse une !

La voix d'Agatha la tira brusquement de ses réflexions.

— Lady Lea, ils arrivent !

Surprise, elle dévisagea la caméristе.

— Qui donc ?

Agatha leva au plafond un regard excédé.

— Qui ? Les hommes, bien sûr !

— Ah, oui, c'est vrai…

Evidemment, Jared devait être pressé d'en finir. Plus vite la cérémonie serait expédiée, mieux ce serait pour lui !

— Etes-vous prête, milady ?

Lea frissonna.

— Prête ? Non. Mais qui s'en soucie ?

Agatha s'affaira autour d'elle, rajustant les rubans verts entrelacés à ses nattes. Un bruit de voix leur parvint de l'intérieur de la chapelle et la servante jeta un coup d'œil par l'entrebâillement de la porte.

— Les gens commencent à se rassembler, murmura-t-elle. Il y a déjà beaucoup de monde.

Lea fronça les sourcils.

— C'était censé être privé, maugréa-t-elle.

Ils n'allaient pas faire toute une histoire autour de leur échange de promesses !

— Vous ne pensiez tout de même pas que le roi allait vous laisser esquiver les bénédictions d'usage ?

En fait, les bénédictions n'étaient pas obligatoires. Mais elle aurait dû savoir que David, très attaché à l'Eglise et respectueux de ses dogmes, s'assurerait que la chapelle serait remplie de témoins.

Ce qui était étonnant, par contre, c'était qu'il n'ait pas fait plus d'embarras quand Jared et elle avaient signé le contrat nuptial dans les appartements royaux.

Jared avait griffonné sa signature sur le parchemin sans même en avoir lu un mot. Elle, au contraire, avait épluché chaque ligne avant d'apposer son nom au bas du document, ainsi que le cachet de Montreau.

Il était étrange qu'elle ait à donner son accord au nom de Montreau. Lorsqu'elle avait épousé Charles, c'était son père qui s'était occupé de tous les détails. Dieu savait combien de jours de marchandage il avait fallu alors pour parvenir à un accord.

Tandis qu'entre Jared et elle, le contrat était des plus simples. Jared ne réclamait pas de dot et était dispensé de lui verser la traditionnelle compensation, censée « acheter » la virginité de la mariée. Il conservait la propriété de Warehaven, et lui laissait celle de Montreau.

En fait, elle était plutôt surprise qu'il ait accepté un accord aussi inhabituel.

— Pourquoi se donner mutuellement de l'or ou des terres par écrit ? avait-il objecté. Dans la réalité, cela ne change rien. Nous serons tous deux responsables de Montreau et de Warehaven.

Elle savait que son père aurait regimbé. Le roi David lui-même l'avait incitée à réfléchir soigneusement avant d'engager son avenir. Mais, en fin de compte, elle était d'accord avec Jared. Pourquoi ajouter des clauses qui n'auraient rien changé à la réalité des faits ?

Dieu merci, aucun des deux domaines n'était aliéné à un suzerain. Jared et elle étaient libres d'en disposer à leur guise.

Bien entendu, il faudrait verser une somme conséquente à l'Eglise en échange de cette bénédiction hâtive. Elle laissait ce soin à Jared.

Le cliquètement d'une cotte de mailles attira soudain son attention. Lea fronça les sourcils. David avait-il mobilisé ses troupes pour cette cérémonie ? Mais pour quelle raison ? Elle n'avait pas l'intention de s'enfuir de nouveau, bonté divine ! Sa tentative précédente, si peu réussie, lui avait servi de leçon.

Et Jared n'allait certainement pas changer d'avis à la dernière minute. Il avait été assez clair là-dessus. Et puis il considérait que l'enfant était sous sa responsabilité. Jamais il ne tournerait le dos à son devoir, sous peine de se déshonorer.

Personne non plus ne risquait de s'opposer à leur mariage. Le seul qui aurait pu contester cette union était Markam Villaire. Mais il n'aurait jamais le courage de venir à la cour du roi David pour s'y battre.

Des voix masculines résonnèrent dans le corridor menant à la chapelle. Lea se retourna pour voir qui s'apprêtait à assister à la cérémonie en habit de combat.

Sa respiration se bloqua lorsqu'elle aperçut les trois hommes en armes qui tournaient le coin du couloir.

— Ooooh..., exhala Agatha dans un soupir admiratif.

Lea écarquilla les yeux. Ils étaient impressionnants en effet — Jared, Rolfe et le roi David. Mais que diable faisaient-ils dans cette tenue ? C'était son mariage, au nom du ciel, pas une guerre ! A quoi pensait Jared ?

Elle tourna les yeux vers lui, prête à demander une explication. Mais le regard sombre et dur qu'il dardait sur elle par les ouvertures de son heaume semblait la défier de se plaindre. La menace tacite qu'elle y lisait figea les reproches sur ses lèvres.

Il s'arrêta devant elle, prit ses mains dans les siennes et la gratifia d'un demi-sourire charmeur.

Son cœur bondit dans sa poitrine. Une vague de chaleur lui incendia brusquement le bas-ventre et elle sentit le rouge de la confusion lui monter aux joues.

Elle s'apprêtait à épouser une brute de guerrier.

Un individu qui, de toute évidence, savait qu'il lui suffisait d'un regard pour lui couper le souffle et l'avoir à sa merci.

Elle sourit faiblement, tandis que ses pensées s'embrouillaient.

— Vous l'avez fait exprès, n'est-ce pas ?

Jared se contenta de hocher la tête.

Elle baissa les yeux et vit l'épée de son grand-père pendue à sa ceinture.

— Oh...

Elle ferma les yeux, certaine que cette vision resterait en elle à jamais. Chaque fois qu'elle se souviendrait de leur mariage, c'était un homme prêt au combat qui se dresserait devant elle.

Oh, oui, il avait fait cela à dessein, elle n'avait pas le moindre doute à ce sujet. Rien n'aurait pu souligner à ce point le fait qu'elle s'apprêtait volontairement à prendre un guerrier pour mari.

Après cela, elle ne pourrait plus jamais se plaindre ni exprimer ses craintes. Elle ne pourrait nier qu'elle avait su exactement ce qu'elle faisait et à quel genre d'homme elle avait lié son sort.

Elle se mordilla la lèvre puis, carrant les épaules, elle prit une profonde inspiration et lui retourna son regard.

— Jared…

Il l'entraîna à l'écart du petit groupe rassemblé à la porte de la chapelle.

— Je suis désolé, mais vous ne m'avez pas laissé le choix, Lea.

Sa voix était douce et ferme à la fois.

Elle baissa les paupières, incapable de formuler la moindre réponse.

Jared lui souleva le menton.

— Lea de Montreau, je n'ai pas l'intention de vous forcer. Voulez-vous m'épouser ? M'acceptez-vous pour ce que je suis ?

— Eh bien…

Elle hésita. Pourquoi sa voix tremblait-elle, au nom du ciel ? Pourquoi sa poitrine se serrait-elle aussi douloureusement à la seule pensée de dire non ?

Il resta silencieux, attendant sa décision.

Elle prit son temps mais, au fond de son cœur, elle savait déjà ce qu'elle allait répondre. Le simple fait qu'il lui laisse le choix en dernier recours lui ôtait toute envie de se refuser. Allons, le sort en était jeté !

Leurs journées ensemble n'allaient pas être faciles, c'était à craindre.

Mais les nuits, quand elle ne les passerait pas seule à trembler de peur pour lui, ne seraient que pure félicité…

Elle exhala lentement son souffle.

— Vous me paierez cela un jour, Warehaven, je vous le promets.

Elle avait mis tant de sensualité dans sa voix basse et rauque que la menace ne pouvait être prise un seul instant au sérieux.

Jared lui enserra le visage entre ses mains et sourit en la regardant au fond des yeux.

— Je compterai les heures jusque-là, ma chérie…

Un soupir de soulagement collectif s'éleva derrière eux et Lea ne put s'empêcher de rire. Le roi, Rolfe et Agatha attendaient-ils donc avec tant d'anxiété sa réponse ? Tous avaient dû redouter qu'un « non » ne s'échappe de sa bouche…

Elle frotta doucement sa joue contre la paume de Jared.

— Pouvez-vous faire une chose pour moi ?

— Cela dépend.

— Quand je serai vieille et sans forces, j'aimerais pouvoir revivre ce jour en me souvenant d'un visage, et non de quelque démon de guerrier toujours prêt à hanter mes rêves. Pourriez-vous au moins retirer votre heaume ?

Il recula et, pendant un instant, elle craignit qu'il ne refuse.

Puis, à son grand soulagement, il délaça la coiffe de métal et fit signe à Rolfe de la lui ôter.

Il se tourna ensuite vers elle, le visage à découvert.

Lea sentit de nouveau la chaleur poindre dans son ventre et sur ses joues. Le seul fait de regarder Jared la faisait littéralement trembler de désir. Elle ne le lui dirait jamais — il était déjà bien assez content de lui comme cela — mais l'homme qu'elle s'apprêtait à épouser était un remarquable spécimen de beauté masculine.

Elle tendit la main pour lui effleurer les cheveux. Puis elle s'inclina lentement jusqu'à poser un genou à terre devant lui, dans une attitude digne et gracieuse à la fois.

— Oui, je veux bien vous engager ma foi, Jared de Warehaven.

Chapitre 19

Jared lui jeta un regard admiratif. Et lui qui avait craint qu'elle ne sache pas soutenir l'honneur de Montreau et de Warehaven ! Un manque de confiance qu'il allait devoir payer, il n'en doutait pas. Plus tard…

Il l'aida à se relever, plaça sa main dans le creux de son coude et la ramena vers la chapelle.

A la porte du sanctuaire, ils s'arrêtèrent avec les témoins qu'ils s'étaient choisis — David, Rolfe et Agatha — et saluèrent le prêtre debout sur le seuil.

— Est-ce de votre plein gré que vous allez entrer en ce lieu pour y recevoir la bénédiction nuptiale ? demanda l'homme de Dieu, usant de la formule consacrée.

— Oui, répondirent Lea et Jared à l'unisson.

Le prêtre recula, les laissant tous deux accomplir la partie purement humaine de la cérémonie.

Jared prit une profonde inspiration. A son grand étonnement, il sentait ses mains trembler de nervosité. Visiblement consciente de cette réaction inhabituelle chez lui, Lea sourit et lui posa deux doigts sur la poitrine.

Ce léger toucher, ajouté au sourire, suffit à calmer le pouls erratique de Jared, qui se sentit prêt à parler sans se couvrir de ridicule.

Comme ils n'avaient jamais auparavant prononcé leurs vœux de fiançailles, ce fut par là qu'il commença.

— Moi, Jared de Warehaven, je jure de vous faire mienne, afin que vous deveniez mon épouse et que je sois votre mari.

A son grand soulagement, sa voix ne vacilla pas un seul instant.

Lea laissa retomber sa main et leva les yeux vers lui.

— Moi, Lea de Montreau, je jure de vous faire mien, afin que vous deveniez mon mari, et que je sois votre épouse.

Le prêtre se racla la gorge.

— Y a-t-il un empêchement connu à cette union ?

— Non, assurèrent en chœur le roi David et Rolfe.

La fermeté de leur réponse aurait découragé toute objection de la part de l'assistance.

Le prêtre hocha gravement la tête, et Jared prononça alors le serment qu'il n'aurait jamais cru adresser à Lea.

— Moi, Jared, je vous prends pour épouse, Lea, à partir d'aujourd'hui et pour toujours, pour le meilleur et pour le pire, dans la richesse et la pauvreté, la santé ou la maladie, jusqu'à ce que la mort nous sépare. Et je vous engage ici ma foi.

D'une voix douce, avec un scintillement suspect dans les yeux, Lea répéta après lui :

— Moi, Lea, je vous prends pour époux, Jared, à partir d'aujourd'hui et pour toujours, pour le meilleur et pour le pire, dans la richesse et la pauvreté, la santé ou la maladie, jusqu'à ce que la mort nous sépare. Et je vous engage ici ma foi.

Le roi David et Rolfe tendirent chacun une bague à l'officiant, qui bénit les deux gages avant de les donner à Jared et à Lea.

Jared glissa la chevalière familiale au doigt tremblant de Lea.

— Avec cet anneau, je vous épouse.

Lea retourna dans sa paume la bague de son père avant de la passer à l'annulaire de Jared.

— Avec cet anneau, je vous épouse.

Puis ils se tournèrent tous deux vers le prêtre, qui conduisit la compagnie à l'autel où les mariés s'agenouillèrent pour recevoir la bénédiction de l'Eglise.

Cet acte solennel accompli, Jared se releva, et d'un geste prompt, souleva sa femme dans ses bras. Elle lui offrit ses lèvres d'elle-même, aussi avide que lui de savourer le goût enivrant de la passion.

Les assistants, ravis, applaudirent bruyamment. Le roi David leur laissa quelques instants, puis il s'éclaircit la gorge avant de les rappeler aux convenances.

— Allons, allons, nous sommes dans un lieu saint, leur rappela-t-il avec bonhomie.

Jared lâcha sa femme à regret et lui prit la main.

— Cela vous ennuierait-il si nous écourtions les célébrations que David a organisées pour nous ? s'enquit-il en lui baisant les doigts.

— Vous voulez quitter New Castle aujourd'hui ?

Et comme il acquiesçait de la tête :

— Pourquoi donc ?

Il jeta un coup d'œil vers l'autel et la fit sortir de la chapelle avant de lui expliquer dans un chuchotement :

— Ce soir, nous dormirons ensemble. Je voudrais que nous passions notre première nuit d'époux dans notre lit...

Lea écarquilla les yeux, ses joues virant au cramoisi.

— Alors partons tout de suite !

— Je vous suggère tout de même de manger avant de prendre la route, répondit-il en riant.

Elle soupira et ses lèvres esquissèrent une moue.

— Oui, je suppose que c'est plus sage.

Il lui adressa un clin d'œil. Dieu, qu'elle était conciliante tout à coup ! Sachant que cette bonne humeur ne durerait pas longtemps — jusqu'à ce qu'il reprenne son épée ou que quelqu'un prononce étourdiment le mot « guerre » devant elle —, il décida d'en profiter.

— Hum... D'un autre côté, je ne suis pas du tout sûr de vouloir attendre que nous soyons à Montreau.

Il désigna du menton un recoin sombre à l'angle du corridor.

— Nous pourrions disparaître quelques instants ? lui suggéra-t-il à l'oreille.

David, qui passait près d'eux au même moment, lança d'une voix innocente :

— Il y a quantité de chambres vides à l'étage, vous savez.

Aussi tentante que fût la proposition, Jared secoua la tête.

— J'étais sérieux à propos de notre lit nuptial. Je veux retourner à Montreau.

Il s'interrompit pour l'embrasser langoureusement. Puis il exhala un gémissement contre ses lèvres.

— Très vite…

Haletante, elle se laissa aller contre sa poitrine tandis qu'il l'enlaçait étroitement.

— Alors il faut que je me change et que je fasse mes malles.

— Dès que nous aurons mangé…

— J'aime que vous ayez mis des vêtements assortis aux miens, dit-elle en caressant la broderie qui ornait sa tunique.

— Hum… Pas exactement !

— C'est vrai. Mais j'avais laissé ma cotte de mailles à Montreau.

Il s'esclaffa.

— Vous étiez si belle tout à l'heure. Une vision !

— Peut-être. Mais je ne serai jamais aussi splendide que vous dans votre armure.

— Splendide ?

— Vous êtes magnifique, Jared, vous le savez bien.

— Diable ! Voilà ce que tout homme robuste souhaite entendre de sa femme.

Il la sentit pouffer contre son épaule. Autrefois, elle riait souvent ainsi, blottie dans ses bras.

Il aurait voulu pouvoir retenir cet instant pour toujours…

— Vous pensez donc que vous êtes un homme robuste ?

— Non, Lea, je ne le pense pas. J'en suis un !

Pour prouver ses dires, il la souleva brusquement et la

plaqua contre le mur. Elle passa la main dans ses cheveux et laissa tomber sur sa bouche et ses joues une pluie de baisers aussi légers que des plumes.

— Je rends grâce au ciel de votre force ! Mais à présent, reposez-moi par terre, s'il vous plaît.

Il déposa de longs baisers sensuels sur son cou.

— Et pourquoi cela, madame mon épouse ?

— Parce que j'ai tellement envie de vous que je brûle de passer mes jambes autour de votre taille et de vous supplier de me prendre ici, tout de suite !

Il releva la tête pour la regarder. Le feu qui brûlait entre ses paupières mi-closes et ses joues enflammées lui apprirent qu'elle ne plaisantait pas.

L'image qu'elle venait d'évoquer était si tentante qu'il sentit un flot de sang affluer à son bas-ventre sous la poussée du désir.

Il déglutit convulsivement.

— Combien de temps vous faut-il pour manger ?

Elle laissa tomber son front sur son épaule.

— Comme ce n'est pas de nourriture que j'ai faim, ce sera très rapide, faites-moi confiance.

Il s'écarta du mur à regret et la déposa avec précaution sur le sol.

— Je vous prends au mot ! lui dit-il. Quelques minutes, pas plus…

Et comme elle acquiesçait, il la conduisit en hâte vers la grande salle, où le banquet avait déjà commencé.

Placée entre Jared et Rolfe, Lea chipotait la nourriture devant elle. Elle avait beau faire, son attention dérivait sans cesse vers l'homme assis à son côté et qui était désormais son époux.

Comment avait-elle pu oublier l'effet ravageur que sa voix

profonde avait sur ses sens ? Ou qu'un seul regard perçant de ses yeux verts suffisait à la faire fondre de désir ?

Lorsqu'elle avait épousé Charles et qu'il l'avait rejetée si totalement, elle s'était souvent demandé si les souvenirs qu'elle avait de Jared correspondaient encore à la réalité. Il était devenu son rêve, son fantasme. La nuit, seule dans son lit, elle se repassait toutes les images qu'elle avait gardées de lui.

Après un certain temps, elle avait commencé à douter. Qui savait si dans sa solitude elle n'avait pas idéalisé ses souvenirs, les faisant apparaître plus beaux qu'ils ne l'avaient été dans la vie réelle ?

Elle poussa un soupir. C'était tout le contraire, en fait. Loin de l'embellir, le temps n'avait fait qu'amoindrir l'effet dévastateur que Jared exerçait sur elle.

Dans ses rêves les plus débridés, elle ne s'enflammait de désir qu'après qu'il l'eut embrassée ou caressée.

Dans la réalité, il suffisait du son de sa voix, de l'odeur de son savon au romarin, ou simplement de penser à lui, pour que le désir déferle en elle avec la force d'une lame de fond.

Qu'allait-il se passer maintenant qu'ils étaient mariés ? La trouverait-il encore désirable quand ils n'auraient plus besoin de voler quelques précieux instants pour s'étreindre ? Trouverait-il toujours aussi excitant de coucher avec elle quand ils partageraient le même lit nuit après nuit ?

Et elle ? Les baisers de Jared lui feraient-ils battre follement le cœur lorsqu'ils seraient devenus quotidiens ? La vue de son corps nu sur le sien, la sensation de ses caresses, lui feraient-elles perdre tout contrôle sur ses sens ?

— Eh bien, Lea, vous rêvez ?

Elle sursauta. Il lui avait posé une question, mais elle n'en avait pas capté le sens.

Elle se tourna vers lui pour l'interroger du regard.

— Pardon ?

Jared lui glissa un bras autour du cou. La chaleur de sa paume sur sa nuque attisa le désir qui bouillonnait en elle. Le toucher caressant de ses doigts sous son oreille déclenchèrent de petits frissons qu'elle sentit courir tout le long de son dos.

— Votre rougeur vous trahit, murmura-t-il en se penchant plus près. Et ce regard brûlant devrait être réservé à l'intimité de notre chambre à coucher…

Elle cilla, luttant pour émerger des brumes incandescentes du désir. Mais le souffle tiède de Jared contre sa joue et le son de sa voix n'étaient pas faits pour l'aider à reprendre ses esprits.

Il lui effleura le visage du bout du doigt.

— Je redoute presque de vous demander à quoi vous pensiez.

— Oh, c'est très simple. Maintenant que nous n'aurons plus à nous cacher ni à tourner autour du pot, me voudrez-vous encore dans votre lit ?

Rolfe s'étouffa avec sa nourriture et Jared lui intima le silence d'un regard comminatoire.

Toussant violemment, le lieutenant avala une gorgée de vin pour faire descendre la bouchée coincée dans sa gorge.

Les joues de Lea s'empourprèrent un peu plus, mais d'embarras cette fois. Elle effleura le bras de Jared.

— Je suis désolée. Ce n'est pas le genre de remarque qu'une dame est censée faire en public !

Il couvrit sa main de la sienne.

— C'est ma faute. Vous n'avez fait que répondre à ma question.

Elle voulut se concentrer sur sa nourriture, mais il lui prit le menton pour l'obliger à le regarder.

— Est-ce que votre interrogation a quelque chose à voir avec Charles ?

Il avait entendu assez de rumeurs à ce sujet et voulait les exorciser une bonne fois pour toutes.

Elle haussa les épaules avant d'admettre :

— En un sens, oui.

— Lea, je ne peux pas vous promettre beaucoup de choses, mais je peux du moins apaiser vos inquiétudes à ce sujet.

Il s'approcha un peu plus, ne voulant pas qu'on les entende.

— Charles Villaire était un imbécile.

— Je ne saurais vous contredire sur ce point.

Jared déposa un rapide baiser à la commissure de ses lèvres.

— Mais je lui suis tout de même reconnaissant.

Elle écarta le buste pour le dévisager comme s'il avait perdu l'esprit.

— Reconnaissant ? Mais pourquoi ?

— Pour m'avoir laissé ce qui m'appartenait.

Elle rougit de nouveau, tandis que le sens de ses paroles s'insinuait en elle.

— Et pour répondre à votre question, sachez que je ne me lasserai jamais de vous.

Elle lui dédia un sourire envoûteur.

— Ni moi de vous…

Le désir qui sommeillait en lui s'empara de Jared avec un regain de vigueur. Il se leva, sa coupe de vin à la main, et se tourna vers le roi David.

— Je voudrais vous remercier de votre assistance et de votre hospitalité, sire. Mais je crains que nous ne devions impérativement retourner à Montreau.

Des ricanements et des rires s'élevèrent autour de la table. Visiblement, les autres convives avaient deviné ce que les nouveaux époux avaient en tête.

Le roi lui adressa un sourire aimable.

— J'ai été très heureux de pouvoir vous aider. Agrandir sa famille est toujours une bonne chose. Je vous souhaite à tous deux le meilleur.

Il fit signe à l'un de ses hommes d'approcher.

— Combien de gardes voulez-vous pour votre escorte ? demanda-t-il à Jared.

Ce dernier réfléchit. S'il avait été seul à faire ce voyage, il aurait décliné l'offre de David. Mais il voulait la meilleure protection possible pour sa femme et son enfant.

— Quatre suffiront, je pense.

— Six seront encore mieux.

Jared inclina la tête.

— Merci. Au plaisir de vous revoir, sire.

Il attendit que David lui ait donné congé d'un geste, puis il aida Lea à se lever. Sachant ce qui allait suivre, il eut le plus grand mal à ne pas lui faire traverser la grande salle au pas de course avant de l'entraîner dans l'escalier.

Ignorant les rires égrillards de l'assemblée, Lea et lui gravirent les marches main dans la main.

— Nous pourrions peut-être assister au coucher des mariés ? suggéra derrière eux une voix d'homme. Après tout, c'est la coutume, non ?

Jared ne prit même pas la peine de se retourner et lança par-dessus son épaule :

— Essayez donc ! Je suis armé jusqu'aux dents.

D'un coup de pied, il ouvrit en grand la porte entrebâillée de leur chambre.

Agatha, surprise de cette brusque intrusion, poussa un cri d'effroi.

— Sortez ! intima Jared en lui désignant la porte d'un geste impérieux.

La chambrière tourna vers Lea un regard écarquillé.

— Tout va bien, Agatha, la rassura sa maîtresse. Laissez-nous, s'il vous plaît.

Il attendit à peine que la porte se soit refermée sur elle pour tirer les verrous en haut et en bas. Si quelqu'un avait l'idée intempestive d'assister au « coucher » des mariés, il lui faudrait une petite armée pour briser le solide panneau de chêne.

— Asseyez-vous, ordonna Lea.

Elle poussa Jared sur un banc et s'agenouilla pour délacer ses chausses. Tandis que ses doigts s'activaient sur les lacets de cuir qui maintenaient les jambières, il dénoua les lacets de sa robe. Puis il attendit qu'elle se relève pour faire glisser le vêtement par-dessus sa tête. Lea jeta les chausses sur le lit et revint vers Jared.

— Penchez-vous, ordonna-t-elle.

Dépouiller un guerrier de sa tenue… Elle avait souvent accompli cet office auprès des visiteurs de son père, mais jamais avec ce tremblement dans les mains. Leur court repas avait encore été assez long pour exacerber son impatience à la limite du supportable.

Jared se souleva légèrement pour dégager le bas de son haubert, puis s'inclina en avant. Lea souleva les épaules de la cotte de mailles protectrice et la tira vers le haut, tandis qu'il tendait les bras pour faciliter la manœuvre.

Le poids de l'armure la surprit et ce fut en titubant qu'elle déposa son fardeau sur le lit. Le temps qu'elle se retourne, Jared avait achevé de se déshabiller et se tenait nu devant elle.

Elle le regarda, le souffle coupé. Oh, oui, c'était un beau spécimen d'homme, le plus beau qu'elle ait rencontré de sa vie.

Une lueur farouche dans les yeux, il s'avança vers elle lentement, pareil à une bête sauvage qui va se jeter sur sa proie.

Elle éclata de rire et contourna le lit en courant. Puis elle posa un pied sur le matelas et ôta l'un de ses bas.

— Vous allez devoir attendre, je ne suis pas encore prête.

Il s'avançait déjà pour la capturer, mais avant qu'il n'ait eu le temps de la saisir, elle s'enfuit de l'autre côté de la pièce et se réfugia derrière une table.

Jared n'eut même pas besoin de faire étalage de sa force. Il lui suffit d'un geste pour envoyer l'obstacle s'écraser contre le mur.

— Oooh ! exhala-t-elle, sidérée.

La surprise la tint immobile juste assez longtemps pour qu'il puisse s'emparer d'elle et l'attirer contre lui.

— J'ai assez attendu ! grogna-t-il d'un ton sans réplique.

Il lui ôta sa chemise en un tournemain et la jeta sur le

sol. Pressée contre lui, elle lui lécha doucement le torse du bout de la langue.

— Suis-je censée avoir peur de vous ?

— Vous devriez, ne serait-ce que pour m'avoir qualifié de *splendide*.

D'un geste hardi, elle laissa glisser sa main sur son ventre et testa l'amplitude de son érection.

— Ah, mais vous *êtes* splendide !

Les yeux dans les siens, elle se laissa descendre lentement le long de son corps, traçant des lèvres le chemin qu'avait déjà suivi sa main.

Il cilla comme s'il s'éveillait d'un rêve et l'empoigna sous les bras pour la relever.

— Non, pas ainsi…

Lea noua les deux bras autour de son cou et enfouit le visage dans son épaule.

— Jared, ne me faites pas attendre…

Sans un mot, il la souleva dans ses bras et se retourna avec elle pour la plaquer contre le mur.

— Que disiez-vous tout à l'heure, dans le corridor ?

La question lui effleura l'oreille, déchaînant en elle une voluptueuse tempête de frissons.

Sachant ce qu'il attendait, elle lui enlaça étroitement la taille de ses jambes. Il lui caressa doucement les cuisses et elle fut surprise de sentir son corps trembler en réponse à la douceur de cette approche.

Mais quand les lèvres de Jared capturèrent les siennes, il n'y eut rien de doux dans son baiser. Elle gémit, impatiente d'avoir plus, beaucoup plus.

Elle le sentit sourire contre sa bouche. Non, pas tout de suite, semblait-il lui dire. Oh, Seigneur, combien de temps allait durer cette délicieuse, cette insupportable frustration ?

— Jared, je veux…

Ignorant sa prière, il bougea légèrement les hanches, juste

assez pour la taquiner. Puis il recula de nouveau, la laissant en attente de ce qui allait suivre.

Elle tenta de se laisser glisser un peu, pour prendre elle-même ce qu'elle désirait tant. Mais il ne la laissa pas faire et, de ses mains puissantes, la maintint fermement en place.

Il bougea de nouveau, effleurant cette fois du bout des doigts le petit sanctuaire d'intimité brûlante entre ses cuisses.

Le cœur cognant contre ses côtes, elle comprit tout à coup ce qu'il attendait d'elle.

Elle lui avait fait une promesse et, de toute évidence, il n'allait pas l'en tenir quitte.

Elle tourna la tête, interrompant leur baiser. Puis elle enfouit le visage contre son cou, étrangement confuse. Mais elle le désirait — si désespérément...

— Jared, s'il vous plaît, prenez-moi...

Il répondit à sa prière avant même qu'elle n'ait achevé sa phrase. La jouissance déferla en elle, la laissant essoufflée et pantelante contre sa poitrine.

Les longues nuits brûlantes dans un lit s'apparentaient au paradis, les baisers volés dans l'obscurité d'une alcôve étaient divinement excitants mais ceci...

Elle n'avait pas de mots pour le décrire. C'était un péché délicieux, un péché à couper le souffle.

C'était tout bonnement merveilleux.

Elle eut un petit rire en entendant le cri rauque de Jared exhalant à son tour son plaisir.

Vacillant en arrière, il se laissa tomber sur le banc, Lea sur ses genoux.

Elle essuya les gouttes de sueur qui perlaient sur son front et passa la main dans ses cheveux humides.

— Etes-vous sûr que vous voulez partir aujourd'hui ? Nous pourrions attendre demain matin.

Mais il secoua la tête.

— Non. Nous pouvons être à mi-chemin de Montreau

d'ici le coucher du soleil. En nous hâtant un peu, nous serons au château demain pour le repas de midi.

Il resserra son étreinte autour d'elle et la pressa étroitement contre son torse avant d'ajouter dans un chuchotement :

— Et demain soir, nous passerons la nuit dans notre lit. Notre lit nuptial…

Chapitre 20

Jared jeta un coup d'œil vers les deux femmes qui chevauchaient au milieu du cortège. L'expression maussade d'Agatha en disait long sur son déplaisir à voyager de nouveau.

Mais l'excitation de Lea était évidente. Visiblement ravie d'être sur le chemin de Montreau, elle bavardait gaiement avec les gardes, tout en observant attentivement les alentours.

Elle ressemblait à une gamine qui effectue sa première sortie, songea-t-il avec amusement. Tout lui semblait nouveau, depuis les oiseaux ou les nuages au-dessus de sa tête jusqu'à la végétation qui bordait la route.

De temps à autre pourtant, elle redevenait silencieuse et il sentait son regard lui brûler le dos. C'était alors qu'il avait commis l'erreur de se retourner. Les lèvres incurvées dans une moue sensuelle, elle avait fixé sur lui le ses grands yeux brûlant de désir. Et il n'avait pas tardé à se rendre compte que son excitation était loin de faciliter sa chevauchée !

Dieu merci, d'autres choses étaient promptement venues distraire son attention. Bien que l'escorte compte dix hommes, Rolfe, lui, les deux gardes qu'ils avaient amenés avec eux et les six soldats de David, il avait trop l'expérience des déplacements pour relâcher un seul instant sa vigilance.

Où que l'on se rende, les routes n'étaient jamais sûres. Depuis que les armées de Mathilde et d'Etienne étaient occupées à en découdre, la sécurité n'avait jamais été aussi précaire dans le pays, et des nobles audacieux en profitaient pour chercher fortune en attaquant leurs semblables.

Plus d'une fois, Jared était tombé sur de malheureux

voyageurs qu'on avait non seulement dépouillés de tout ce qu'ils possédaient, mais aussi de la vie.

Afin d'assurer leur sécurité pendant ce voyage relativement court, il avait envoyé en avant deux éclaireurs pour vérifier que la voie était libre. Deux autres suivaient la cavalcade à quelque distance, pour protéger leurs arrières en cas d'attaque.

Rolfe, les quatre autres soldats et lui formaient un rempart protecteur autour des deux femmes.

A son grand soulagement, Lea n'avait pas fait entendre la moindre plainte à ce sujet. Il s'attendait à ce qu'elle profère quelque inepte remarque sur les risques encourus par ses hommes, mais non ! Cette démonstration de force devait la rassurer inconsciemment, pour qu'elle n'ait pas ouvert la bouche à ce sujet.

Si seulement elle pouvait réagir avec autant de sang-froid quand Mathilde le rappellerait à son service ! Mais il n'en espérait pas tant, hélas…

Soudain, un martèlement de sabots le tira de ses réflexions. Un cavalier approchait, sur la route poussiéreuse. Aussitôt en alerte, il fit signe aux autres de s'arrêter et tira lui-même sur les rênes.

Les épées jaillirent des fourreaux dans un cliquetis menaçant et Rolfe ordonna aux gardes de resserrer leur cercle autour des femmes.

— Qu'y a-t-il, Jared ? s'enquit Lea d'une voix tremblante.

Ne sachant lui-même ce qui se passait, il fut bien incapable d'apaiser ses craintes.

L'un des hommes de David apparut enfin sur la route et se dirigea vers eux à bride abattue, son bouclier inutile brinquebalant contre son flanc.

— En… encerclés, milord ! s'écria-t-il d'une voix entrecoupée. J'ai…

Il poussa un cri qui s'acheva dans un étrange hoquet et tomba de cheval, une flèche fichée dans le cou.

Agatha hurla, faisant broncher les montures.

— Bon sang ! jura Jared, qui lutta pour contrôler son étalon. Il leva son bouclier devant lui pour offrir aux deux voyageuses une sécurité supplémentaire.

— Protégez les femmes ! ordonna-t-il à l'escorte.

Il n'eut même pas besoin de regarder pour savoir que Rolfe avait pris position derrière eux, tourné vers la route. Le fidèle lieutenant resterait ainsi quoi qu'il advienne pour assurer leurs arrières.

Il sentit Lea lui toucher l'omoplate, mais il se dégagea d'un brusque haussement d'épaules avant qu'elle n'ait eu le temps de proférer un mot. Elle avait peur, il le comprenait bien, mais il ne servirait à rien de la ménager en cet instant. Cela ne ferait qu'accroître son angoisse. Et il n'avait ni le temps ni le désir de se laisser distraire. Il en allait de leur vie à tous !

— Faites ce que je vous dis et tenez-vous tranquille ! aboya-t-il, sans se soucier de la froisser ou non.

Elle ne répondit pas, mais il entendit sa jument reculer, tandis qu'elle retournait près d'Agatha.

Tout à coup, une demi-douzaine d'hommes en armes apparut devant eux dans un nuage de poussière. Au même instant, Rolfe poussa un cri :

— Six cavaliers à l'arrière !

D'un rapide coup d'œil, Jared s'assura que leurs flancs étaient libres.

Six contre douze ! Si leur escorte n'avait été composée que de ses hommes à lui, il ne se serait pas inquiété un seul instant de l'inégalité des forces en présence. Mais trois de ses compagnons étaient des soldats de David et il ne les connaissait pas. Il ne savait pas non plus si les deux hommes qu'il avait envoyés à l'arrière étaient morts ou vivants.

Les deux groupes ennemis s'immobilisèrent à une courte distance l'un de l'autre. Puis la troupe des assaillants se scinda pour laisser s'avancer un cavalier.

Jared n'en crut pas ses yeux. L'homme devait être complètement inconscient, ou bien il fallait qu'il soit parfaitement sûr de sa sécurité. Il ne portait pas d'armure, ni même une épée.

Lorsqu'il fut assez près pour être reconnu, Lea poussa un léger cri.

— Markam !

Jared secoua la tête, incrédule.

— Qu'est-ce que cela signifie, Villaire ?

— Livrez-moi la femme et on ne vous fera aucun mal, Warehaven !

Le bougre devenait étrangement arrogant, lorsqu'il était appuyé par une douzaine d'hommes en armes ! Ne se rendait-il pas compte qu'il était assez près pour recevoir une dague en plein cœur ? S'il n'avait pas eu Lea et Agatha à protéger, Jared lui aurait déjà réglé son compte.

— Vous livrer *ma* femme ? Vous rêvez, mon vieux !

Markam éclata de rire.

— Votre femme ? Sûrement pas !

Il fouilla sous sa cape et en sortit un rouleau de parchemin qu'il agita en l'air.

— Elle est ma pupille et je ne lui ai pas donné l'autorisation d'épouser qui que ce soit. Surtout pas vous !

— Et qui vous a donné cette autorité ? s'informa Jared.

Il connaissait la réponse, mais voulait l'entendre à voix haute.

— Le roi Etienne !

— Montreau ne doit pas obéissance à cet usurpateur du trône.

— Oh, mais..., commença Lea.

Sans se retourner, Jared lança d'une voix assez basse pour ne pas être entendu de Villaire :

— Soit vous m'approuvez, soit vous allez rejoindre cet individu, si c'est ce que vous préférez !

— Mais..., commença-t-elle.

— Etienne n'est pas un usurpateur, répliqua Villaire. Il est le seul et unique roi !

— Vous entendez, Lea ? s'écria Jared d'une voix dure, afin de lui faire comprendre la gravité de la situation. Il vous faut choisir à présent. Etienne ou Mathilde !

Pendant quelques instants, elle demeura silencieuse. Puis elle chuchota d'une voix brisée :

— Warehaven.

La réponse sidéra Jared. Que voulait-elle dire ? Qu'elle ferait comme il voudrait ?

Il revint à Villaire.

— Etienne n'est qu'un menteur et un voleur.

— Il est notre souverain !

Jared secoua la tête.

— Comme tous les nobles, j'ai fait serment d'allégeance à la fille du roi Henry.

— Aucun homme craignant Dieu ne peut suivre une femme. Surtout cette femme-là !

Las de contrer des arguments qu'il avait déjà entendus cent fois dans la bouche d'un nombre incalculable de couards sans honneur, Jared pointa son épée vers Villaire. Puis il tourna le poignet, faisant étinceler la lame à double tranchant.

— Ecartez-vous ou prenez une épée, Villaire !

L'autre éclata d'un rire haut perché qui fit grimacer Jared.

— Vous n'êtes pas en nombre, Warehaven. Livrez-moi cette femme ou mourez !

— Jared, laissez-moi aller, plaida Lea derrière lui. Trop d'hommes sont déjà morts à cause de moi. Je ne vaux pas la peine que d'autres y laissent leur vie.

Allons, il s'attendait bien à ce qu'elle profère tôt ou tard quelque damnée sottise de ce genre !

–Vous êtes ma femme. Vous n'irez nulle part.

Et comme elle faisait avancer sa monture pour passer devant lui :

— Retenez cet animal ou je l'attache à ma selle ! Je viens de vous dire que vous n'irez nulle part.

— Il ne veut pas me faire de mal, Jared. Seulement m'humilier.

— Et vous marier à un autre !

— J'en doute. Il veut tellement Montreau pour lui qu'il ne va pas me faire épouser quelqu'un qui lui ôtera sa mainmise sur le lieu.

— Ne bougez pas, vous dis-je !

Lea exhala un soupir.

— Je ne veux pas mettre votre vie en danger. Laissez-moi passer.

Déjà en colère, Jared était maintenant carrément furieux.

Elle ne le croyait donc pas capable de l'emporter dans cette escarmouche ? Quel genre d'homme croyait-elle avoir épousé ?

Un poltron ?

Un nigaud sans expérience ?

Un homme faible et craintif prêt à se cacher derrière ses jupes ?

Elle ne lui faisait pas confiance pour les protéger, elle et leur futur enfant ?

Il entendit les sabots de la jument marteler le sol et mit sa propre monture en travers pour lui bloquer le passage.

— Je vous ai dit non, Lea !

— Jared…

Il allait l'interrompre, quand une pointe acérée vint se planter dans son bras. Lea s'étrangla à la vue de la flèche. Elle ouvrit la bouche pour crier, mais il lui imposa silence d'un regard flamboyant. Puis il arracha le trait et le jeta à terre.

— Restez derrière moi ! ordonna-t-il.

Elle acquiesça, sidérée par le ton dur de sa voix, une voix qu'elle ne lui connaissait pas.

Il se tourna pour faire face à leurs agresseurs qui s'approchaient.

— Visez l'archer ! ordonna-t-il.

Les hommes de Villaire n'avaient pas fait trois pas que

Rolfe avait déjà lâché le trait, la pointe de la flèche se fichant dans la gorge de l'archer ennemi.

Lea se détourna de l'affreux spectacle, mais ce qu'elle découvrit ne valait guère mieux. Le deuxième groupe des assaillants les attaquait par-derrière !

Les deux troupes les prirent en tenailles avant même qu'elle n'ait eu le temps de crier. Certaine que sa dernière heure avait sonné, elle se pencha sur le cou de la jument, la tête dans les épaules, et ferma les yeux en attendant le coup fatal.

Mais si cette position lui permettait de ne plus voir la bataille, elle ne pouvait ignorer le vacarme qui l'entourait. Le cliquetis des épées qui se heurtaient, les cris de colère et de douleur lui arrachaient des frissons de terreur. Elle eut le plus grand mal à ne pas hurler lorsqu'elle entendit le choc sourd d'un corps qui tombait sur le sol.

Oh, Seigneur, elle ne voulait pas mourir ! Pas maintenant.

Elle posa une main sur son ventre. Son enfant ne méritait-il pas qu'on lui laisse une chance de vivre ?

Elle entendit Jared pousser un juron et craignit qu'il n'ait été de nouveau blessé. La gorge déchirée d'un sanglot, elle enfouit son visage dans la crinière du cheval et se cramponna de toutes ses forces au pommeau.

La jument dansait littéralement de droite à gauche, esquivant les chevaux et les hommes qui se battaient autour d'elle. Par-dessus le fracas de la bataille, Lea entendait les hurlements d'Agatha et la peur de la servante augmentait la sienne, comme si son effroi avait été contagieux. Son cœur cognait dans sa poitrine et ses membres engourdis lui refusaient quasiment tout service.

Elle n'arrivait plus à réfléchir. Tous les sons se mêlaient jusqu'à ne plus former qu'un horrible brouhaha, l'emplissant de terreur et chassant toute pensée cohérente de son esprit.

Elle serra les dents, luttant contre le sentiment de défaite qui menaçait de la submerger. Que Dieu leur vienne en aide, que Dieu aide Jared !

Elle était sur le point de céder à la panique, quand le bruit parut soudain diminuer d'intensité.

Les chevaux hennissaient toujours en piétinant le sol mais les cris des hommes ne semblaient plus aussi furieux ni désespérés.

Elle se redressa légèrement et rouvrit les yeux avec précaution. La bataille paraissait terminée. Elle prit une profonde inspiration, rassemblant son courage pour faire face à Villaire.

Sauf que le visage blême de rage qui lui faisait face, les pupilles étrécies qui la dévisageaient sous le heaume n'étaient pas ceux de Markam.

Son soulagement fut tel qu'elle faillit être désarçonnée et se rattrapa in extremis.

— Jared !

Il la toisait, exaspéré, et sans lui adresser la parole. Enfin, il se retourna pour donner des ordres à ses hommes.

Mais il fallait absolument qu'elle sache.

— Et… Villaire ?

Sans un mot, il pointa le doigt vers un corps visiblement sans vie qui gisait sur le sol.

Lea déglutit convulsivement. Cette fois, la nausée qui lui tordait l'estomac n'était pas due au bébé.

Jamais elle n'avait vu Jared aussi furieux. Ni aussi froid et lointain. Même envers ses hommes il paraissait distant. Les ordres qu'il leur donna pour rassembler les morts et soigner les blessés furent aboyés d'une voix brusque. Toutefois, les gardes ne parurent pas s'en offusquer. Peut-être étaient-ce ses façons habituelles après une bataille.

Inquiète de voir qu'il ne se souciait pas de sa propre blessure, Lea fit avancer son cheval jusqu'à lui et tendit le bras pour examiner la plaie que lui avait infligée la flèche. Mais il s'écarta d'un mouvement brusque.

— Qu'est-ce que vous faites, bon sang ?

— Vous êtes blessé. Je voulais seulement…

Il l'interrompit sans ménagement.

— Ce n'est qu'une égratignure.

— Mais si cela s'infecte…

— Au nom du ciel, cela peut attendre ! N'insistez pas, Lea !

Elle frissonna, sidérée par le ton de sa voix et l'expression de son visage. Quelque chose en elle se révolta contre tant de dureté. Qu'avait-elle fait pour mériter d'être traitée ainsi ?

Après tout, elle ne s'était pas rendue à Villaire et avait ravalé silencieusement sa peur, même quand les armes s'entrechoquaient autour d'elle. Loin de céder au désir de s'enfuir, elle avait obéi aux instructions de Jared en restant derrière lui. Alors pourquoi lui parlait-il à présent comme à un chien ?

La colère se mit à bouillonner en elle. D'un geste prompt, elle jeta les rênes à Jared et mit pied à terre. S'il ne voulait pas de son aide, d'autres que lui en avaient visiblement besoin. En outre, s'occuper était certainement la meilleure façon de tenir la peur à distance.

— Remontez sur cette jument ! ordonna-t-il d'une voix brève.

— Allez au diable, Warehaven !

Elle en avait assez de lui et de ses manières cassantes. Il avait ordonné que l'on s'occupe des blessés, non ? Eh bien, c'était ce qu'elle allait faire, que cela lui plaise ou non.

— Je vous préviens, Lea…

Ignorant la menace, elle se tourna vers Agatha.

— Dites à milord de me procurer de l'eau et de l'achillée pour les blessures. Quand c'est moi qui lui parle, il semble ne pas comprendre.

Elle se dirigea ensuite vers Rolfe, qui se tenait le bras tout en donnant ses directives aux soldats.

— Asseyez-vous ! ordonna-t-elle.

Il la regarda comme si elle venait de proférer une incongruité, avant de jeter un coup d'œil vers Jared.

— Je vous ai dit de vous asseoir, sir Rolfe. Vous ne voyez donc pas que vous saignez ?

Comme il ne faisait pas mine d'obtempérer, elle se tourna vers Jared, les mains sur les hanches.

— Je suis la dame de Montreau et de Warehaven. Veuillez leur dire de m'obéir !

L'expression de Jared ne s'adoucit pas d'un iota, mais il n'en acquiesça pas moins d'un signe de tête.

— Elle est votre dame, confirma-t-il. Faites ce qu'elle vous dit.

Rolfe s'assit par terre et laissa Lea lui retirer son heaume et son haubert avec l'aide d'Agatha. La chambrière vacilla sous le poids du métal, qu'elle laissa choir en tas près du blessé.

Le traitement infligé à son armure arracha une grimace à Rolfe, mais il s'abstint de tout commentaire.

Tandis qu'Agatha s'occupait des autres blessés, Lea déchira la manche ensanglantée du lieutenant et examina sa blessure en secouant la tête.

— Ce n'est pas si grave. Mais il semblerait que votre cotte de mailles ne soit pas aussi impénétrable que le prétend votre seigneur.

Rolfe émit un vague grognement et resta stoïquement immobile pendant qu'elle tâtait et sondait sa plaie.

— Je suppose qu'il n'y a ni aiguille ni fil dans vos bagages ?

Une sacoche de cuir atterrit soudain à ses pieds.

— Là-dedans ! fit la voix brève de Jared, qui s'éloigna sur sa monture.

Elle attendit qu'il ait disparu pour commenter avec ironie :

— Quelle humeur charmante ! Il doit être agréable de se battre à ses côtés.

— Bah, on a survécu jusque-là, assura Rolfe.

Elle était bien décidée à le faire parler, pour le distraire tandis qu'elle recousait sa plaie.

— Oui, je le vois à vos cicatrices.

— Qu'est-ce que cela fait ? Personne ne me demande d'être beau !

En fait, Rolfe était un homme plutôt séduisant. Pas d'une beauté à couper le souffle comme Jared, certes, mais tout de même pas mal de sa personne. Seulement elle ne le connaissait pas assez pour le lui dire.

Au lieu de cela, elle s'amusa à le taquiner.

— Vous avez raison. Je vois exactement à quel genre d'ennui cela pourrait vous exposer !

Rolfe rougit jusqu'à la racine des cheveux, mais ne répondit pas.

— Je vais avoir besoin de votre poignard, sir Rolfe.

Il lui tendit sa dague de son bras valide et elle se servit de l'arme pour couper le fil.

— Jared vous a peut-être permis de survivre, comme vous dites, mais il n'est pas obligé de se montrer aussi désagréable ensuite.

— Voudriez-vous qu'il se réjouisse d'avoir tué des gens ?

Elle fronça les sourcils. En fait, elle n'avait pas envisagé la question sous cet angle.

— Non, bien sûr.

Elle souleva le bord de sa jupe pour découper un morceau de sa propre chemise et le noua autour du bras de Rolfe. Sachant avec quelle insouciance son père et son frère traitaient autrefois leurs blessures, elle le mit en garde :

— Tâchez de ne pas déchirer les fils trop tôt, voulez-vous ?

Puis elle lui rendit sa dague et tendit la main vers son haubert. Mais il lui arracha la cotte des mains.

— Laissez, je me débrouillerai tout seul. Merci de vos soins, milady.

Lea se releva et tourna les yeux vers Jared, qui avait mis pied à terre près d'un bouquet d'arbres. Le dos appuyé à un énorme tronc, il l'observait de loin.

L'intensité de son regard, l'inclination de sa tête et ce

quelque chose d'indéfinissable dans sa contenance éveillèrent en elle une brusque flambée de désir. Elle rougit, confuse. Si seulement ils avaient été seuls et non ici au grand air, entourés de tous ces hommes !

Les yeux toujours fixés sur lui, elle appela Agatha.

— Avez-vous besoin d'aide ?

— Non, milady. Les autres n'ont guère plus que des égratignures et des hématomes.

— Appelez-moi si vous avez besoin de moi.

Lentement, elle se dirigea vers son mari, anxieuse de déchiffrer l'expression de son visage. Ses yeux brillaient-ils de colère ou de désir ? Etait-ce une moue railleuse qui retroussait ses lèvres ou ce demi-sourire qui avait la propriété de lui faire battre follement le cœur ?

Elle voulait caresser son visage, sentir ses lèvres lui effleurer la paume avant qu'il ne penche la tête vers elle pour lui dérober un baiser. Et puis ses bras se refermant sur elle, avec le battement régulier et rassurant de son cœur contre le sien…

Elle était à mi-chemin vers lui, quand un martèlement de sabots la tira brusquement du nuage de désir où elle semblait flotter.

— Lea, attention !

Elle se retourna pour voir ce qui fondait ainsi sur elle et se sentit soulevée en l'air par une paire de bras musclés qui la jetèrent sans ménagement en travers d'une selle.

Sans perdre une seconde, Jared se hissa sur sa monture et s'élança à la poursuite du brigand qui venait de capturer sa femme. Au nom du ciel, qu'est-ce qui lui avait pris de baisser ainsi sa garde ? Villaire était mort, certes. Mais cela ne signifiait pas que Lea ne courait plus de danger. Blackstone, lui, vivait encore.

Certain de l'identité du ravisseur, il poussa un juron.

Rolfe le rattrapa promptement.

— J'aurais dû faire plus attention, dit le lieutenant d'un ton contrit.

— *Nous* aurions dû faire attention !

Il ne pouvait blâmer Rolfe pour une faute dont il partageait la responsabilité avec lui.

A cet instant, le ravisseur devant eux bifurqua vers l'est, arrachant à Jared une nouvelle bordée de jurons.

— Bon sang, il se dirige vers York !

Il enfonça les éperons dans les flancs de sa monture, qu'il lança au grand galop. Il ne pouvait laisser l'homme emporter sa femme en territoire ennemi. Là-bas, il ne pourrait empêcher York de la marier à quelqu'un d'autre pour s'amuser à ses dépens. Le comte aurait fait n'importe quoi pour narguer l'Eglise et Mathilde. La perspective de se moquer des deux à la fois serait trop tentante pour qu'il y résiste.

Dès qu'il fut à portée de voix, Jared héla le ravisseur.

— Halte ! cria-t-il.

Mais l'interpellé se contenta d'éperonner sa monture en serrant plus étroitement Lea, dont il maintenait le corps devant lui en travers de la selle.

Rolfe tira sa dague de sa ceinture et visa.

— Non ! protesta Jared. S'il laisse tomber Lea, elle risque d'être piétinée par le cheval.

D'une façon ou d'une autre, il fallait qu'il arrête le fuyard et lui arrache sa captive. Dans son désespoir, il était prêt à tout essayer.

Sachant que le ravisseur désirait avant tout s'emparer des biens de sa femme, il cria à son intention :

— Je vais raser Montreau et mettre le feu aux terres. Vous n'aurez rien du tout !

Ce n'était qu'une supposition, mais il doutait que Blackstone soit plus courageux que Villaire, dès lors qu'il s'agissait de payer de sa personne. Et reconstruire un château était une tâche aussi harassante que coûteuse.

— Pas de terres, pas de revenus ! insista-t-il en se rapprochant.

Il n'était pas sûr que ce soit encore vrai. Il y avait eu un temps où les seigneurs de Montreau tiraient grand profit de leurs troupeaux, de leurs abondantes moissons et du produit de la pêche. C'était ce qui avait amené le père de Lea à Warehaven au début : il cherchait des bateaux pour transporter sa laine.

Mais avec Charles Villaire aux commandes pendant toutes ces années, il doutait que ce soit encore le cas.

Mais qu'importait ? Ce n'était pas Lea qui allait le contredire.

Quoi qu'il en soit, l'argument porta assez pour que l'homme ralentisse involontairement l'allure, permettant à Jared de le rattraper enfin.

— Arrêtez, espèce d'imbécile !

Il tira son poignard du fourreau, pressa les flancs de son étalon entre ses cuisses et coinça les rênes sous son baudrier.

— Vous… vous n'êtes tout de même pas assez fou pour faire ça ? glapit l'autre.

— Vous ne savez pas à quel point je peux être fou quand on m'y oblige !

Profitant de l'inattention de Blackstone, Jared empoigna Lea par le dos de sa robe pour la maintenir. Puis de l'autre main, il enfonça sa lame dans le flanc du ravisseur, qu'il jeta à bas de sa monture.

— Je vous avais prévenu, mon vieux !

Lea se débattit pour chercher un appui et Jared resserra son étreinte sur l'étoffe. Puis il saisit les rênes flottant sur le cou du cheval et se cala plus fermement sur sa propre selle en ralentissant sa monture.

Les deux chevaux enfin arrêtés, il saisit Lea par la taille et la souleva au-dessus du pommeau. Elle glissa les pieds dans les étriers avant de se pencher sur l'encolure du cheval en tremblant de la tête aux pieds.

— Etes-vous blessée ?

Elle secoua la tête et tourna les yeux vers lui. Ses yeux de saphir brillaient anormalement dans son visage blafard.

— Vous êtes sûre que vous allez bien ?

Elle n'émettait pas le moindre son, sûrement paralysée de peur. Il remit sa dague au fourreau et se laissa glisser à terre. Puis il fit signe à Rolfe de s'éloigner un peu et tendit les bras vers elle.

— Venez ici ! intima-t-il doucement.

Elle vola littéralement vers lui.

Il la serra passionnément contre lui et lui caressa les cheveux d'une main apaisante.

— Vous êtes en sécurité à présent.

Au lieu d'être rassurée, elle se mit à trembler plus fort, comme si ses paroles avaient eu le pouvoir de la bouleverser davantage. Impuissant à la calmer, il relâcha son étreinte.

Mais elle s'accrocha désespérément à lui comme à sa seule planche de salut en ce monde.

— Non ! cria-t-elle d'une voix étranglée. Ne vous en allez pas, s'il vous plaît.

— Je ne vais nulle part, assura-t-il.

Il posa le menton sur le sommet de sa tête et se mit à la bercer doucement.

— Je suis désolé. Cela n'aurait jamais dû arriver.

Comme elle ne répondait pas, il insista avec inquiétude :

— Vous êtes certaine que vous allez bien ?

— Non. Oui. Tenez-moi bien, je vous en prie.

— Je vous tiens, Lea, n'ayez crainte.

Elle releva la tête pour le regarder.

— Je veux rentrer à la maison.

— Vous n'êtes pas la seule ! plaisanta-t-il. Si nous rentrions ensemble ?

Il déposa un baiser sur son front, puis l'aida à se hisser sur le cheval de Blackstone.

— Jared ?

Il s'arrêta, la main sur la cuisse de Lea.

— Qu'y a-t-il ?

— Plus jamais. Promettez-moi que vous ne tuerez plus jamais ni ne courrez le risque d'être tué vous-même.

Il lui pressa le genou, puis s'écarta à regret.

— Je ne peux pas vous promettre cela, vous le savez fort bien.

— Mais…

— Non, Lea.

Il s'arrêta et fit un effort pour adoucir le ton de sa voix.

— Lea, c'est ce que je suis, et ce sont ces choses que je fais. Vous m'avez épousé en toute connaissance de cause. Comment pourrais-je être différent ?

— Ramenez-moi à la maison, articula-t-elle d'une voix faible.

Elle détourna les yeux avant d'ajouter dans un chuchotement :

— Et ne me laissez pas vous aimer. Jamais !

Chapitre 21

Lea contemplait la cour au-dessous d'elle.

Depuis deux semaines qu'elle était de retour à Montreau, elle n'avait vu Jared qu'à de rares reprises. Et il s'était arrangé pour rendre leurs rencontres aussi brèves et impersonnelles que possible.

Elle se détourna de la fenêtre, songeuse.

Ils ne pouvaient continuer ainsi. Quelque chose devait se passer.

Mais quoi ?

Il y avait peu d'espoir que Jared change jamais d'avis et quitte le service de sa tante.

Et elle ne changerait certainement pas d'avis sur la guerre. Pas plus qu'elle ne souhaitait envoyer ses hommes servir l'impératrice. C'était déjà assez dur de savoir qu'un jour ou l'autre, elle perdrait son mari dans quelque bataille, loin, bien loin de Montreau.

Comment pouvait-on attendre d'elle qu'elle accepte de vivre ainsi ?

D'accord, elle avait épousé un guerrier en toute connaissance de cause. Mais cela ne voulait pas dire qu'il ne pouvait jamais changer.

Il devait y avoir quelque chose d'autre en dehors du devoir, de l'honneur, et du serment de fidélité qu'il avait prêté à Mathilde.

Et le serment qu'il avait échangé avec elle ?

Un jour viendrait-il où cet engagement prendrait un sens et une réelle importance pour lui ?

Elle prit une longue inspiration, le souffle un peu tremblant. Quand son cœur cesserait-il d'être aussi lourd ?

La voix d'Agatha la tira tout à coup de sa rêverie.

— Milady ? fit la chambrière en pénétrant dans la chambre. Lord Jared voudrait s'entretenir avec vous un instant.

Lea secoua la tête. Il se montrait si formel ces derniers temps ! Pourquoi lui demandait-il audience au lieu de venir simplement la voir ?

— Où cela ?

— Il attend dans la grande salle avec quelques-uns de nos hommes.

Quelques-uns des hommes ? Qu'est-ce que cela signifiait ? La dernière fois qu'elle avait assisté à ce genre de réunion, c'était pour régler un conflit concernant quelques arpents de terre au village.

— Dites-leur que je descends tout de suite.

Elle passa un peigne dans ses cheveux dénoués, les natta avant de quitter la chambre, et descendit l'escalier en toute hâte.

A sa grande surprise, la grande salle était absolument silencieuse. Pas de bruits de voix, pas d'hommes excités discutant à tue-tête. En fait, il n'y avait pas d'*hommes* du tout en dehors de Jared. Seuls cinq garçons de Montreau se tenaient à l'une des tables.

Lea s'approcha et vit une lettre posée devant Jared. A l'instant même où il leva les yeux vers elle, elle sut ce que contenait la missive.

Elle dut reprendre sa respiration plusieurs fois et déglutir avant de pouvoir articuler la question qui lui brûlait les lèvres.

— Quand ?

— Demain.

Jared désigna les adolescents rassemblés autour de la table.

— Ils veulent vous dire un mot.

Mais elle l'entendit à peine.

Demain. Il allait partir demain.

Elle se mordit l'intérieur de la bouche pour s'empêcher de crier.

Elle n'avait plus le temps. Pourtant, elle aurait eu besoin de quelques jours. Juste assez pour s'emplir les yeux de la vue de Jared.

Du temps pour le tenir dans ses bras.

Du temps pour le caresser.

Et pour imprimer tout cela en elle afin qu'elle n'oublie jamais le toucher de ses mains, le goût de ses lèvres et le son de sa voix.

— Lea…

Elle lutta contre la détresse qui menaçait de l'engloutir, une douleur à lui couper le souffle.

Saisie d'un étrange vertige, elle se tourna vers les garçons. Elle avait l'impression bizarre de ne pas être tout à fait là, comme si son âme n'habitait plus son corps.

— Milady ?

Frank, l'un des fils de la cuisinière, se leva et ôta son bonnet, qu'il se mit à triturer entre ses mains.

— Milady, je… je…

Il désigna d'un geste les quatre autres jeunes gens assis à la table.

— Nous voulons partir avec lord Jared.

Lea porta la main à sa gorge.

— Non !

Jared se précipita vers elle et lui saisit le bras avec douceur.

— Allons, venez vous asseoir, intima-t-il en la poussant vers la chaire qu'il venait de quitter.

Elle déglutit plusieurs fois avant de pouvoir articuler :

— Est-ce vous qui leur avez mis cela dans la tête ?

— Non. L'idée vient d'eux.

— Je n'ai pas l'intention d'envoyer les garçons de Montreau à la guerre.

John, l'autre fils de la cuisinière, tourna vers elle un regard suppliant.

— S'il vous plaît, milady ! Nous ne sommes plus des gamins. Aucun de nous n'est marié, nous n'avons pas d'enfants. Et pour être franc, il n'y a rien pour nous ici, pas d'avenir.

— Rien pour vous ? Il y a la vie ici.

— Quand on n'a pas de but, cela ne s'appelle pas vivre. Je préfère courir ma chance sur un champ de bataille que de mourir de vieillesse dans la chaumine de ma mère.

— De vieillesse ! Tu as combien ? Disons seize ans à peine et tu parles de vieillesse ?

— J'ai dix-huit ans, milady. Et je refuse de passer une année de plus à soupirer après le vaste monde. Je veux voir ce qu'il y a au-delà de ces remparts, de ces champs.

— John, pense à ta mère, voyons !

— Il m'en a déjà parlé, milady, intervint une voix féminine.

Hawise s'approcha de la table et vint se placer à côté de ses fils.

— Je leur ai donné à tous deux ma bénédiction. Mais je leur ai dit aussi qu'ils devaient obtenir votre permission.

Lea dévisagea la femme, les yeux écarquillés. Elle avait du mal à en croire ses oreilles.

— Vous voulez les laisser partir ?

— Ce sont des hommes à présent, milady. C'est à eux de choisir.

Lea fronça les sourcils, cherchant des arguments.

— Ils n'ont ni armure ni épées…

Jared posa la main sur son épaule.

— Cela, c'est à nous d'y pourvoir. Je leur fournirai un équipement complet.

— Vous allez les lancer dans la bataille alors qu'ils n'ont pas eu le moindre entraînement ?

— Oh, mais si, s'écria Frank, dont la voix trahissait l'excitation. Il y a déjà plusieurs semaines que nous nous entraînons avec les hommes de lord Jared.

— Je ne prendrais pas le risque d'exposer un homme inexpérimenté, Lea, intervint à son tour Jared.

Lea se tourna vers Hawise.

— Vos *deux* fils ? répéta-t-elle, incrédule.

La cuisinière posa une main sur chaque tête brune.

— Ils veilleront mieux l'un sur l'autre s'ils sont ensemble.

Elle leur tira légèrement les cheveux.

— Parce que s'ils ne le font pas, ils savent ce qui les attend à leur retour !

— S'il vous plaît, milady ! supplia Frank.

Il regarda tour à tour ses compagnons et Lea.

— Ne nous refusez pas la chance de devenir des hommes.

Comment aurait-elle pu dire non ?

Elle se laissa retomber contre le dossier de sa chaire et leva les yeux vers Jared.

— Vous veillerez à leur sécurité ?

— Je n'ai pas l'intention de les jeter en pâture aux lions, Lea !

Elle tourna la tête vers les deux jeunes gens, qui attendaient anxieusement sa réponse.

— Et vous, vous resterez ensemble ?

Ils acquiescèrent à l'unisson.

— Et vous jurez d'obéir en tout à lord Jared ?

Un chœur de « oui » enthousiastes s'éleva dans la salle.

— Jurez aussi que vous enverrez régulièrement des nouvelles à votre mère.

Elle étrécit les paupières.

— Cela ne veut pas dire une fois par an, je précise !

Les deux garçons échangèrent un regard, et ce fut Jared qui répondit pour eux.

— Des messages seront régulièrement envoyés à Montreau, je m'en assurerai.

— Alors je vous suggère à tous de passer la soirée avec vos familles et de faire vos bagages.

Ils se levèrent d'un seul mouvement et s'inclinèrent devant elle avant de quitter la salle.

Hawise s'avança vers Lea et lui prit la main.

— Merci, milady.

Se rendait-elle compte qu'un jour, elle lui serait peut-être moins reconnaissante de cette décision ?

— N'oubliez pas de me tenir au courant, dès que vous aurez de leurs nouvelles.

Hawise se mit à rire.

— Comme il vous faudra bien les lire pour moi, vous aurez connaissance de leurs missives avant moi, milady.

Jared attendit que Hawise ait regagné les cuisines. Puis il lâcha l'épaule de Lea et se dirigea vers la porte.

Non, elle ne pouvait pas le laisser partir. Pas ainsi.

— Personne ne vous a congédié, que je sache !

Il se retourna, un sourcil haussé avec arrogance.

— Ah bon ?

— Jared, s'il vous plaît !

— Ne commencez pas, Lea. Je dois m'occuper de trop de choses avant notre départ demain matin.

— Et votre femme ? Vous n'avez pas besoin de vous occuper d'elle ?

Il se rapprocha d'elle et lui caressa la joue.

— J'ai parfaitement l'intention de m'en occuper aussi. Et je ne doute pas qu'elle n'ait quelques reproches à m'adresser avant mon départ.

— Eh bien… c'est exact.

— En ce cas, je vous retrouverai à…

Il observa une pause, sans doute occupé à passer en revue les multiples tâches qui l'attendaient.

— Disons aux portes du château, juste avant le repas du soir.

— Parfait.

Elle posa la main sur la sienne.

— Puis-je faire quelque chose pour vous aider ?

Il se pencha vers elle pour lui embrasser le front.

— Non, pas cette fois. Reposez-vous seulement. Et tâchez de ne pas vous rendre malade d'inquiétude.

Elle acquiesça de la tête, incapable de parler. Puis elle le regarda traverser la grande salle et attendit que la porte se fût refermée sur lui pour laisser libre cours à sa douleur.

Où était-il passé, au nom du ciel ?

Lea drapa plus étroitement sa cape autour de ses épaules. Tout le monde était déjà rassemblé dans la grande salle pour le souper, et Jared se faisait attendre !

Elle avait passé la plus grande partie de la journée déchirée entre sa peur du lendemain et un fébrile sentiment d'impatience à la pensée de la nuit à venir. Et maintenant, elle se tenait à la porte du château, telle une gamine enamourée qui guette le passage du bien-aimé.

Exactement comme elle l'avait fait tant de fois huit ans plus tôt !

— On attend quelqu'un ?

Elle se retourna, le cœur battant.

— Vous êtes en retard !

Il lui prit la main et lui enlaça les doigts avant de l'entraîner vers la baie.

— J'ai voulu porter quelques toasts dans la grande salle avant de vous rejoindre.

— C'était une sympathique attention de votre part.

— Elle l'aurait été encore plus si vous y aviez participé. Nous aurions dû le faire ensemble, comme il convient au seigneur et à la dame de ces lieux.

Le reproche la blessa. Elle voulut se dégager, mais il lui serra la main plus fort.

— Comment pouvais-je le savoir ?

— Vous ne pouviez pas. Je vous en parle pour que vous le sachiez à l'avenir.

L'avenir… En auraient-ils un ensemble ? Ce serait miraculeux !

Sa respiration s'accéléra. Oui, ce serait plus qu'un miracle s'ils avaient encore une nuit à partager après celle-ci…

— Allez-y, dites-le !

Elle haussa les sourcils.

— Dire quoi ?

— Je lis dans vos pensées, Lea. Et je sais ce que vous avez sur le cœur. Il serait bien que vous exprimiez ces craintes à voix haute.

Elle secoua la tête. A quoi bon lui faire porter le fardeau de ses terreurs ?

— Peut-être que je vais mourir à la guerre. Peut-être que je ne vous reverrai jamais…

Toutes ses peurs, tous ses horribles cauchemars jaillirent d'elle à ces mots.

— Taisez-vous, Jared, au nom du ciel ! intima-t-elle avec désespoir.

Sa voix tremblait de larmes contenues. Des larmes qu'elle se refusait absolument à verser.

— Peut-être que je ne tiendrai jamais mon enfant dans mes bras, poursuivit-il, inexorable. Peut-être que je ne le verrai jamais grandir ni faire ses premiers pas, et que je ne l'entendrai jamais dire ses premiers mots.

Elle étrangla un sanglot.

— Pourquoi faites-vous cela ? C'est… c'est cruel !

Il s'arrêta et l'attira contre sa poitrine.

— Parce que je ne serai plus là demain. Je ne pourrai plus vous prendre dans mes bras en vous suppliant de me faire confiance. Ces quelques instants, c'est tout ce que nous avons. Comment pourrai-je apaiser vos angoisses si vous ne les exprimez pas ? Je ne peux pas vous aider à les surmonter si je ne les connais pas.

Incapable de se contrôler plus longtemps, elle lui martela la poitrine en criant :

— Pourquoi faut-il que vous partiez ? Restez avec moi !

— Je ne peux pas et vous le savez fort bien.

— Jared, s'il vous plaît !

Ses jambes tremblantes menaçaient de s'effondrer sous elle. Elle se retint à lui en l'agrippant par sa tunique.

— S'il vous plaît…, répéta-t-elle dans un murmure brisé.

Jared savait que ce ne serait pas facile, et que la douleur de Lea le déchirerait. Mais il ne s'attendait certes pas à la partager. Pas à ce point…

Il la souleva dans ses bras et la porta vers la plage.

— Lâchez-moi !

Elle se débattit, mais il ne fit que resserrer son étreinte.

— Arrêtez, Lea. Je ne vais pas vous laisser tomber !

Elle lui enlaça le cou et se mit à pleurer, le visage enfoui contre son épaule. D'un geste tendre, il posa une joue dans ses cheveux.

Si seulement il avait le pouvoir de lui ôter ses craintes, de dissoudre sa souffrance…

Oh, Seigneur, il espérait que leurs futures séparations ne seraient pas aussi difficiles, que rien n'approcherait jamais de la douleur de celle-ci ! Il n'était pas sûr de pouvoir supporter cela chaque fois.

Pas si son cœur se brisait un peu plus à chaque nouveau départ…

Parvenu sur la plage, il congédia d'un signe les hommes qui chargeaient les bateaux. Ils pouvaient fort bien terminer leur tâche plus tard — demain matin. Il ne quitterait pas cette côte avant de s'assurer qu'il laissait derrière lui une femme apaisée, prête à tenir sur ses propres jambes.

Et il ne lui restait qu'une nuit pour cela.

Il avait tout préparé pour cette dernière entrevue. Un feu crépitait non loin de là. Des couvertures chaudes les attendaient, ainsi que de la nourriture et assez de vin pour endormir les affres de la séparation, aussi profondes soient-elles.

Il était indispensable qu'elle puisse gérer le château toute seule en son absence.

Jared ferma les yeux une seconde en maudissant le père de

Lea. A quoi pensait-il de laisser son unique enfant survivante adopter un tel mode de vie ?

Il aurait été de sa responsabilité et de son devoir de s'assurer que le château et les habitants de Montreau étaient prêts à se défendre en cas de besoin. Comment pourraient-ils le faire à présent, s'ils avaient peur de leur ombre ?

Il s'assit sur une couverture, en tenant Lea sur ses genoux.

— Parlez-moi, lui intima-t-il.

Tirant un autre plaid sur eux, il en enveloppa douillettement son épouse, puis lui chuchota à l'oreille :

— Racontez-moi vos peurs.

— Je ne peux pas.

Elle essaya de se redresser, mais il lui maintint la tête contre son épaule.

— Bien sûr que si, vous pouvez, assura-t-il en lui caressant la joue.

Elle prit une longue inspiration tremblante, puis se décida enfin.

— Que ferai-je, si vous ne revenez pas ?

Il se raidit. Mourir dans la bataille ? S'il y avait une chose à laquelle il n'avait pas envie de penser, c'était bien celle-là — surtout ce soir — juste avant de se remettre au service de Mathilde.

— Vous continuerez, Lea, voilà tout. Vous n'aurez pas le choix, de toute façon. Vous prendrez chaque jour comme il vient, puis le suivant et le suivant. Trop de gens dépendent de vous. Notre enfant aussi dépend de vous.

— Quand Phillip a été tué, j'étais si anéantie que je n'avais même plus le courage de me lever le matin. Comment pourrai-je m'en sortir seule ?

— Vous ne serez jamais toute seule dans ce château plein de monde. En outre, personne n'était préparé à la mort de Phillip. C'était un accident, une faute de guerre.

— Et vous pensez que je serai préparée à la vôtre ?

— Vous le serez.

Il fouilla dans un petit sac à côté de lui et en sortit un morceau de parchemin.

— Ceci vous y aidera.

Elle prit le vélin et demanda entre deux reniflements :

— Qu'est-ce… qu'est-ce que c'est ?

— C'est la liste de tout ce que vous aurez à faire s'il devait m'arriver quelque chose.

Lea laissa tomber le document comme s'il lui avait brûlé les doigts.

Mais il le ramassa et le lui remit dans la main.

— Non, gardez-le. Mettez-le de côté dans un endroit sûr, afin d'être certaine de le retrouver si vous en avez besoin.

Elle le dévisagea, abasourdie.

— Vous avez fait une liste de ce que je devrai faire après votre mort ?

Il haussa les épaules.

— Pourquoi pas ? Je suis habitué à lister les objets. On ne charge pas une cargaison dans les cales d'un navire sans avoir fait le décompte minutieux de tous les articles. Mes bateaux ne quittent jamais le port sans cet inventaire. J'ai pensé que cela pourrait vous servir.

— Vous avez perdu l'esprit !

— C'est ce que tout le monde pense, je sais.

Il cligna de l'œil, taquin.

— Il faut être fou pour vous avoir épousée, non ?

L'effet recherché fut obtenu sur-le-champ.

— Quoi ? cria-t-elle d'une voix stridente.

Il réprima un sourire, heureux de constater que les tisons de la colère couvaient encore sous le chagrin. Un feu qui ne demandait qu'à flamber de nouveau.

— Nous devons regarder la réalité en face, Lea. Je suis et je serai toujours un guerrier, prêt à me battre au premier appel de ma suzeraine. Tandis que vous, vous préférez vous cacher avec les vôtres derrière les murs de Montreau.

— Je ne préfère pas me cacher ! s'insurgea-t-elle, indignée. Et je ne force personne à rester à Montreau.

— Vraiment ? Alors pourquoi le départ de John, Frank et leurs compagnons représente-t-il une telle épreuve pour vous ?

— Ce ne sont que des adolescents, voilà pourquoi !

— Des adolescents ? Il y a déjà des années que ce ne sont plus de jeunes garçons. S'ils ne sont pas encore devenus des hommes, c'est parce que vous leur en avez refusé les moyens.

Elle eut une moue dédaigneuse.

— Partir se battre dans une guerre qui n'est pas la leur, c'est cela qui en fera des hommes ?

— Non. Mais prendre leur propre décision et s'y tenir, oui, cela fera d'eux des hommes.

Il la sentit trembler contre lui. Mais elle ne pleura pas, ce qui était à mettre à son crédit.

— Ils sont si inexpérimentés ! plaida-t-elle.

— La faute en revient à votre père et à Charles.

Il lui glissa la main le long du dos et lui caressa la nuque.

— Et aussi à vous, compléta-t-il doucement.

— J'aurais dû leur mettre une arme entre les mains, c'est cela ?

— A partir du moment où les hommes de Montreau n'avaient pas jugé bon de les entraîner, oui, vous auriez dû.

Elle écarquilla les yeux et il vit la lueur dansante du feu se refléter dans ses prunelles.

— Et si notre enfant est un garçon ?

— Il portera une épée dès qu'il sera assez grand pour marcher sans tomber.

Elle voulut s'écarter de lui dans un sursaut, mais il resserra la main autour de son cou pour la retenir.

— Au début, ce sera une épée de bois, la rassura-t-il. Puis en métal émoussé. C'est seulement lorsque j'aurai la certitude qu'il sera prêt que je lui donnerai une vraie arme — une arme de mon choix.

— Non, Jared !

— Le monde dans lequel nous vivons est ainsi, Lea. Il faut que notre fils puisse se défendre et protéger ceux qui sont à son service.

Il la tourna vers lui pour plonger dans ses yeux.

— Et qu'il sache que sa mère lui fait confiance pour veiller à sa propre sécurité.

Il lui effleura la joue du bout des doigts.

— Vous ne pouvez laisser vos craintes et vos incertitudes déteindre sur lui.

Il empoigna une autre couverture et la drapa autour d'eux.

— Un seul doute, une seconde d'hésitation, et cela peut être la mort pour lui.

Elle poussa une exclamation horrifiée.

— Jared, je…

— Chut ! Moi aussi, j'ai besoin que vous me fassiez confiance, Lea. Je ne suis plus un ballot d'adolescent qui s'entrave dans ses propres pieds en traversant la cour. Ou qui renverse tout sur la table en voulant saisir une tranche de pain.

Elle sourit malgré elle. Visiblement, elle n'avait pas oublié ses balourdises d'autrefois, du temps où il n'était encore qu'un jeune garçon maladroit.

— Après tout, personne n'est à l'abri de rien. Même si je me cachais avec vous derrière nos remparts, je pourrais fort bien trépasser dans mon sommeil, tomber de cheval ou attraper quelque maladie inconnue.

Du bout du pouce, il dessina le contour de ses lèvres pulpeuses, en savourant le petit frémissement de désir qu'il y faisait naître.

— Au lieu de cela, je serai l'homme que j'étais destiné à être. Je vivrai et je mourrai avec dignité, comme le sort en décidera.

Lea saisissait parfaitement ce qu'il essayait de lui dire. Cela n'apaisait pas ses craintes, loin de là. Mais elle ne pouvait le laisser partir avec une image d'elle aussi négative. Mieux valait qu'il la croie rassurée. Au moins en partie…

— Je vous comprends, Jared.

Elle enfonça les doigts dans sa chevelure et l'attira plus près d'elle.

— C'est à vous de m'écouter à présent. Ne soyez pas imprudent, je vous en prie. Laissez les exploits à d'autres et revenez-moi sain et sauf !

Il se pencha en avant et la renversa doucement sur la couverture étendue sous eux.

— Je ne prendrai pas de risques, promit-il. J'ai encore trop de choses à vivre !

Il délaça sa robe, effleurant sa peau au passage et éveillant en elle toutes les flammes du désir.

— Je vous jure une chose, Lea — je serai de retour quand votre temps viendra. Nous entendrons ensemble le premier cri de notre enfant.

Elle ne sut pas si c'était à cause de la douceur de son toucher ou de la fermeté de sa voix mais, pour une fois, elle le crut.

La brise qui soufflait de la mer était fraîche sur sa peau, mais Jared avait le pouvoir de chasser les frissons. Lentement, il explora tout son corps du bout des doigts, comme s'il cherchait à en mémoriser chaque courbe pour tous les jours où il ne la verrait pas.

Ses lèvres suivirent le chemin tracé par ses mains jusqu'à ce que Lea ait l'impression qu'elle allait mourir sous ses caresses.

— Jared, s'il vous plaît…

Mais il lui écarta les bras.

— Nous avons toute la nuit. Je veux vous emporter dans mon cœur, vous revoir sans cesse dans mon souvenir.

Elle gémit à l'idée du délicieux tourment qu'il allait lui infliger.

Il prolongea le supplice jusqu'à ce qu'elle n'en puisse plus d'attendre et crie son nom, le suppliant de lui accorder plus que des caresses.

Il adoucit alors son attente en la faisant jouir, donnant un bref répit à son cœur emballé et à sa respiration haletante avant de la conduire de nouveau jusqu'à l'extrême bord du vertige.

Puis, au moment où elle fut sûre qu'elle allait s'évanouir de plaisir, il s'allongea sur elle et la pénétra lentement, le regard plongé dans le sien.

— Souvenez-vous de moi, Lea.

Il lui souleva les hanches pour s'enfoncer plus profondément en elle.

— Quand les nuits seront longues et que je ne serai plus dans vos bras, souvenez-vous de moi !

Ses paroles étaient entrecoupées, son souffle rauque, mais l'intensité de son regard ne faiblit pas.

Elle se haussa vers lui, les reins cambrés.

— Oh, oui, Jared. Je me souviendrai.

Il la serra follement contre son corps au moment où l'extase déferlait en eux, les emportant ensemble sur le rivage étincelant de la félicité.

Voilà, c'était fini. Lea sentit sa gorge se serrer et dut lutter contre les larmes qui lui brûlaient de nouveau les paupières. Jared tira les couvertures sur eux et se laissa rouler sur le côté, l'entraînant avec lui. Puis il l'attira contre son épaule et lui caressa doucement les cheveux.

— Si vous devez pleurer, faites-le maintenant. Je ne veux pas de pleurs demain matin.

Elle essaya d'abord de lutter, mais c'était une bataille perdue d'avance et elle laissa libre cours au chagrin qui lui déchirait le cœur.

— Vous allez tellement me manquer…

— J'espère bien, la taquina-t-il.

D'un geste léger, il traça du bout de l'index le contour de son oreille.

— Vous aussi vous allez me manquer, Lea. Dieu sait à quel point…

Lorsqu'elle eut pleuré tout son soûl, elle voulut le supplier de nouveau de ne pas la quitter. Mais à quoi bon le bouleverser et réveiller sa colère ?

Au lieu de cela, elle fixa sur lui un regard mouillé :

— Vous me jurez que vous tiendrez vos promesses ?

— Bien sûr que je les tiendrai !

Il l'enlaça de ses deux bras et se laissa rouler sur le dos.

— Je ne veux pas que vous reveniez demain matin ici assister au départ.

Le cœur de Lea se serra à ces paroles.

— Vous ne voulez pas que je vous dise au revoir ?

— Je vous verrai avant de partir. Mais dans notre chambre, pas sur cette plage.

— Je ne pleurerai pas, vous savez.

Elle le sentit se contracter.

— Si, vous pleurerez.

— Les autres femmes aussi…

— C'est probable. Mais si elles voient leur dame au désespoir, cela ne fera qu'augmenter leurs craintes.

— Mais…

— Non, Lea, pas cette fois. Je veux me souvenir de vous nue dans notre lit. Là, vous pourrez pleurer autant que vous voudrez. Tout ce que je vous demande, c'est de rester impavide devant les habitants de Montreau. Ne laissez jamais couler vos larmes devant eux. D'accord ?

Elle acquiesça de la tête, bien qu'elle ne fût pas certaine de pouvoir tenir sa promesse.

— J'essaierai, murmura-t-elle.

— Parfait. Tâchez de dormir maintenant.

Le lendemain, Lea s'étira en bâillant avant de se figer en sentant sous elle le matelas de son lit.

Comment était-elle revenue ici ?

Elle s'assit promptement et jeta un regard autour d'elle. Personne. Où était Jared ? Etait-il parti sans la réveiller ? Sans lui faire ses adieux ?

Elle se leva d'un bond et prit à peine le temps d'enfiler une chemise et une tunique avant de se précipiter vers la porte. Mais à peine l'eut-elle ouverte qu'elle se heurta à Jared.

— Où allez-vous comme cela ?

Une vague de soulagement déferla en elle.

— J'ai cru que vous étiez déjà parti.

Il la fit rentrer dans la chambre.

— Je n'aurais pas quitté Montreau sans vous dire au revoir, assura-t-il.

Lea ne savait plus que dire ni que faire.

— Jared, je…

Elle n'eut pas le temps d'ajouter un seul mot. Jared la souleva dans ses bras et traversa la chambre pour aller la déposer sur le lit.

— Déshabillez-vous et rendormez-vous.

— Mais…

Elle s'arrêta, consciente que rien de ce qu'elle pouvait dire ne changerait quoi que ce soit à la suite des événements. Aussi ôta-t-elle sa tunique avant de se glisser sous les couvertures.

Jared la borda, puis s'assit sur le bord du lit.

— Un bateau accostera d'ici un jour ou deux, avec quelques-uns de mes hommes à bord. Ils savent qu'ils devront se mettre à vos ordres. Utilisez-les pour assurer la sécurité de Montreau jusqu'à mon retour. Pouvez-vous faire cela ?

Elle hocha la tête.

— Oui. L'ancien capitaine de mon père vit toujours au village. Je ferai aussi appel à lui si j'ai besoin d'aide.

— Très bonne idée.

Il tendit la main vers elle et repoussa les mèches qui cachaient son visage.

— Prenez soin de vous et de notre enfant, Lea.

— C'est promis.

Elle le regarda, la gorge nouée. Il composait un spectacle assez effrayant, avec sa cotte de mailles et son épée déjà accrochée à son baudrier. Mais elle l'aimait ainsi. Oh, oui, elle l'aimait de tout son cœur ! Elle avait pourtant tout fait pour que cela n'arrive pas, bien décidée à ne pas donner son cœur à un guerrier.

Et pourtant, c'était arrivé, elle le comprit en cet instant.

Elle leva la main et la posa sur sa joue.

— Vous aussi, prenez soin de vous.

— Je le ferai, promit-il.

Il lui embrassa la paume, puis l'obligea à rentrer son bras sous la courtepointe.

— Rendormez-vous, intima-t-il de nouveau.

Elle sentit qu'il se relevait et déglutit convulsivement. Il se pencha pour l'embrasser.

— Je serai de retour au moment voulu, Lea.

Sans ajouter un mot, il se dirigea vers la porte. Elle fut saisie d'un accès de panique en le voyant saisir la poignée. Elle ne voulait pas qu'il parte sans savoir ce qu'elle ressentait.

— Jared !

Il se retourna vers elle.

— Qu'y a-t-il, Lea ?

Au ton de sa voix, elle sentit qu'il ne tolérerait pas le moindre accès d'hystérie.

— Jared, je vous aime.

Il ne manifesta pas la moindre surprise. Au lieu de cela, il ferma les yeux et hocha la tête.

— Je sais.

Lorsque la porte se fut refermée sur lui, Lea agrippa les couvertures à pleines mains, refusant de céder au désespoir. Elle n'irait pas sur la plage, puisqu'il le lui avait interdit. Mais elle n'allait certainement pas rester dans ce lit à se ronger les sangs !

D'un geste prompt, elle se leva et enfila de nouveau sa tunique. Le parchemin qu'il lui avait donné la veille au soir, celui où il avait consigné ce qu'elle devrait faire au cas où il ne reviendrait pas, était posé sur le banc près de la fenêtre.

Elle s'en empara et rompit le cachet de cire en passant un ongle dessous.

Puis elle lut la liste, le cœur de plus en plus serré au fur et à mesure qu'elle déchiffrait les terribles instructions.

Informer ses parents de sa mort et les faire venir à Montreau pour y assister au service funèbre, s'il arrivait que le corps de Jared ne soit pas retrouvé…

Ses yeux s'emplirent de larmes à cette seule pensée et elle sentit ses jambes se dérober sous elle.

Elle s'appuya contre le mur près de la fenêtre et relut le document encore et encore.

Puis elle pressa le parchemin contre sa poitrine et se rua hors de la chambre. Volant littéralement, elle descendit l'escalier avant de traverser la grande salle et de se précipiter dans la cour.

D'un regard frénétique, elle chercha Jared dans la foule des serviteurs et des hommes d'armes déjà à cheval qui se dirigeaient vers les portes.

— Jared !

Elle l'aperçut enfin.

— Jared ! cria-t-elle plus fort.

Il tira sur ses rênes et fit faire volte-face à son cheval.

Agitant le parchemin, elle courut jusqu'à lui.

— Je le ferai ! Je ferai tout ce que vous demandez, je vous le promets !

Il haussa un sourcil.

— Vous n'étiez pas censée lire cette liste maintenant.

Elle lui sourit, les yeux levés vers lui.

— Vous saviez bien que si !

Il s'inclina vers elle, la saisit sous les bras et la hissa devant lui pour l'étreindre.

— C'est vrai. J'espérais même que vous la liriez hier soir.

Elle lui enserra le visage dans ses mains.

— C'est sans importance. Ce qui compte, c'est que je vous aime.

Elle répéta dans un chuchotement :

— Je vous aime, Jared. Et je vous aimerai toujours, je le jure.

— J'emporte ces paroles avec moi. Et je vous laisse mon amour.

Il l'embrassa jusqu'à ce que tous les sons s'estompent dans la cour et qu'il n'y ait plus que ses lèvres sur les siennes et leurs cœurs battant à l'unisson.

Alors seulement il la déposa sur le sol.

— Rentrez maintenant.

Mais elle secoua la tête.

— Non. C'est mon château et je vais vous regarder partir du haut des remparts. C'est là qu'est ma place !

— Comme vous voudrez.

Il se pencha pour lui effleurer le bout du nez.

— Veillez sur mon enfant. Et sur mon amour. Vous m'entendez ?

Elle acquiesça de la tête, trop émue pour ajouter un mot.

— Allez, à présent, intima-t-il en lui montrant l'escalier de la tour.

Chapitre 22

Les trois navires glissèrent vers la plage sablonneuse de la baie de Montreau, aussi silencieux que les drakkars de jadis sur la mer du Nord.

Lord Jared, seigneur de Warehaven et de Montreau, sauta de l'embarcation centrale en soulevant une gerbe de gouttelettes sous ses bottes. Puis il s'avança dans l'eau peu profonde du rivage.

Le cœur battant à se rompre, il laissa ses hommes en arrière et se précipita vers le château.

Parvenu au sommet de la falaise, il se retourna pour jeter un coup d'œil vers la grève et se remémora une certaine nuit dont le souvenir ne l'avait pas quitté pendant ces longs mois d'absence.

Puis il revint à l'instant présent. N'était-il pas trop tard ? Deux jours plus tôt, ils avaient essuyé une tempête qui avait retardé leur arrivée à Montreau.

Tous ses muscles vibraient et un sourire d'anticipation étirait ses lèvres. Après six mois d'une campagne qui avait semblé ne jamais devoir finir, sa tante, l'impératrice Mathilde, l'avait enfin autorisé à regagner ses pénates. Elle n'avait émis qu'une réserve — elle voulait être invitée au baptême de l'enfant, le moment venu.

Jared tâta les documents bien au sec dans la poche intérieure de son manteau. Un cadeau pour la dame de céans…

Il traversait le pré, quand il vit un groupe d'hommes galoper à sa rencontre, tenant en bride un cheval sans cavalier.

— Vite, milord, le temps presse !

Il se hissa en selle et éperonna sa monture, qui prit ventre à terre la direction de Montreau. Sans même ralentir, il s'engouffra par la porte ouverte, à peine conscient des hourras et des cris de bienvenue dont les sentinelles saluèrent son arrivée. Puis il tira abruptement sur les rênes et se laissa glisser à terre.

Hawise, la cuisinière, l'attendait dans la cour en tourmentant le bord de son tablier entre ses mains fébriles. Elle leva vers lui un regard interrogateur.

Aussi pressé qu'il fût, Jared prit une minute pour la rassurer.

— Frank et John sont restés sur la plage. Ils seront là dans quelques instants.

Une fois dans le donjon, il ralentit le pas et voulut s'arrêter quelques secondes au bas de l'escalier pour reprendre sa respiration. Mais les hommes et les femmes réunis à une table de la grande salle lui désignèrent les marches d'un geste impérieux.

— Nooon ! Pas encore ! cria d'en haut une voix altérée par la souffrance. Il faut… attendre.

Lea !

Effrayé, Jared gravit quatre à quatre les degrés.

— Où… où est-il ? reprit la voix.

Jared déboucha au pas de course dans le couloir. Agatha faisait les cent pas devant la porte de la chambre. En le voyant, l'ancienne nourrice retourna précipitamment vers sa maîtresse.

— Il est là, Lea, il arrive !

Jared se rua dans la pièce et s'arrêta net devant le spectacle qui s'offrait à lui.

Une chaise d'accouchement brisée gisait en morceaux dans un coin, et une femme échevelée — la sage-femme sans doute — fixait sur Lea un regard grondeur, tout en l'encourageant de la parole et du geste.

— Allons, milady, vous voyez bien qu'il est là. Poussez à présent, il faut en finir !

— Oui, oui, appuya Agatha, qui allait et venait en se tordant les mains.

Lea tourna les yeux vers Jared et il sentit sa gorge se nouer à la vue de son visage cramoisi encadré par ses nattes noires trempées de sueur.

Jamais il ne l'avait vue aussi belle.

Il traversa la chambre et s'agenouilla sur le bord du lit pour lui saisir la main.

— Eh bien, que se passe-t-il ? Vous donnez du fil à retordre à ces pauvres femmes ?

Elle lui agrippa les doigts d'un geste convulsif.

— Elles… elles prétendaient que vous n'arriveriez pas à temps.

Sa voix était faible et Jared, inquiet, interrogea la sage-femme du regard. La femme leva les yeux au plafond.

— Elle irait très bien si elle faisait comme on lui dit.

Il exhala un soupir de soulagement. Dieu merci, seule l'obstination de Lea était en cause !

— Serait-ce que ma douce épouse refuse de vous obéir ?

Lea eut un rire entrecoupé.

— Difficile à croire, hein ?

— Hélas, non !

Il laissa tomber un baiser sur le sommet de sa tête et se tourna vers la sage-femme.

— Que puis-je faire ?

— Puisqu'elle a cassé la chaise, vous pourriez peut-être vous placer derrière elle afin qu'elle prenne appui contre vous pour pousser. Ce bébé va tout de même finir par sortir !

Lea avait brisé la chaise ? Voilà une anecdote intéressante à raconter plus tard à leurs enfants !

Il se glissa derrière elle et l'enserra de ses jambes. Puis il pencha la tête vers elle.

— Vous ne devriez pas être en train de faire quelque chose ? lui souffla-t-il à l'oreille.

— Moi ?

Elle secoua la tête d'un geste effronté.

— Je pensais me reposer un peu pendant que vous prendriez la relève.

Avant qu'il n'ait eu le temps de répliquer, le ventre de la jeune femme se contracta visiblement et elle poussa un cri de douleur. Il ferma les yeux, avec l'impression que la chambre s'était mise à tourner autour de lui.

Il entendit vaguement la sage-femme marmonner quelque chose sur la lâcheté bien connue des hommes. Puis il sentit un linge mouillé se plaquer sur son visage.

— C'est presque fini, milord, murmura la voix d'Agatha.

Lea s'appuyait contre lui en dévidant un chapelet de jurons dignes d'un corps de garde.

« Seigneur ! songea-t-il. Où a-t-elle appris des mots pareils ? »

Mais il n'eut pas le loisir de s'en enquérir. Une nouvelle contraction secouait déjà son corps.

A la quatrième, il en était à jurer de concert avec elle et à se promettre que la prochaine fois, il resterait avec elle pendant sa grossesse, mais quitterait le château juste avant la délivrance.

Lea lui empoigna le bras.

— Combien… combien d'enfants voulez-vous ? s'enquit-elle d'une voix haletante.

Après une pareille épreuve, il se serait fort bien contenté d'un seul. Mais il préféra se montrer prudent. Après tout, Lea pouvait changer d'avis le lendemain.

— Mettons déjà au monde celui-ci, voulez-vous ? Nous en reparlerons ensuite.

— Je voudrais…

Sa réponse fut interrompue par un nouveau hurlement.

— Nous y sommes presque ! s'écria la sage-femme, haussant la voix. Allez, milady, c'est la dernière…

Agatha se précipita au pied du lit, une serviette dans les mains.

— C'est une fille ! annonça la femme, qui tendit le bébé à la chambrière.

Lea se souleva pour caresser la joue de Jared.

— J'espère que vous n'êtes pas déçu ?

— Pourquoi le serais-je, grand Dieu ?

— J'aurais voulu vous donner un héritier.

Une larme glissa le long de sa joue et Jared sentit son cœur se serrer à cette vue. Seigneur, comment arriverait-il à lui exprimer sa gratitude pour le merveilleux cadeau qu'elle venait de lui faire ?

A l'autre bout de la chambre, leur fille émit un vagissement, et ce premier cri parut éveiller tous les échos de la chambre.

Incapable d'articuler une syllabe, Jared déglutit et adressa un signe à Agatha. Elle lui apporta le bébé, qu'elle plaça dans ses bras.

Il contempla la petite fille, plus ému qu'il n'aurait su le dire. Elle était si petite, et pourtant si parfaite.

— Lea, regardez-la !

Il la déposa dans le giron de sa mère et les enlaça toutes deux.

— C'est le présent le plus précieux que vous pouviez me faire, assura-t-il.

Lea posa un regard émerveillé sur sa fille. Du bout du doigt, elle caressa la minuscule joue satinée, puis effleura le duvet noir qui couvrait la tête du bébé.

— Elle est magnifique, n'est-ce pas ?

Une larme solitaire tomba sur le front de l'enfant. Elle l'essuya d'un geste prompt puis se pencha en arrière pour toucher le visage de Jared.

Elle sentit la trace humide sur sa joue mais s'abstint de tout commentaire afin de ne pas le mettre dans l'embarras devant les deux femmes. Il lui suffisait de savoir qu'il était aussi ému qu'elle par le petit miracle qu'ils tenaient entre leurs bras.

Il lui embrassa la main.

— Oui, elle est parfaite. Comme sa mère…

Elle pouffa.

— Je vous rappellerai cela lors de notre prochaine dispute, monsieur mon époux.

La sage-femme se leva et s'étira les bras.

— Si vous voulez bien nous laisser quelques minutes, milord… Agatha et moi allons tout arranger ici. Ensuite, il serait bon que votre épouse se repose un peu, vous ne croyez pas ?

Lea le sentit hésiter derrière elle. Elle lui donna un petit coup de coude.

— Allez donc vous rafraîchir et manger un morceau. Ensuite, vous reviendrez me raconter votre campagne. Je veux tout savoir !

Jared dégagea ses jambes et se leva. Mais, au lieu de sortir, il tendit les bras vers le bébé.

— Nous allons nous asseoir dans l'alcôve.

Elle le regarda marcher à pas lents vers la petite pièce attenante à leur chambre, puis disparaître dans la pénombre en chuchotant des mots tendres au bébé délicatement niché dans ses bras.

Lea avait redouté que son guerrier de mari ne se désintéresse de leur enfant, au moins les premières années. Mais le comportement de Jared lui prouvait qu'elle s'était trompée.

Les deux femmes achevèrent leurs soins aussi promptement qu'elles l'avaient promis. Après avoir changé les draps du lit, elles la lavèrent et l'habillèrent d'une chemise propre. Enfin, Agatha appela Jared.

— Vous pouvez revenir, milord, nous en avons terminé.

Lorsqu'il reparut dans la chambre, elle lui prit l'enfant et désigna la mère d'un geste du menton.

— Nous avons fait venir une nourrice pour ce soir. Veillez à ce qu'elle se repose, voulez-vous ?

Lea fut tentée de protester, puis comprit que la chambrière avait raison. Non seulement elle était épuisée, mais il lui tardait de se retrouver seule quelques instants avec son mari. Et puis si elle en croyait la lourdeur de ses membres et ses bâillements, Agatha avait dû mélanger quelque plante soporifique au thé qu'elle lui avait fait boire.

La sage-femme était sur le point de sortir, quand elle se retourna brusquement.

— Comment pouviez-vous être aussi certaine qu'il arriverait à temps ?

Lea se laissa glisser sous les couvertures.

— Parce qu'il me l'avait promis, tout simplement !

Dès que la porte se fut refermée sur les deux femmes, Jared vint s'étendre à côté d'elle.

— J'ai tenu mes promesses. Mes deux promesses…

Elle hocha la tête. Il n'y avait rien à redire. Jared avait effectivement tenu parole — il était revenu à la maison sain et sauf.

Et juste à temps pour qu'ils entendent ensemble le premier cri de leur enfant.

Il tâtonna au pied du lit et ramassa un objet sur le sol.

— J'ai quelque chose pour vous.

Elle tendit la main vers lui et la posa sur son torse.

— J'ai déjà tout ce qu'il me faut, objecta-t-elle.

— Je pense que vous voudrez tout de même ceci.

Il lui présenta un parchemin roulé, dont elle lut le contenu avec stupéfaction.

— Comment avez-vous fait ? s'exclama-t-elle.

— Cela n'a pas été facile. Mais être à la fois apparenté à Mathilde et à Etienne présente quelques avantages.

— Vous n'aurez donc pas besoin de retourner vous battre pour l'impératrice ?

— Non, vous le voyez.

— Et Montreau n'aura pas à défendre l'un des deux camps au détriment de l'autre ?

— Non plus.

Elle fronça les sourcils.

— Mais alors que ferez-vous ?

Jared éclata de rire.

— J'ai une flotte, l'avez-vous oublié ? Je vais gagner assez d'or pour que nous puissions élever décemment nos enfants.

— Et ce sera assez pour vous occuper ?

— Assez ?

Il la prit dans ses bras.

— Vous me suffisez, mon amour. Il y a tout un monde en dehors de ces murs. Des lieux qu'aucun de nous n'a jamais vus…

Il s'installa plus confortablement sur le lit.

— Nous pouvons aller partout où nous le désirons. Je peux vous faire l'amour dans tous les pays de la terre.

— Je crois que j'aimerais assez cela…

Elle esquissa une grimace.

— Mais peut-être pas ce soir !

— Nous pouvons aussi rester à Montreau, et quand vous serez mieux, nous ferons l'amour sur la plage.

Elle fut surprise de sentir son corps réagir par un long frisson de volupté.

— Oh, ça… Je sais déjà que j'aime cela !

Elle toucha le bras de Jared du bout du doigt.

— Vous n'avez pas répondu à ma question tout à l'heure. Combien d'enfants voulez-vous ?

Jared se pencha vers elle et la gratifia d'un long baiser avant de répondre :

— Une ou une douzaine, cela m'est égal, Lea. Aussi longtemps que j'aurai votre amour, je serai satisfait.

Elle effleura sa joue où piquait un début de barbe.

— Moi aussi, Jared, je tiens mes promesses. Je vous aimerai toujours. Toujours…

À découvrir ce mois-ci

3 nouveaux romans dans la collection

Les Historiques

L'ENFANT DU GUERRIER
de Denise Lynn - n°501

Angleterre, 1142. Léa, châtelaine de Montreau, est prise au piège. En effet, pour empêcher le Roi Etienne d'annexer ses terres, elle n'a d'autre choix que de lui présenter un héritier —une condition impossible à remplir pour elle, puisqu'elle vient de perdre son époux. Au désespoir, elle entrevoit cependant une solution lorsque l'impératrice Maud, ennemie jurée d'Etienne, lui annonce l'arrivée imminente à Montreau d'un émissaire qui la protégera. Un audacieux stratagème germe alors dans l'esprit de Léa : concevoir un enfant avec l'émissaire dans le plus grand secret... puis présenter le bébé au roi comme étant l'héritier légitime de Montreau. Seulement, le jour où l'émissaire tant attendu se présente à sa porte, Léa doit affronter une surprise de taille : car le ténébreux guerrier n'est autre que Jared de Warehaven, l'homme qui, jadis, l'a trahie de la pire des manières...

LA LADY ET LE LIBERTIN,
de Carole Mortimer - n°502

Angleterre, 1817. En d'autres circonstances, lady Juliet Boyd aurait jugé les avances du sulfureux Sebastian St Claire comme tout à fait déplacées. Et elle l'aurait certainement éconduit sans ménagement. Mais, bouleversée comme elle l'est par les rumeurs sordides qui, depuis peu, la soupçonnent du pire, Juliet se laisse émouvoir. Mieux, elle reçoit avec gratitude les attentions de Sebastian. Enfin un homme qui ne se fie pas aux apparences et que le scandale n'effraie pas ! Un homme sur qui elle va pouvoir compter et s'appuyer ! C'est en tout cas ce qu'elle voudrait croire. Cependant, le doute persiste en elle : et si, malgré tout, elle n'était pour cet incorrigible séducteur qu'un trophée de plus à conquérir… puis à abandonner ?

EPOUSE OU AVENTURIÈRE
de Michelle Willingham - n°503

1850, Angleterre. Lorsqu'elle apprend que son mari, Stephen Chesterfield, vient d'être gravement blessé, Emily, comtesse de Whitmore, se précipite à son chevet. Sa place d'épouse, mais surtout de femme amoureuse, n'est-elle pas auprès de Stephen ? Et cela, même s'il ne l'a épousée que pour contrarier un père trop exigeant ? D'autant qu'Emily ne peut se défendre de ses sentiments : elle aime Stephen en dépit de tout. La chance qu'elle attendait secrètement de conquérir pour de bon l'amour et le respect de son mari vient-elle enfin de se présenter ? Emily veut le croire. Mais cette détermination, sitôt forgée, se heurte à un défi inattendu : Stephen a perdu la mémoire, et soupçonne tout de suite Emily de n'être qu'une aventurière...

A paraître le 1er mars 2011

CAPTIVE DU VIKING,
de Michelle Styles - n°504

793 après J.-C., Scandinavie. Plutôt mourir que se soumettre à l'emprise de Haakon Haroldson, le chef arrogant des barbares qui ont saccagé son existence ! Si Annis a dû renoncer à sa liberté lorsque Haakon a fait d'elle sa prisonnière, elle n'ira pas jusqu'à lui abandonner sa dignité : jamais elle ne sera son esclave ! Mais, alors qu'elle envisage déjà une impossible tentative d'évasion, le ténébreux viking lui propose un marché qu'elle n'attendait pas : si elle devient sa concubine, il l'affranchira de sa condition de captive. Une offre scandaleuse… qui laisse Annis face à son destin.

LES PIÈGES DU DÉSIR,
de Diane Gaston - n°505

1814, Londres. Un regard de braise qui caresse chaque courbe de son corps, des mains qu'elle imagine déjà courant sur sa peau… Electrisée et troublée plus que de raison par une telle intimité, Ariana regrette déjà d'être venue chez Jack Vernon. Hélas, si elle refuse de poser docilement pour ce mystérieux artiste, le cruel lord Tranville, son mécène, n'hésitera pas à briser sa carrière de comédienne. Mais en acceptant, elle n'aurait pas imaginé que Jack Vernon, viril et ténébreux, éveilleen elle un désir aussi impérieux… Au supplice, Ariana s'efforce de résister. Car, en cédant à son élan, elle renoncerait du même coup à ses rêves et, plus grave, s'exposerait à la vengeance de l'impitoyable lord Tranville...

UNE SCANDALEUSE TENTATION
de Michelle Willingham - n°506

1855, Londres. Epouser l'infâme Lord Belgrave ? Lady Hannah Chesterfield préfère encore que celui-ci mette sa menace à exécution et répande la rumeur qu'elle s'est compromise en échangeant un baiser aussi passionné que scandaleux avec l'énigmatique Michael Thorpe. Toutefois, sur ordre de son père, qui veut la préserver du chantage et protéger sa réputation, elle se résout à s'éloigner de Londres le temps que les esprits s'apaisent. Mais alors qu'elle se croit sauve, elle découvre, stupéfaite, que le soldat désigné pour l'escorter durant son voyage n'est autre que le lieutenant Michael Thorpe lui-même...

3 romans inédits à retrouver tous les mois dans vos points de vente habituels.

A paraître le 1er mars

Best-Sellers n°461 • historique

La duchesse scandaleuse - Nicola Cornick

Angleterre, Régence

Depuis le décès de son mari, Laura, duchesse de Cole, est déterminée à rester libre et sans attaches, excepté ce lien fort qui l'unit à Hattie, sa fille adorée. Une décision irrévocable, croit-elle, jusqu'au jour où elle apprend l'arrivée en ville de Dexter Anstruther. Dexter, le véritable père de son enfant. Le seul homme qu'elle ait jamais aimé et avec lequel elle a passé, jadis, une scandaleuse nuit d'amour… avant de se résoudre à le quitter, dans l'espoir de l'oublier. Peine perdue : quatre ans plus tard, les souvenirs de Laura sont plus vivaces que jamais, tout comme l'attirance irrépressible qu'elle éprouve pour Dexter. Pourtant, cette fois, elle devra tout faire pour l'éviter. Car non seulement Dexter n'a manifestement jamais digéré l'affront qu'elle lui a fait, mais en plus, il ignore tout de sa paternité. Et s'il venait à découvrir la vérité, nul doute qu'il s'en servirait pour se venger d'elle…